则为你如花美眷 Ze Wei Ni Ruhua Meijuan

时代出版传媒股份有限公司
安徽文艺出版社

【作者介绍】

　　文清丽，毕业于解放军艺术学院文学系，就读于北京大学艺术系和鲁迅文学院第三届、第二十八届中青年作家高级研讨班（深造班）。曾在《人民文学》《十月》《中国作家》《北京文学》《作家》等刊发表作品六百余万字，多篇作品被《小说选刊》《小说月报》《北京文学·中篇小说月报》等转载，入选多种年选。出版散文集《瞳孔·湾·湖》《月子》《爱情总是背对着我》，小说集《纸梦》《回望青春》《我爱桃花》，长篇非虚构作品《渭北一家人》，长篇小说《爱情底片》《光景》等。曾获《长江文艺》方圆杯小说奖，《广州文艺》第四届都市小说双年奖一等奖,《解放军报》第九届长征文艺奖，第四届"中骏杯"《小说选刊》奖，第十九届《小说月报》百花奖等；荣登《北京文学》2003年优秀作品排行榜,《青年文学》2019年度"城市文学"专家推荐榜和读者人气榜。现任《解放军文艺》主编。

当代名家精品珍藏

则为你如花美眷

Ze Wei Ni Ruhua Meijuan

文清丽 著

时代出版传媒股份有限公司
安徽文艺出版社

图书在版编目（CIP）数据

则为你如花美眷/文清丽著. —合肥：安徽文艺出版社，2022.7
ISBN 978-7-5396-6879-6

Ⅰ. ①则… Ⅱ. ①文… Ⅲ. ①中篇小说－小说集－中国－当代 Ⅳ. ①I247.5

中国版本图书馆CIP数据核字(2020)第026003号

出版人：姚 巍	丛书策划：朱寒冬　岑　杰	
责任编辑：张妍妍　姚爱云	装帧设计：丁　明　徐　睿	

出版发行：安徽文艺出版社　　　www.awpub.com
地　　址：合肥市翡翠路1118号　邮政编码：230071
营 销 部：(0551)63533889
印　　制：安徽新华印刷股份有限公司　(0551)65859551

开本：880×1230　1/32　印张：10.25　字数：250千字
版次：2022年7月第1版
印次：2022年7月第1次印刷
定价：49.00元(精装)

（如发现印装质量问题，影响阅读，请与出版社联系调换）

版权所有，侵权必究

自　　序

我从不麻烦别人为我的作品写序。出了七八本书,也无自序。总觉得作者所有的心思都在行文中,再多语就饶舌了。

所谓序,就是引路牌,告诉观者,此何路,有何景。说得多了,招人烦。不说,又怕游人忽视而过。如一手养大的闺女要出嫁,做母亲的叮嘱到夜半,感觉话尽了,可是第二天鞭炮响起,喜轿即将登程,母亲蓦然醒悟还有许多话没有给闺女说,又瞧给女儿做的嫁妆还不够漂亮,为她盘起的长发还有一缕乱了。从此以后,她不再独属于你了。她将在她的命运中,或悲或喜,而做母亲的,已不能为她遮风挡雨,总想在女儿离家时,做得尽善尽美。

这本集子出版之时,我感觉自己就是那位即将嫁闺女的母亲,突然间想写序。

收录在这本集子里的小说,皆是我近两三年新创作的中篇小说,均在全国各大文学刊物发过,多数曾被选刊转载,且得了奖。我选了十三篇。说实话,选稿如淘金,生怕把最好的漏掉,对不起读者。编辑替我做了选择,又精选到七篇,我瞧了又瞧,很高兴,我最钟爱的,基本都在列。

写作三十年,全凭对写作的痴迷,单枪匹马横冲直撞。三年前,好像是春天,窗外海棠盛开,白云朵朵,在解放军艺术学院文学系的课堂上,我给年轻的大学生讲名作欣赏课。正讲金圣叹评点《西厢记》时,忽发觉自己进入了一个陌生的阅读路径。这个路径,新鲜而陌生。它好似画,又好似迷宫,让我如新生婴儿般,重新打开那些我曾经阅读过的名著,去注意包法利夫人的眼睛是什么颜色,去想曹雪芹为什么要让很注意自己言行的大家闺秀薛宝钗大中午的坐在睡着了的宝玉床前给他绣肚兜,去注意安娜·卡列尼娜坐的火车锅炉在什么位置……

而我就在这痴迷般的解剖式阅读中,悟出好小说应当怎么写了:再打量身处的世界,原来司空见惯的天地,陡然间充满了无尽的秘密;又细瞧周遭熟悉的人,跟过去看法也不尽相同。

重读经典,感觉好文章的美妙有如牛毛之细,脉络贯通,针线交织。知道的门道多了,下笔就不似过去那样率性而为,而是对每个字、每个标点,都存了敬畏之心。我渴望自己的作品能让人迷醉,让人回味:就像我喜欢的女诗人李琦的诗那样平静、朴素、深隐、内敛、淡雅,抵达人性的渊薮、事物的内核以及尘世的喜怒哀乐;就像我喜爱的著名秦腔演员李梅在《游西湖》中文武双备的表演,甩水袖、卧鱼、吹灯……可以说,头头脑脑、枝枝叶叶,皆戏。

深情可以续命!唱戏、写作,莫不如此。

而这两三年的小说创作,算是我的阅读开花结果吧。

小说出集子,如把钟爱的孩子集中在一起,供大家品头论足,优缺点显而易见。作为创作者,我甚是不安。

又想,集体亮相,如军列受检,体量有了,那么,孩子们,出发吧。好与不好,由亲爱的读者你来评判。

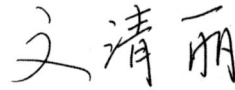

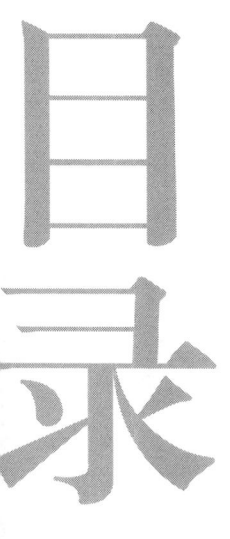

自序 / 1

对镜成三人 / 1
黑处有什么 / 40
采葑采菲 / 90
你的世界随我一起消失 / 139
她骑着小桶飞走了 / 186
则为你如花美眷 / 229
黄金时代 / 276

对镜成三人

1

我冲进门,脱掉冬常服上衣扔到正坐在沙发上的妈身上,接着便趴在床上痛哭起来。妈细瞧着我的军衣后背说:"怎么,领导骂你了,嫌我针线活不齐整?"我只哭不言,三个月的儿子这时在床上哇哇大哭。妈边揭儿子的被子边说:"怎么了?拉屁屁了?好,姥姥给你换尿垫。我娃不哭,没拉,那就是肚肚饥了,妈妈快来给娃喂奶,你看娃肚子都饿扁了。"妈说着,抱起儿子,双手递给我。我不接,她无奈地看一眼儿子,看一下我,手足无措地说:"我给你惹祸了,对不?"我仍伏在床上,抹眼泪。妈又说:"是不是军装不能随便放?但不放后背接缝,你穿不进去嘛。坐了月子后,你发胖了。"

"妈,我被人顶了!"妈要是识字,我就会跟她说起《人生》,讲我跟高加林一样,被人顶了的命运,可她一字不识,只爱看电视上的秦腔戏,边看边抹泪,还会跟你讲一番戏里的大道理。爱人在外地,帮不上忙,我只好又哭。天底下,似乎只有没有地位的农民子弟才受人欺负,教书优秀的高加林被人顶了,我能写会说,但也一样被人顶了。我恨不能把顶我者杀了。我想象着她走在校园的湖边,我趁她不备,一把把她推进水里。或者月黑风高,让人把她装进麻袋里,扔进不远处的护城河里。虽然我现在还不认识她,只知道她叫高红。对,从今以后,叫高红的人,就是我不共戴天的敌人。高红,你等着,你别欺负头顶草屑的孩子。此后,我对她怨怼不已。

"你当不成干部了?"

"妈,你说什么呢?我今去上班,领导说把我调到别处去了。"

"你没问领导为啥你干得好好的要调你工作?你没跟他说你不愿去?"

"妈,你以为部队是生产队,想不上工就不去了?"事实是我一进政委办公室,还没来得及问政委寒假过得好不好,政委就开门让我见到可恶的山了,那山一下子压得我忘记了所有的言辞。本来我坐月子期间,关于学员队的政治工作,是想了很多点子的。毕竟我是新闻系毕业的,现在孩子这个大包袱终于去掉了,春天了,也到了新的学年,我有精力也有想法,想大干一场的。从山沟野战部队调到省城这个花园般的校园,整天跟大学生在一起,我一个农村孩子,已经知足了,当然就得好好干了,可是姚政委根本就没给我说话的机会,我锦囊里的妙计只好烂在肚内。

"调哪了?你走了我跟娃咋办?娃才三个月不到呀。"

"没出院子。"

"那有什么。"妈长长地嘘了口气,又跟小孩说起话来,"嗯,娃不哭,妈妈快起来,给娃喂奶。你看小样子哭得多可怜呀。"

儿子不停地哭,我不耐烦地抱过,朝着屁股就是一巴掌。"天爷呀,这么小的娃娃你怎么下得了狠手?"儿子哭得更厉害了,我掀起胸衣,给儿子喂起奶来,抹着眼泪说:"早知道就不急着放衣服了,干休所那个破单位,肯定都不穿军装。你看后背放宽一指,怎么也熨不展。"

"你不急着要上班吗?人家生娃都休息半年多,就你急。院里服务社又没开门。对了,你到新单位给人家弄啥呢,能拿得起不?"

"伺候老干部,你说我跟那些老家伙有什么说的?真是气死我了。"我话一出口,马上后悔了!妈也是老人呀。妈没有生气,说:"跟老年人在一起你能学到很多东西哩。老年人,经的事多。"

我说:"算了算了,跟你也说不清。想得美,让我下午就去报到,我不急,去那个破地方着啥急,八抬大轿请都没人去的地方。我这么年轻,去那不出一年,武功全废了。"我一说不上班了,妈呆呆地站在床边,手不停地揪着衣角,一脸的焦急。我说了也白说,干脆闭嘴了。

午休起来,妈也不像往常那样爱说话了,好像做错了事似的,看看睡着的儿子,又看看我,又蹲着给孩子洗起尿布来。一间偌大的屋子里充斥着一股尿臊味。我打开窗子,妈说:"你别开窗,小心把娃冻感冒了。"

"哼,就冻冻他,要不是生他,我能坐月子?才三个月,我的位子就被人抢了。"从野战部队调来,我只上了两个月的班,就生孩子,多少宏伟的设想都没来得及实现呢。说实话,那时挺着七八个月的大肚子,我还是蛮认真的。报到时,因为天冷,穿得多,上到四楼,学员队姚政委看了看我,皱着眉头说,身体不好,上个楼就这么气喘?学员队的干事,跟队长差不多,每天都要跟班呢。

我擦擦头上的汗水,笑了笑,没敢解释。调新单位,我跟谁都没敢说怀孕的事。要说了,哪个单位都不会要的,这就是女同志的悲哀。

一直到第二天跑操,我才说了实情。当时姚政委看看我的肚子,说:"真有七个月了?"我说是,他黑着脸,自己带着学员队跑向了操场。

也许他一直就不满意我,所以高红走了他的关系,也未可知。但天地良心,这两个月我虽然没有主动干活,但分内工作还是蛮尽心的。我主要带二队,因为队长去学习了。我带着学员去上解剖课,看着学生拿着刀子一层层地剔遗体的脂肪,我胆汁都吐出来了。挺着大肚子跟四个学员挤一间集体宿舍,吃食堂,结果我们这个宿舍大部分人吃未熟透的豆角中了毒。我吃得少些,没太大反应,半夜起来上卫生间发现中毒的学员躺在地上口吐白沫,我赶紧挺着大肚子跑到了一楼,报告了大队,接着把好几个中毒的学员都送到了医院检查。当把学员们送到检查室时,妈说:"你也检查一下吧。"我这时才想起了自己。虽然我没中毒,可是跑得急,都流了红。妈以为我流产了,吓得哭个不停。学员队为此表扬了我。两个月,我还在校报发了三篇稿件,校报半月一期,也就是说几乎每期都有我采写的稿子,反映的都是我们学员四大队的先进事迹。这在八个学员队中,都不曾有过。结果落了这么一个下场。我生孩子时,学员队发生了什么事?高红用什么手段挤掉我的?是通过学校领导,还是走了学员队姚政委的门子?我百思不得其解。

妈看看我,放下手中的衣服,把窗子开小了点,让风吹向她,说:"我看到有人上班了。你听,门响了,咱隔壁吴助理也起来了。"

"妈,你能不能别管我,我要睡觉。"

"那也得上班呀,你是军官,不去上班,人家让你复员了怎么办?"

"行了行了,你怎么这么啰唆。"我起来强打精神穿上军装,妈在我军上衣的后面拿手抚摸了半天,说:"是穿着不好看呀,放宽的地方怎么这么皱巴巴的。晚上回来,妈拆了,重新让人家裁缝给你做。你穿着军装,妈瞧着喜欢。"

我扣上扣子,戴帽子时,在组合柜前的大衣镜前,上下打量了一遍。一想起马上要把中尉肩章换成没有星星的文职肩章,泪水又一次涌了出来,又把高红骂了一通。

"别哭了,好好干,伺候老干部也是公家人,三四千块的工资呢,坐在办公室,风吹不上,雨淋不着,这是神仙过的日子。你看咱庄稼人,一年四季起早贪黑地干,老天爷好了,还有收成,要是他老人家恼了,给你下冰雹、闹干旱,你哭都没眼泪。听妈的话,好好干,哪都缺能人,对不对?"

我出门碰见吴助理。我们这套团职房,住了三家。跟我对门的是教体育的刘老师。她是个老姑娘,平素吃食堂,回来就是睡个觉,平时很少见。即便见到她,我们也不主动打招呼,好像陌生人似的。吴助理住的房子最大,也有阳台,他的女儿两岁了,他妻子不上班照顾着孩子。他朝我笑笑,说:"上班?"我说:"是,你也早。"说着,朝对门看了一眼,门还关着。我开大门,让吴助理先走,自己再锁大门。吴助理说:"怎么了,好像你情绪不高?"我说没睡好。

吴助理在机关财务处上班,一下楼,人不停地跟他打招呼。在学员队时,跟我打招呼的人就少,现在我要去干休所,更不会有人跟我打招呼了,我暗想。吴助理朝前走了,前面有机关漂亮的大楼,有门前开满梅花的学员队,而干休所朝后走,就在后门,离院墙只有几米。衡量一个人工作的重要性当然是看单位了。而单位的重要性,当然体现在所居的位置了。气派的飞机形机关楼,当然直对着神气的大门,楼前还站着戴钢盔的哨兵。学员队,虽远离机关,在院子中腰,但因为有充满朝气的年轻人,工作起来也蛮快乐的。干休所,你听听位置,在后门跟前。人家走后门是想好事,我走后门,是有霉运。想到这,我又想哭,但看着来来往往的人,又赶紧把眼泪憋了回去。

在幼儿园门口,碰到校报的王主编,他说:"怎么不去上班,这是去哪儿?"王主编对我很好,我就说了实话。王主编从自行车上跳下来,用手指把头发往后划了划说:"别难过,是英雄,总有用武之地。唉,我一直缺得力的人。那个小于你知道,学音乐的,到编辑部,根本不能挑大梁。"

人比人,气死人。我鼻子一酸,眼泪又掉出来了,拿手背抹了一把。王主编说:"别哭了,我肯定你不会在干休所待多长时间的,这几年咱学校调来的干部中,你是唯一一个新闻系毕业的。别灰心,好好干。"说着,骑上了自行车,朝我摆摆手,说,"继续给我写稿子啊,在哪都别放弃写作。"

"干休所能有什么新闻?"我嘀咕着,走过银行、邮局、服务社,朝后门走去。后门,除了三排家属楼,没有像办公楼的,更没牌子。我打量半天,问路边服务社的一个年轻小伙子。他说:"干休所就在我们这栋楼里,往后走,一单元。"

一个单位在家属楼里,还能是正经单位？我再次骂高红,你是我的敌人,我与你誓不两立,哪天见到你,我要朝你脸上狠狠啐一口。不,我要把曾属于我的中尉肩章从她身上扒下来,扔到她脸上,再把我现在戴的该死的文职肩章还给她。

2

一单元黑乎乎的,我跺了两脚,还是黑的。只听见不知谁家的电视机在响,细听,里面放着电视连续剧《甄嬛传》的插曲:"小山重叠金明灭,鬓云欲度香腮雪。懒起画蛾眉,弄妆梳洗迟。照花前后镜,花面交相映,新帖绣罗襦,双双金鹧鸪……"我左右瞧了一眼,左边门楣上是:神州春晓。上联:春风送福千家暖。下联:时雨润花万树春。右边一家,没对联,只倒挂一张福字,福字右半边没了,电视机声音就是从这家传出来的。门口堆的鞋差点把我绊倒。

还没到二楼,已传出打牌声。我看了看,传出打牌声的左边门上写着"干休所办",右边门上写着"干休所部"。所办门开着,里面是间小厅,有卫生间,还有间厨房,但不像做饭的样子。两间办公室都锁着门。我走进左边所办,打牌声是从财务室的门里传出来的。我走进去,三男一女在打牌,女的下巴上贴着长长的纸条。她面向着我,头也不抬地说:"找谁？"

"我来报到的。"

"新来的学员?"

"我没听说学员还给授衔。"

我这一说,三个男人扭头打量我。一个胖子说:"对面人都不在,去太平间了。"

我一听"太平间",心里咯噔一下,不知他是何用意,勉强笑笑,站着看牌。

胖子点了支烟,兴致颇高,说:"对了,你是顶高红的班?"

我说是。

"哈哈,那你来对了,马上就有事让你干了。"他们说着,大声笑起来。笑完,胖子说:"对了,你怎么进来的?"

"门没锁。"

"你们谁开的门?万一老林知道了,又该给咱们上教育课了。快去锁好。"我看屋里的四个人都没有动,只好去关。

我没再进去,在客厅看了一会儿报纸。再进去时,他们已经把牌收起来了。四个人有两个坐在桌上,一个说:"你这么年轻就跑到干休所来养老了?干休所没啥好的,不,有好处,就是每年转业名额多。"说着,大家又哈哈笑起来。胖子端着水杯说:"我姓年,是车管助理,瘦高个是管军需的杨助理,张敏和李明是负责财务的,你们政治办的俩干事是我们所长政委的红人,要转业也不会轮到你们,你们是管这事的嘛。"

"咱们有空房子吗?"

"当然有了,只不过看老林给不给你了。顺便告诉你,他喜欢抽红塔山。"正说着,外面有人敲门,他们立即坐回办公桌前,在电脑上假装看起来。胖子朝我努努嘴,说:"快去,老林回来了。"

所部跟所办格局一样,政委老林和所长老田是一个办公室。林政委听到了我的来意后,说:"干部处已经给我打电话了,你来了,正好现在是忙时,你明天就到机关查档案,给刚去世的老干部写生平。对了,对面就是你跟赵干事的办公室。赵干事高龄怀孕,在家保胎呢。现在组干宣保就你一人挑,用点心。"说完,看我还没走,又说:"你还有什么事?"

"写生平?难道有老干部没了?"

"当然人去世了,才能盖棺论定。你是新闻系毕业的,这都不懂?"

我这才回想起胖子说的太平间,看来他不是开玩笑的。

"明天下午陪着去世老干部的家人去买骨灰盒,后天是张政委的告别仪式。你现在去试下哀乐,不要到时放不出来,就出洋相了。对了,我给高红打电话,让她来跟你交接一下。"

我坐到办公室,一一拉开抽斗,里面全都装得满满的。桌前还放着一个女人穿着便装的照片,想必她就是高红了。如果她没顶我,我认为她长得还不算难看,可一看到她那样子,我忽然就恶心起来,狠狠地把相框反扣着扔向窗台。窗台上灰真厚,在相框落下时,瞬间腾起一股灰。

我没找到录音机。墨绿色的两组保险柜上面,堆放着锦旗、报纸,还有鞋子,土黄色的布沙发脏得在阳光下泛着油色。两张桌子上都堆着文件、报纸,还有高红的体检表、请假条,还有一张纸上,写满了字,是一个个的"飞"字。看来她不但把"飞"落在了纸上,也落到了行动上,可是她是怎么从干休所"飞"到学员队的呢?我很想展开联想的翅膀好好琢磨下,可手头的事不容我细想。

我坐到桌前,脑子里全是太平间、生平、骨灰盒、哀乐,平生第一次被这些让人产生恐惧的词吓住了。一直到下班,高红也没有来。下班时,财务处的刘助理把钥匙递给我说:"高红说太忙,让我把钥匙交给你。"我一看,到下班时间了,可是哀乐还没有试,万一明天一上班政委要问呢?再看看桌上堆的、抽斗里装的,甚至脚跟前堆放着的三四个塑料袋和纸袋,都落满了尘土。我打开保险柜,里面的东西哗地全掉出来了。磁带扔得到处都是,根本不可能一下子找到里面的哀乐带。我锁上柜子,准备回家吃饭,晚上再来加班找。

回家时,我已经不生高红的气了,这样没有条理的人,根本就不是我的对手,我连看她一眼的心思都没了。

吃完饭,母亲问:"第一天就去加班呀?"

"事多。"

"那你把事干完就回家。"我知道这是我第一次晚上加班,而且是有了孩子后的第一次,母亲不知是不放心我,还是一个人带着孩子不放心,神态很不安,一只手抱着孩子,一只手不停地搓着大腿。

我说:"妈,没事儿,吴助理一会儿就回来了,他爱人也在家,有啥事,让他们给我办公室打电话。"我说着,把办公室电话写到一张纸上,贴在冰箱上。

我出去时,吴助理爱人正在洗碗。小小的厨房,我们两家杂物堆得到处都是,但我们相处得还可以。我说要去加班,吴助理爱人说:"你去吧,家里有事有我呢,放心。"

保险柜实在太乱。我先把磁带归好类,放到大信封里。总算找出来了写着"哀乐"的磁带,我用手拿时,哆嗦了一下,好像里面真有鬼似的。我把它插进录音机里,刚一放进去,阴森的哀乐立即响起来,我怕楼下楼上听见骂我,立即调小,边听边收拾东西。

所有带"密级"标签的文件都放进文件盒,准备明天交回保密室。一般的通知、学习文件放进蓝色文件盒,急办的都归入红色文件盒,每个盒上都贴上"已办""待办"或"急办"标签。

保险柜整理完后,我从楼下小卖部要了三个箱子,把高红的东西全放进去。桌子全收拾干净,然后看了一遍,想,我是热爱工作的,在哪都要干好。

看时间还早,我把抽斗里关于老干部拔河、唱京剧、开运动会的照片全挑出来,拿大袋子装好,想着有空去买个大影集,插进去,就一目了然了。

收拾完,环顾四周,忽然喜欢上这个安静的办公室来,比我在学员队的三人办公室强多了。

刚收拾完,要关门,大门响了,我出去一看,政委进来了。他愣了一下,说:"你在办公室?"我心一喜,又感到遗憾,他要是看到我刚才在收拾东西多好呀。唉,说穿了,还是没有好运气。这么一想,我说:"刚试完录音机和带子,都好着呢,然后把东西收拾了一下,高干事的东西我放纸箱了。明天我就去档案室,先把积存的保密文件上交,然后查老干部档案,还有下午跟家属去买骨灰盒。"

我说得语速缓慢,咬字清晰。政委点点头,在我出门时,又说:"明天上午先写派车单跟司机班要好车,再去机关。"

我不知道派车单在哪,交给谁,但没问,我知道问谁都不能问领导。我说:"好的,政委,你也早些休息。"说完,我留了客厅的灯。

回到家,吴助理在洗衣服,母亲抱着孩子在屋子里转,一看到我,说:"忙完了?"我说是。吴助理说:"你调干休所也是好事。"我说是。他说:"真的挺好的,那儿清闲,趁此把孩子养大,再调机关。"我嗯了一声。他又说:"对了,干休所,那一栋楼都是他们的,房子多,你跟领导要房子吧。"

我说刚去,等以后再说。

十点多了,我们都躺下了。妈说:"累吧?"我说还行。妈说:"你好好干,只要好好干,就不会吃亏的,解放军嘛,都是好人。"

我说:"妈,你别操心了。"

"你别跟领导要房子,刚去就好好干。那个吴助理心眼多,想占咱房,却不明说,让你去得罪领导,咱不干那事。等女婿回来,妈睡沙发。"

"知道了,睡吧。"

3

生平我没写过,到保险柜找到了干休所历年来的通知、年终总结、经验材料等,却没一份生平。难道过去就没去世过老干部?我一来就摊上事了。略一思索,决定一切从零开始。我想,生平是对人一生的总结,当然写人家好的,基本上都是写经历,再加两三个感人的细节。一上午搞定,交到政委那儿。悄悄问大胖子年助理派车的事,还有骨灰盒大约多少钱。他说派车的事,找政委签字后,交给他就行了。骨灰盒多少钱,让我问财务,然后叮嘱说:"有些家属难缠,你要坚守原则,否则一件事搞砸了,你在老林手下就是鲤鱼,也没法翻身了。"

我说以后少不了让年助理多费心,又问司机知道哪儿卖骨灰盒,还有他知道张政委家吧?我可是两眼一抹黑,一切都得从头来。

年助理笑着说:"这都是咱们的家常便饭,行政跟着所长走,政治跟着政委走。至于对付老干部,就两条:一、不笑不开口。二、他们无论反映什么,你都说,好的好的,首长,我会尽快向领导汇报。无论多么难缠的老干部,你只要掌握了这两条,就八九不离十了。"

"如何跟咱们的同事处好关系呢?"

"咱所总共十一个干部,外加汽车班十二个战士。对干部,你只要虚心请教,没有人好意思不跟你说;对战士,你可不要怠慢,他们手里握着方向盘,大小二十多辆车呢,有急事,打个招呼,啥事都给你解决了。原则上说派车得经政委和所长还有我这个车管助理同意。可你想想,有急事,是来不及走程序的。你比如办公事时,可以捎带办下个人的私事:换煤气、买袋粮、接个站,不就多踩一脚的事?可是如果你瞧不起他们,你办事时,他会给你出难题,说车坏了,没油了,什么的,这里面学问大着呢。"

我感觉年助理是我打开干休所的万能钥匙,心里不禁对他高看几分。瞬间就把他当成了导师,对他总是笑脸相迎。你看,我马上就用上了。

买骨灰盒时,跟我去的是老干部的女婿。人都说,一个女婿半个儿,此话差矣。挑骨灰盒时,我真是开了眼界,没想到一个普通的小盒子,有些要上万块,据说是楠木的。在老家,给老人做棺木,最好的我只听说是松木的,最差的是柳木。没想到城里人也一样讲究。老干部的女婿在骨灰盒上倒没太挑,选了一个价格适中的,却没有要拿的意思。我想他是害怕,比我大十几岁,还是个男人,让我瞧不起。我不想在他面前露怯,勉强抱着。刚穿过一条长着槐树的巷子,有一年轻小伙从大杂院冲出来,拿着铁锹就来打我。我急着找那女婿,他躲到一棵槐树后,好像要急于跟我撇清关系。我问:"怎么回事?我好端端走着路,你凭空就出来打人,是何道理?"搞了半天,才知道人家怕我手里抱的东西给自己家带来霉运。我忙再三解释,我是新手办公事,请大哥谅解。我想下次就有经验了,得把这不祥的盒子拿布包着。一场惊吓,搞得我浑身是汗。

坐到车上,那女婿倒解释个不停,说什么今年是他的本命年,不能碰不吉利的东西,流年不利。我一句话都懒得接。想着这么一个男人,怕在单位也没什么担当,越想越瞧不起他。他还在一边讪讪地解释着,他没经过这事,好像我就经过这事,真是的。

晚上政委让我跟他到太平间去,我嘴上说好,腿却直打战。

太平间在附属医院一栋偏僻的平房里,天已经黑透,外面车水马龙,这儿甚是寂静。我跟政委并排走着,他高大,稍胖,背有些驼,走路晃着双肩。一栋平房里,只有一间亮着灯,一位清瘦的老人给我们开了门。政委说:"这是家属让人换的衣服,你辛苦了。一切都准备好了吧?"

老人接过政委给他的烟酒,笑着说:"放心,人比平常还帅气。"

我一听想笑,但马上知道场合不对,赶紧闭了嘴。

"你们还看人不?"

我紧张地看着政委,希望他说不用了,可是政委说:"看一下吧,明天校领导都要来,一点马虎不得。"

老人拿着一串钥匙走在前,政委跟在后,我既怕走在后面,又怕在前面,紧紧跟着政委,进门时,手一把抓住了政委的后襟。

"你害怕,就别进去了。"

"谢谢政委。"

当我一个人站在外面,又后悔了,里面至少有灯光,还有两个人在身边。现在倒好,我一个人站在黑乎乎的地方,说不定这周围全是遗体呀。我忽然想起不知从哪看的,说一个女人从黑夜的太平间跑出来,遇到的第一个人,不管那人是谁,她都会扑到对方的怀里。忽然一阵声音响起,我赶紧往太平间走,眼前一片片白床单像雪花似的朝我扑过来,政委跟老头都不在,我反身往门外走,撞上了一团黑影,我吓得大叫:"政委,林政委,你在哪?"

原来黑影就是政委,鬼知道他们怎么从门外进来了,吓得我嘴唇颤动不已。回去时政委说,这事以后会越来越多,第一次紧张,后面就习惯了。

我嘴上说是是是,心里还是怕得要命。当我们走到校园主干道上,看到路灯闪亮,我的心才放松了,与政委保持了一定的距离。

再回头望那平房,不远处有间婚纱影楼,再不远,还有一家川菜馆,在灯光下,跟那平房也就二三百米的距离。不知那饭馆和影楼的生意好不。

第二天,我们干休所全体干部和战士提前布置了告别室,挂在室正中的老干部一身戎装的照片跟躺在鲜花丛里的他判若两人。真实的人瘦得只剩骨架了。儿女们不时跟来人说着话,脸上没有伤感,我们工作人员更是,虽然胸前别着小白花,但不时也有笑声,告别的亲友和其他老干部,倒是面色凝重,但也让人感觉好像就是来走个过场。

所长话不多,站在一边,不时跟来来往往的老干部点头示意,校领导来了,他一步不离左右。

我没想到我写的生平,政委一字没改,他念时,在座的好几个人,包括老干部的亲属都哭了,连我的鼻子都酸酸的。不过,抬遗体时,我借口去检查录音机,站在一边。可是我又怎么能躲得开呢,我站的不远处就是灵车。当所长、政委、年助理和财务助理抬着老干部的遗体往灵车上放时,我远远地站着,心里紧张得要命。这时,政委看我,我忙跑过去,握着担架一边,眼睛朝远处望着,感觉手里硬硬的,一看,原来老干部的脚露出了白布单,真是吓死我了。

火化时,我双腿直哆嗦。不知谁说,快,快看,人坐起来了!我赶紧闭上了眼。年助理真好,是他替我进去的。不过在火化单上,仍需我写上自己的名字,我手哆嗦了半天,写的那字跟小学生写的差不多。

日有所思,晚间就做梦。我梦见去世的老干部活过来了,说我把他的腿抓痛了。我一下子惊醒了,母亲说:"怎么了,怎么了?"我说了给老干部处理后事的事。母亲说:"娃,人没了不要怕,你干的这是积德行善的事,他还感激你呢,怎么会吓你?"母亲的话,让我心里一下子豁然开朗,再处理此事,心里也不害怕了。"养牛就得对牛有感情,种地就要对地有感情,跟老干部在一起,就要对他们有感情,就当他们是自己的爹妈。你爹当队长,你以为全村人服他就因为他是队长?不是的,是他比队上谁都了解咱那儿,了解咱队上的人。摸不透,你这个队长就是个空架子,没人会服你。谁的心不大?谁不想指挥人?不要怪命不好,咱老戏上唱得好:姜子牙钓鱼渭河上,孔夫子在陈绝过粮。韩信讨食拜了相,百里奚给人放过羊。莫把穷人太小量,多少贫贱做栋梁……你好不容易考上军校,当了干部,这是咱祖宗修的业好,娃呀,要珍惜。"睡了一夜,细思量,母亲的话虽啰唆,理却对。

妈非让我第二天晚上到十字路口给老干部烧纸钱,说,这样我晚上就不做梦了。我不干,妈瞒着我去烧了。不知是时间久了,还是妈烧纸管用了,反正,我以后再也没梦见老干部。

寄存骨灰盒,跑民政局,领抚恤金,终于忙完,我到干休所已经一个月了。

这时,我更不恨高红了,我如果像她那样在干休所待了四年,我也要想尽一切办法调离。四年呀,送走了多少老干部,跑了多少趟火葬场,为老干部供应了多少次鸡蛋,听了多少桩老干部家里的鸡零狗碎的烦心事呀?

政委说:"你最近表现不错,老干部家都表扬你呢。对了,你现在住在哪?"政委一听说我妈帮我带孩子,提了牛奶和鸡蛋就要去我家。

只有一间房子,政委只好坐在沙发上。政委看了三家合用的厨房,一句话也没说。下班时,政委说:"你孩子小,住在那边不方便,搬到办公楼五层吧,有一套房子,但你级别太低,所里锁了一间。小厅吃饭,厨房卫生间都是单独的,内室不小,阳台也很大。"

妈一看房子高兴地说:"你才二十四岁,吴助理都三十岁了,你比他厉害,好好干。"

政委找了汽车班的六个小伙子帮我搬了家。

年助理把另一间的钥匙悄悄给了我,说:"让大妈晚上住进去,白天你把行军床收起来就行了。"

妈说:"咱不干那事,房子已经够住了。"

我搬家那天,年助理正指挥着战士们搬,忽然说:"你见过她吧?"说着,用眼睛示意我去瞧一个女中尉。

我看一眼就断定她是高红。高红推着车子过来了,她跟年助理打招呼。我借故走开。她比照片上的漂亮。她看上去并没我想象的那么好脸色,姚政委我知道,毛病多着呢,就凭她那个马马虎虎的工作态度,我相信挑剔的姚政委对她不会满意的。

年助理说:"高干事高升了,详细跟我们分享下你的幸福?"

"就是忙,跟着学员出操、上课,家根本顾不上,说要小孩,也得等等了。"

"我就说嘛,要调到机关,学员队也是基层单位,那些学生,一个比一个事多,你肯定累多了,你看,脸色多不好。"年助理说着,朝我挤了下眼。在余光中,我发现高红看了我一眼,她一定也知道我是谁,但是我们谁也没有主动开口。年助理刚要介绍,我扭过头对战士说:"咱们走吧。"

年助理一路又说:"她瘦了,你看你比来时滋润多了。"

我说哪呀。虽如此,我心里还是高兴的。哼,等着瞧,看谁笑到最后,我就不相信我没有咸鱼翻身那一天。

至少目前,我就比你高红幸运,我有了房子。听说她本来在干休所有间宿舍,调走后,干休所让她搬出,现在和别人混住。想到这里,我心里平衡多了。

4

一晃到干部晋职、调级、评定职称的时候了。政委说:"你把咱们所干部情况全部搞清楚,千万不能漏一个。去年漏了刘助理,他差点把我吃了,后来虽补了,但是搞得我很狼狈,都怪高红,工作不仔细。"

干部工作我没搞过,但是干部晋升政策我是知道的,比如说文职干部九级及以下,都是三年一调,到八级须满四年。还有,晋升高级职称,对每个业务干部都很重要,如果有了副高职称,八级调七级就顺调,否则即便调了七级,也不能享受副师的待遇,戴副师的胸牌。干休所里的卫生所有六个医生,今年有三个人竞争副高。

高红真不是个好干事。我在野战部队时,看见过干部花名册,干部姓名、职务、任现职时间等，一目了然。随着干部职务升迁，花名册需要经常更新。可是我翻遍所有柜子，都没找到这样的本子，我问政委，政委说都在高红那儿。一听就是一笔糊涂账。

我查看了所存的干部调级晋职命令时间，只查到有限的几个，然后重制了名册，怕漏掉，又跟他们本人一一进行了确认。

三个竞争高级职称的，我办得更是仔细，将他们的述职报告，发表论文，英语、计算机成绩，还有立功受奖情况、工作业绩等，一一准备好，按综合实力排好一二三顺序，先给所领导做了口头汇报，然后把所有资料交给每位常委，供常委们开会时研究。

我把新的干部花名册和老的干部花名册给所长、政委各打印了一份，把压的命令全部交给卫生所、军需办、财务办。该增加钱的，该提高待遇、确认相应军阶的，都跟相关部门做了一一交代，忙了好几天，总算厘清了。

有一天卫生所的一位医生找到所长说，他已调至六级了，结果昨天到医院看病，医生说没有接到命令，他还是八级。要是师职就是高干了，看病不用排队。

政委黑着脸，只说对不起。虽然不是我经手的事，我办妥后，又查出往年积压的许多遗留的问题，一并进行了处理。

调级是关系到每个干部的大事，怎么能掉以轻心呢？

组工宣保一担挑时，因为身上的责任，我得看大量的文件，得懂干部政策，得熟悉干休所工作人员和老干部的实际情况。我得带着老干部跳舞，得陪着他们去春游秋游，供应东西。在做这些时，我才第一次感觉自己真正走进了生活，真正能挑大梁了。到地方跟民政部门、菜市场小贩打交道,也锻炼了我跟各类人打交道的能力,这恰恰是我的弱项。

见了老干部,我也不再低头走过,而是跟他们热情地说话,学着认公鸡母鸡,学着分鸡蛋,熟悉各类菜蔬的价格,跟小贩们讨价还价,跟着老干部学听戏、钓鱼、下棋,我感觉所有的工作,并不是我想象的那么枯燥,相反,只要你投入进去,也蛮快乐的。

老干部参加全校文艺演出,我站在主席台上给他们打拍子。第一次站在了全校的舞台上,我心里充满了自豪感。我不知道高红在不在,是不是在注意我,但是我是想见她的。我想,我比你干得好,至少在学员四大队大合唱的指挥台上,没有你。还有学校的校报上,我们干休所经我撰写的报道每期都有,干休所第一次不再被人遗忘。

老干部学习,老干部春游,老革命给青年学生讲传统,电视、报纸上,干休所老干部们比年轻的学生还活跃。

当我做完这些时,我感觉自己办事沉稳了,脾气也不急躁了。有时,我不无阴暗地想,如果高红还像她在干休所那样干,在学员队肯定不会有好结果的。

5

在干休所待久了,就体会到了它的诸多好处。比如有很多时间可以看书,除了每天给老干部看文件,其实给他们看文件的时候,我也可以看书。看得多了,就想写东西。每次写完,我先给校报送一份,再投到军报,没想到《走在人生的边上》发在了《解放军报》上。刚好总部要搞演讲比赛,学校拟选拔参加的苗子,准备趁此搞一台青年演讲比赛晚会,庆祝五四青年节。在全校范围内,抽了三人,协助校组织处青年办把关演讲稿。这三人有宣传处校报编辑部的编辑于然,学员四大队的干事高红,还有干休所的我。我们的任务是从一百多篇稿子里选上十篇,先由本人演讲,选十篇登到校报上,再选五篇送到总部,由他们推荐给军内外报刊。

赵干事已经上班,干休所领导同意我去机关帮忙。

组织处没有多余的办公室,我们临时在校报编辑部办公。王主编一个屋,于编辑和一个已经退休又返聘回来的林编辑一个屋。我跟高红共用一张办公桌,她去得早,理所当然地坐到桌子正面了,我只好坐到桌子反面。因为腿没地方搁,我每次都斜坐着,王主编让于编辑把一个放满稿件的空桌子腾给我,于编辑说好,但半月了也没动。来自八个学员队加三个附属医院、直属单位和机关的,共一百一十篇稿子,我跟高红各看一半。

这是我第一次正式见高红。客观地说,她长得还可以,也会讨领导喜欢,上上下下,都蛮喜欢她的。唯一不足就是坐不住,文字水平就更别提了。她会不会写东西我不清楚。因为我们是来临时办公的,我除了带水杯和书外,其余东西都没带,带了也没地方放。我的半边桌子上,还一多半放了高红的东西。桌子上,高红放着小镜子、相框,还有巧克力、糖块什么的,每天一来,她就分给大家。林编辑是返聘的,她不穿军装,性格比较孤僻,听说是一位首长夫人,懂医,主要管二、三版,于编辑管一、四版。高红给林编辑吃时,林编辑总蹙着眉头摇摇头,低头继续干活。于编辑最爱吃,边吃边说好吃。里屋排版的小陈,也会得到高红给的好吃的。要是给我,我也不会要。高红有时会哼着小曲,林编辑看她一眼,她就停了。不一会儿她又哼,林编辑就很不高兴了,但也不说什么。

我以为在干休所工作了一年,我已经原谅了高红,但当她坐到我面前时,我感觉那股恨意又像潮水般涌来。我想把一杯热水泼到她脸上,在她茶水里啐一口,甚至想找人揍她一顿,或者说话时,话里话外捎带着讥诮。可是我啥都没干。不但啥都没干,还心平气和地跟她说话,因为我知道工作事大,一切恩怨在工作面前,都得让位。

她却不这样想,有时还故意挑衅。比如有一天,她忽然说:"你给老干部处理后事还能睡得着?"

我反问道:"你呢?"

她睁着一双大眼睛说:"我当然害怕了,所以我要调走。跟你说,在干休所待四年,我人老了不说,对生活都没激情了。"

我不再说话。

高红又说:"那个破地方,就不是人待的。"

林编辑咳了一声,高红闭了口。

于编辑,叫于然,大眼睛,一头直发遮住了大半张脸,话不多,但声音动听。不知为什么,对我一直有种敌意。比如,我跟她要信封,她头都不抬地说没有了。林编辑对我谈不上好,但也不坏。在我没要到信封时,她一句话没说,直接拉开她的抽斗把一沓信封递给我。

我选中的稿件里面没有高红那个大队的,也就是我曾经战斗过的地方。

四大队共交了七篇稿子,只有两篇还算稿子,但全是大话套话,言之无物。在最后交组织处时,我还是动了脑子。不报,怕高红说我公报私仇。报了,怕处长说我水平太差,因为我听说组织处这次要调人,有可能在我跟高红中间选。所以我思索再三,在呈报处长前,还是把那两篇稿子撤了下来。我选了七篇稿子,其中有我的一篇,名字叫《为霞满天我骄傲》,写的就是我在干休所一年来的真实体会。

高红报了多少,我没问。

组织处长拿到我们的稿子后,说你们再把对方选的稿子互相看一下,淘汰一些,总数不要超过十篇,然后再送校报王主编处统一审定。

说实话,我希望高红选的稿子漏洞百出,这样就可以体现出我的水平了。可遗憾的是,高红选的稿子还真不错,跟我的不相上下,不但内容好,而且每篇几乎找不出一个错别字来。说是十份稿子,倒不如说是十发核弹头,打得我晕头转向。我怔了半天,最后又重读了三遍,决定拿掉两篇弱的。

因为下班前就要交稿,高红看得不认真,她一会儿翻这一篇,一会儿翻那一篇,好像都举棋不定。到下班前,我说:"我换下了你交的两篇,你看看,是你送给王主编呢,还是我给王主编?"她把撤下的稿子看了半天,说:"我送给他吧。"

我说好。我说着,拿包准备下班。她却说:"你能不能把我们大队的稿子加一篇,撤下你的一篇?我们那么出名的大队,没一篇稿子,你怎么跟政委交代?"

我挑出四大队的七篇学员稿,说:"你看看,这些稿子语句都不通,怎么上报?"在她看稿子时,我扭身下楼。

林编辑在旁边叫住了我,她提着毛料军服问我:"干洗房今天开门不?"

我说周三开。她"唉"了一声,没再说话。下楼时,我看她提着衣服一会儿换到左手,一会儿倒到右手,我说我来提着,她说不用。我说:"给我吧,我骑自行车了。"军服都是冬装,至少有四五套,当然沉了。到车棚了,她说:"我拿着,你去推自行车。"

我笑笑,说:"自行车没气了。"其实我没骑自行车。

林编辑要提,被我挡住了,她非要提,我们俩就共同提着袋子,穿过初春的校园广场,花园里开满了花,海棠、榆叶梅,一树比一树漂亮。"春天真好。"我说。"没有花草,春天就没啥可看了。"林编辑接口道。"没花草,还有水、鸟,还有天空、云彩呢,对了,还有地上的虫子呢。"我说着仰起脸,"林老师,你看,那片云多美,像彩练。"林编辑停下脚步,看了我一眼,说:"我喜欢你乐观的性格,听说你跟爱人两地生活,一个人带孩子,真不容易。"

"我妈帮我带着,还可以。日子总是越过越好的。"林编辑家在一区,她要把衣服拿回家,我说:"我明天送到干洗店不就完了,放心吧,我家离干洗店不远。"林编辑不好意思地说:"这怎么行?"我说:"顺手的事,再见。"林编辑还要说什么,我已经走远了。

第二天我刚进卫生间,林编辑也来了,她好像是无意中来了这么一句:"是帮咱们校对的老李给高红看的稿。高红文字不行,投的不少稿,都是我给改的,她来了,对我却不冷不热的,她知道我只是个返聘人员,对她没用,所以瞧不起我。"

我看了她一眼,她拍拍我的手,说:"事干好,心好,啥事都能办成。"林编辑的一席话,在我脑子里转了大半天。

对了,这天还有一件事须提一下,我有了办公桌,是林编辑帮我腾出来的。事情是这样的:王主编进来看报纸大样时,发现我还坐在桌背面,说:"于然,你怎么没有把桌子腾出来?"于然笑嘻嘻地说:"这几天忙,等这期报纸出来了,再腾。"

林编辑这时忽然站起来,说:"我来腾吧。这些稿子都是去年的,我先收进纸箱里,明天放库房。"

王主编一走,林编辑果真立即腾了起来,我也跟着干起来。我俩不时地抬眼看一下对方,感觉好像心中有了共同的秘密。

下午刚上班,四大队的姚政委打电话让我到他办公室。我一听就猜出他啥意思,本不想去,但一想,他毕竟是我过去的领导,便说现在手头忙,下班前,我过去。出了机关楼,我才想起应让稿子说话,又回去跟高红要稿子。高红大概知道我要去哪,脸上掩饰不住笑意。

自从离开学员队,我再也没有回去过。四大队挨着网球场,学员们在里面打球,路边的月季有红的、黄的、粉的,参差不齐地开着,远远飘来一股芳香。我朝楼两边的宣传栏看了看,黑板报上全是密密麻麻的字,歪扭不说,还一点美感也没有。这要是学员队参加比赛,肯定倒数第一。想当年,我办的,哪次不是第一? 新闻系的高才生连个黑板报都办不好？那不是蠢蛋一枚？我可不想把墙报办成老掉牙的报纸新闻摘抄。我有新闻摘要，更多的是我们本大队的新闻，每周必换，有大队重要新闻，还有优秀学员感言。学员队没有报纸，黑板报就是门面呀。

现在这样的门面，姚政委心里是啥滋味呢？我暗自思忖着，挺胸昂头迈进了学员四大队。正是下课时间，学员们三三两两出出进进，一见我，都不停地跟我打着招呼。曾跟我同住过的空医系的孙萌跑过来说："李干事，你来了，到我们宿舍去吧，我们可想你了。"

我摆摆手，忍着眼泪，朝一楼政委办公室走去。

姚政委个矮，偏瘦，戴副白框眼镜，人看着斯文，嗓门却不小，每次站到队列里，我老怀疑这声音不是从他嘴里发出来的。他此时正低头在写什么，我整了整军装，微笑着说："政委好。"

我想了一路他兴师问罪的样子，特别是第一句，一定要狠狠骂我一顿，比如说我公报私仇之类的。想当初我休完产假的第一句话他应当慰问我一下，毕竟我成了母亲，毕竟我还在他手下干了两个月，即便我马上要调走，至少面子上应客气一下，有必要吧？谁知他开门见山，让我心如死灰。现在，他会如何骂我呢？

结果，大大超出了我的想象。

我说政委好后，他马上站了起来，要跟我握手，我一时没防备，怔了一下，还是接过了他胖乎乎的手。他个矮，手却很大。过去他手就这么大吗？我怎么没留意过。

"快坐。宋助理，来，给李干事沏茶，这可是我从我老家带的，绝对新鲜,安吉白茶,听说过吧?"

"政委,我来跟你谈谈咱们学员的稿子。"我不想让他跟我套近乎,直奔主题。

"急什么呀,来,先喝茶。听说你在干休所干得很好,还分了房子,出去都有车坐,不像咱们学员队,穷得只有学生了。我这个正团职的政委,都没车坐。"

我笑笑,说:"谢谢政委关心。学员的稿子真的有问题,语句都不通,或者想到哪写到哪。政委你是秘书出身,你看这样的稿子,换你,能通过吗?"我说着,把稿子放到他跟前,接着说,"当然,学医的学员不擅长写文学作品,所以就要咱们大队把关。其他学员队、各系把关都很严,护理系的干事几乎是一字一句给改的。政委,你可不能认为我是公报私仇,再说咱们没有仇,友谊长青着呢,我调到咱们学员队,还是政委您亲自从干部处接的我,我是知恩图报的人。"

"哈哈哈,怎么会,怎么会。"姚政委笑着,把茶杯递到我手里,说,"今天请你来,一来叙旧,再则请你亲自操刀,给咱们改出几篇像样的稿子来。咱学员四大队是一个英雄辈出的大队,在省上、全军都是挂得上号的。这不只是个学校演出任务,而是全军的政治任务,四大队不发出声音,怎么说得过去?怎么给校领导、总部首长交代?你给咱润色润色。你看,文学我不懂,那个高干事,也不行。刚才,我从窗里看你看了我们的板报了,哎呀呀,一言难尽,咱不说了。改稿,你说怎么改,咱就怎么改。我给你找地方住,你就在这加班改,好不好?"

"机关那边还有事,我孩子还小。这样,政委,我对四大队是有感情的,我毕竟是从这出去的,你让空医系的孙萌找我,我知道她文笔好,上中学时,文章就上过《少年文艺》呢。再说她普通话也标准,让她写,参加演讲,应该没问题。还有张鹏、李扬都很不错的呀,为什么不让他们写?"

"孙萌?高干事说她通知了各队好多次,你说的这些人都没交稿呀。"

她当干事快一年了,谁能干什么她都不知道,当得也太不合格了吧。亲爱的读者,写到这里,我不得不说,我不是神,也不高尚,这时,我的确是公报私仇了,原谅我,我真的很爱学员队,虽然我只在学员队待了两个月,可我能叫出全大队学员的名字,能知道他们每个人的爱好,还跟他们中的好几个都成了能说私话的好朋友呢。高红让我离开了他们,我能不恨她?!

孙萌写的稿子果然不错,还参加了校演讲比赛。

最终,我们推荐的五篇稿子,有两篇发在了《解放军报》,还有三篇发在了《解放军生活》,校政委把组织处狠狠地表扬了一番,处长当然也表扬了我们。这些稿子里没有我的那篇,最后是我决定拿下了自己的,加了孙萌的稿子。孙萌的稿刊在了《解放军报》,还到北京参加了全军青年演讲比赛,夺得了二等奖。我建议姚政委给孙萌报请三等功。姚政委说:"没问题,你不是在组织处帮忙吗?给他们打个招呼,我们这边抓紧报。"

孙萌是八个学员队第一个立功的,她高兴得抱着我儿子直转圈,吓得我妈说:"姑娘,轻些,轻些,别吓着娃娃。"我儿子非但没被吓着,还咯咯地笑。

6

演讲结束了,文章也登出来了,按说没我们事了,高红也回去了,因为我手头有王主编交代的一篇稿子,我打算忙完再回干休所。

王主编交代的稿子,是学校王政委的一篇理论文章,是宣传处几个"笔杆子"推出来的。宣传处处长刚从国防大学博士毕业,一直搞干部工作,心里没底,就把此任务交给了王主编,王主编把我叫到办公室,让我看看稿子质量如何。

我接受任务后,没敢轻易表态,两个推稿子的,一个是少校,一个是中校,都是老江湖了,一旦意见不对,那肯定得罪人。我吃过晚饭,安排好孩子,到了校报编辑部,上网查了全军有名的学报和理论刊物,通过跟上面的文章比较,感觉这篇理论文章本身没问题,就是写得没特点,也就是说没有跟我们学员的实际挂钩。如果从学校人才培养,特别是从政委一直强调的名校名系战略方面入手,会更好。

王主编同意我的看法,问我能否写。我说写没问题,只是情况不熟。王主编说:"我请示了政委,这样,你先不要急着回干休所,扎扎实实集中到各学员队去调查研究,然后写出一篇有理有据的理论文章来。"我说好。

接到任务,我才知道自己夸大口了,我除了写过些新闻通讯稿、散文、小说和毕业论文外,理论类的文章,一个字都没写过。

愁得我吃睡不香,妈看着我,心疼半天,说:"要不,还是回干休所吧,干休所挺好的,有房子,出去还有车坐,冬天发白菜,夏天发西瓜,每月还供应鸡蛋、肉之类的,又不忙,这是神仙过的日子。"爱人跟妈一个意思,他休假站在宽大的阳台上,比画着要把厨房和卧室相通的阳台包起来,说可以种花种草。我说:"别,咱不会长期住这的,我调到机关,会分到经济适用房的,即便分不到,也会住更大的公寓房。"

爱人望着楼下的汽车班,说:"也是,楼下整天晚上车声不断,怪吵的。兴许你调到机关,认识的领导多了,就有可能把我从外地调回来呢。"

我说:"你想得美。"

妈说:"当然要想得美了,想到了才能去做,你们总不能一直就这么分着呀。"

一想起爱人的工作调动,我就头痛,说:"行了,我去加班了。"我去的是学员队,晚上学员队事少,我可以跟学员队干部聊天,有在的学生,也插空跟他们聊。

当然我还是先找四大队。姚政委看我还没回干休所,对我更热情了,再三跟我说,学校虽然有不少单位,但毕竟是以教学为主,说我深扎学员队思路是对的。然后问我要干什么,我说跟学员聊聊,他就不问了。

我一方面跟学员聊天,另一方面又跟分到了三个附属医院的已经工作了的年轻医生聊天,问他们学到的知识和实际的应用情况,这么一来二去,一个月不觉间就过去了。我不听有领导在场的座谈会,不听别人介绍,全与个人聊的,感觉这次收获满满,这也为我以后的创作积累了丰富的素材。

调研完,我用了十天时间拿出了初稿。

王主编看完,说:"不错,很不错。"我听到这话,心想肯定没写好,感觉辜负了他的信任,我说:"我明天就回去了,感谢王主编的信任。"

王主编说:"就是写得挺好嘛,当然问题是有的,观点提炼得还不够,但是材料翔实、论据充分,是一篇好稿的坯子。标题要新,标题新,才能给材料内容增色,增强内容的感染力、说服力。你看,文中的一级标题,要语句对称、均衡、和谐,符合人们传统审美习惯。二级的可以参差不齐、错落有致,运用得好,同样能够给人以美感。对了,你对校报的编辑工作有什么想法,放开来讲一讲。"

这么一说,我来劲了。我说:"这次到学员队和几个附属医院调研,好多学员都说咱们这次连续发演讲稿很好,每期有延续,大家就不得不看,而且咱们的主题又紧扣强军建校。下一步,咱们把学员队工作放在重点,这是咱们学校的重点工作嘛,比如,每期开个栏目,就叫《我们的学员队》,讲故事,讲见闻,讲感想,什么都可以。"

"好,那你先不用回去,负责这个栏目的约稿、编辑,好不好?"

当然好了,这事我轻车熟路。结果,老司机偏走了麦城,现在一想起来,后背还会骤然发凉。

7

政委的稿子,王主编修改后,我又细细看了一遍,改得真好,特别是大小标题,对偶工整又严谨。我看了三遍,感觉没问题,打印好后,交给了王主编。

我们校报一版决定全文刊登。一般每期报纸王主编看后,再由主管我们的宣传处处长把关,最后发排付印。

可这次稿子是政委写的,所以处长看了,政治部副主任和主任又细细审了,层层领导都签了字,让我对文字,特别是发在头版的,敬畏得不行,所以下厂前,我又从头到尾反复看了好几遍,才交给排版的小陈。对了,我原来就说过,于然编辑头版和四版,林编辑主要编二、三版的有关医疗和学员队工作的。

于然说:"这一期稿子都是你看的,我这个责任编辑好轻松呀。"

我说:"你再看看,你是责任编辑嘛。"

"报纸核红都是你核的,我就不看了,经了那么多人的手。"于然说。

结果,还是出了问题,还不是当时发现的。我们每期报纸要给总部、省军区协作办、各大友邻单位寄,还要给各下属单位发,谁料报纸出来的当天晚上,王主编半夜敲我家的门,说出事了。

"出事了"三个字,立马让我的腿软得直不起来了。

到了办公室,于然和林编辑都在,处长、政治部主任随后也来了。我们刚坐下,政委黑着脸进来了,原来报纸把国家一个重要领导人的名字打错了。

"报纸给总部寄了没?"

"寄了。"

"军区呢?友邻单位呢?"

"都寄了。"

"统统给我追回来销毁,一份报纸都不能外流。还有你们宣传处、政治部,要查清此事,对有关人员要严肃处理。"

外寄的我不知道怎样要回的,反正发下去的,统统收回来销毁了。谢天谢地,学员队和附属医院还没有发,我骑着自行车,从直属单位挨个收回了。

肯定是于然坏的事,她把我当成了自己的眼中钉。可是当时于然不在办公室,稿子从头到尾都是我改的,我虽有三稿已改过的稿子为证,可我在电脑上看过版样的。王主编说有可能是手碰错了键,替我求情,但无济于事。排版的小陈哭着说,我不让李干事上机,可是她非要还看一遍,她又不懂排版。我狠狠地看她一眼,却没法证明我没动过领导人的名字。

虽然没处分我,但调组织处的事就此泡汤,我只好回了干休所。

分管组织处的吴副主任是个不苟言笑的人,订材料你订得稍偏了,或者文件有个水渍,他都会把文件扔到你身上,大发雷霆。现在发生了如此大的事故,他坚决不同意我调到组织处,说工作如此不严谨,没法在组织处这么重要的岗位工作。王主编跟吴副主任是同年兵,虽然再三解释,仍没通融的余地。王主编最后叹息道:"事情这么简单,连个小孩都知道,为什么领导就不相信呢?你出现其他错,我都相信,可是将国家领导人的名字写错,这绝对不可能的,本身你打的就是词组。再说,我反复看了,打出的三份清样上都没有错,你看看,这哪有错?这种低级的问题只能是人品低的人才可能干的。我去找了政委,政委说,年轻人,下去锻炼下有好处。"宣传处处长看王主编气得咳个不停,笑着说:"莫生气,莫生气。"

王主编说:"你放心,存心不良的人,看起来阴谋得逞了,没人管了,这不是什么好事,只能助长她身上恶的成分。不定哪天,要犯大事呢。我把这话放在这,你看着。我知道她害怕你顶了她。人有危机感,正常,只有你努力,才可能化解危机,否则总有一天会结成恶果,不信,等着瞧!"

我回到干休所,所长、政委和大家对我都挺好,政委说:"机关没啥可干的,整天加班也没啥意思,还是在干休所好,对不对?我们每次发东西都没有少你的。回来好,好好写反映咱们老干部工作的新成绩、新业绩。老干部工作虽然烦琐,但不会出大问题,特别是政治问题。"说得我难过得低下了头。年助理倒笑着说:"咱们干休所挺养人的,你看,你家小孩多可爱,我们大家都喜欢他。还有,马上要春游了,你又要忙起来了。"

赵干事回来后,她管了宣保,领导让我管组干,但是写稿还是我的。因为工作轻车熟路,倒也过得清闲。

两个月后,王主编说,政委稿子发在了《全军政治工作研究》

上,还上了内参,总部首长还写了按语呢。政委表扬了我,让我不要灰心,他心里是有数的。

我当这是安慰话,同意了爱人的想法,包了阳台,准备种花种菜。再说孩子上了幼儿园,还得每天来回接送,我觉得机关工作并不适合我。

其间倒是碰到了高红,我在服务社买菜时,看到了她。我装作不认识,她却主动走到我跟前,跟我说了半天闲话,最后说:"干休所挺好的,你好好干吧。"话好像挺好,但那胖脸上写满了幸灾乐祸的表情,我也懒得跟她说话,转身离开。

我仍不时地给校报写稿,当然也写小说,不时地往军内外文学报刊投。

让我奇怪的是,王主编见了我,却不再像过去那么热情了。我有次去拿我们所的报纸,到他办公室坐了一会儿。他半天才说:"唉,于然老在领导跟前说你这不好那不好,还说得有鼻子有眼的,一会儿说你跟你们干休所一个姓年的男同志关系不正常,一会儿又说你跟某个老干部走得很近,逼着让人家给你想办法调动呢。我前阵跟处长说调你,处长就跟我说了这事。看着于然也怪可怜的,家在农村,快四十了,还没对象。不像你,适应能力强,你理解一下吧。没想到这几天于然好像脑子有了病,见人就说你不好,工作呢,也常常出错,丢三落四的,搞得我头痛得很。"王主编说到这儿,看着我。我不知道该如何接口,说我理解组织的难处,那证明我已经把自己到机关的路堵死了。如果我再求他,是不是让他感觉我愚笨,不能理解当领导的难处,不适合在机关干?思前想后,我只能默默地看着他,轻轻地叹了一口气,站了起来。王主编也站了起来,说:"你也别灰心,组织上决定让于然转业,你调到校报又有希望了,我昨天找了政委,他初步同意了。"

我唰地眼泪就流了出来,想说感谢的话,却觉得所有的话都轻飘飘的。情急之中,一把抓起王主编桌上的杯子,想给他倒水,却发现杯子是满的。王主编笑了,我也很不自然地跟着笑了。

下楼时,碰到了排版的小陈,她告诉我,是于然让她让我出情况的,说我六亲不认,到校报工作了,就没她好日子过。还说我说过,不是东风压倒西风,就是西风压倒东风,人与人之间,就是要斗争的。我想兴许她已然知道于然已经成了明日黄花,才跟我说这话,我点了下头,径直下楼了。

关于于然的小道消息越来越多,听说有一天她忽然冲到王主编办公室,端着一杯水,说王主编给她杯子下毒了。又有一天,她拿着报纸找到处长,说李小音把领导的名字写错了。大家才知她病得越来越重了,只好送她去住院。

听说我的调令也快下达了。

此时,我已在干休所待了两年,孩子也上幼儿园了。我拿出没有舍得上缴的中尉肩章跟妈说,我又要重新戴上它了。妈抹着眼泪说:"我就说嘛,咱农民种地,只要扑下身子,总有好收成的。"我笑笑,抬眼望,阳光真好,芒种到了。当然,我会把工作都整理好移交下一任的。妈说了,人过留名,雁过留声,一辈子,长得很哟!

有一天,于然的妈妈提着一大袋水果到我家里,说于然病得很重,让我去看看她,假装说我不去校报了,兴许她病就好了。老人哭得让妈心软了,妈说什么工作不是人干的?她不去就不去了,娃病要紧。我翻了妈一眼,冷冷地说:"我又不是医生,去了也无用。"

我硬着心没有去,妈却背着我去了,还提着牛奶、麦乳精之类的。妈回来后才告诉我的。妈说:"娃呀,人心不好,干啥都不长,你要记着这话。"我说:"你不知道她害得我多惨。"妈望着天,说:"天下冰雹,把地里的果子都打得落地上了,咱庄稼人就咒天吗?"我说:"这是两码事,她于然是天吗?她是我的地狱。她得病,是报应。"我话还没说完,妈一把捂住我的嘴,说:"吐一口,就把这话收回去了。娃,这话说不得。快跟老天爷说,说你错了。"我挣开她的手:"我有什么错?行了,我去接孩子了。"

但我并没有调到校报,最后到校报去接替于然的是一个刚从经济学院毕业的女孩。有人说,小姑娘来头不小。也有人说,校领导怕我去,更加重于然的病情,只好调了别人。妈说都怪我说了那话,老天爷惩罚我哩。我说:"高红把我挤到了干休所,她做了恶事,老天爷怎么没惩罚她?那个刚毕业的学员,我跟她无冤无仇,她又挤了我,老天爷怎么也没惩罚她?"妈半天才说:"不要那么想,娃,不要那么想。人在做,天在看,老天爷眼睛可亮了。你心里不能有恶的想法,一有,老天爷就知道了,就要惩罚哩。我看过一个秦腔戏,说一个男的本来能考上状元的,就因为他想着考上了就把头发稀少的老婆休了,结果这个念头让老天爷知道了,就让人把他从状元的榜单上抹掉了。"我哼了一下,说:"老封建!"妈拿起床上的扫把,就朝我身上砸了过来。

一年后,我调到了北京的一家军队大报。十年间,我从助理编辑一直干到栏目主编,晋升少校军衔。我调走时,高红还在学员队。走时,在妈的再三劝说下,我去医院看了于然。她穿着病号服,拿着一张发黄的校报,对我说:"你看李小音又把领导名字写错了。"

我就是李小音。她已不认识我了。

黑处有什么

一

事情的起因纯粹是个玩笑，没想到却酿成了无法挽回的恶果。

那还是一年前的一个春夜，柳一然约闺密江诗雨在鹿港小镇聚会。当时，江诗雨与丈夫刘纯刚闹了点小别扭，她没回家，而是直接从单位赶到位于河边的饭馆。离约定时间还有半小时，她到附近的崇光百货转了一圈。时间到了，又转了十分钟，柳一然一向迟到，也不知道她到哪了。江诗雨刚想给柳一然打电话，柳一然电话就来了，问江诗雨在哪，说自己到饭店没找着她。江诗雨为了挽回自尊，说："我刚下出租，马上到。"

江诗雨到时，柳一然已给她俩点了必吃的杧果冰沙、菠萝油条虾、筒仔米糕，其他让江诗雨点，说自己评上了优秀新闻工作者，要请好朋友吃饭，吃什么，随便点，钞票有的是。

江诗雨一向随和，说："该点的你都点了，就这样下单吧。"两个好朋友一个月没见了，便天南海北地各自汇报了自己的近况，有高兴的，有伤心的。反正好朋友之间嘛，啥都不隐瞒，说完了，一切烦闷也就没起初那么了不得了。所以，韩剧里说，好朋友就是对方的情感处理器,一股脑儿倒出来,让对方吸收、吞纳、消化,然后一切就烟消云散了。

江诗雨跟柳一然既是大学同学,又是老乡,同一个宿舍待了四年,又一起分到省城工作,两人无话不说。两家虽然离得远,可从不影响她们的密切交往。江诗雨的丈夫刘纯刚在大学里当历史老师;柳一然的丈夫陈之永是市政府部门的小处长,虽然职务不大,但手中掌管着全市的房产。两家相聚,基本都是陈之永安排的。江诗雨孩子上重点小学,也是陈之永一个电话就解决了。虽然如此,陈之永却没为官者的霸道,话不多,谦和,特别是对柳一然关怀备至。这让江诗雨艳羡不已,不时让丈夫刘纯刚学着点,别动不动就发狗脾气。

虽已初夏,外面还是有些凉,进了饭店,江诗雨看到柳一然穿着一件洋红色的长袖连衣裙,忙说:"小心,别感冒了。"柳一然笑着说:"不会的,我身上自带火炉呢。"江诗雨脱下风衣,取下围巾,坐在柳一然对面。饭店人来人往,门一开一合,风不时吹进来,贴身的羊绒衫根本不挡风,江诗雨禁不住打了个喷嚏。柳一然笑道:"你冷,就穿上风衣吧。我们家体宽,都怕热。"

"那是因为你们家被大'太阳'罩着。"江诗雨笑道,"不像我们这些平民百姓,诸事都要亲力亲为,头顶可没人给你撑把伞。"

"行了,说正经的,最近又在写啥?"柳一然喝了口冰沙。江诗雨摆摆手,说:"千万别问这,你一问,我毛发都竖起来了。对了,最近看了部电影不错,你有空看看,是部意大利的电影,叫《完美陌生人》。"

"《完美陌生人》？没看过,讲的啥？说来听听。"柳一然点了一支烟,吸上了,才说,"你还不吸烟？"江诗雨摇了摇头,说:"吸烟又不是什么好事,老问,好像不吸烟就不能与你这个大记者交朋友似的。"柳一然徐徐吐出一缕烟,说:"你有闲,还能看电影,我整天忙得四脚朝天。当记者的,靠报纸养着。现在的报纸你也知道,被网络搞得就像明日黄花的结发妻,丈夫弃之可惜,留之又爱答不理。保不齐哪天我们这些无冕之王真的就下岗了。"

"你这个名记者都如此伤感,看来报界前景堪忧,不过你们是政府大报,不存在这问题。说真的,这部影片荣获过最佳剧本奖、编剧奖等好多大奖,实至名归。讲的是一帮好朋友聚会,不知谁提议说,大家都把手机放一边,打开扬声器,看一会儿有谁打电话来。"

"嗯,这个故事还不错。"

"是呀,有人跃跃欲试,有人极力阻拦。但最终游戏还是开始了。手机每一声响都会让人的心揪一下,每个人都好奇别人的秘密。有人秘密一爆出,马上就会有人站在道德高度上谴责。下一秒,自己的秘密被爆出,立刻理亏。这就是人性。火没烧到自己身上时,永远带着看客一般的心情,来看待别人的痛苦,哪怕是自己的朋友。剧情一步一反转,上一秒还是受害者,转眼间成了出轨者。有一个帅哥叫来勒,他在网上有个暧昧对象,害怕被曝光,因此与好朋友佩普换了手机。没想到佩普有个交往密切的男性友人,此时打来了电话。来勒的妻子卡洛塔以为丈夫是同性恋者,情绪瞬间崩溃,还未平复,自己的秘密也暴露:她和一个有家室的男人有时一起玩'不穿内裤'的游戏。未婚少女比安卡的前男友会在伤心难过时给她打电话,这令她现在的男友柯西莫十分不满。随后柯西莫的秘密也曝光,他不仅和聚会的女主人艾娃偷情,还有一个打电话来说自己怀孕了的情人。艾娃接到了父亲的电话,说已帮她安排好隆胸医生。艾娃的丈夫是桌上最老实的人,他唯一的秘密是去找了心理医生,目的是更好地维系婚姻关系。他在饭桌上接到女儿的电话,在对待女儿早恋和初夜的问题上,他的表现堪称典范。一个个秘密像一颗颗重磅炸弹,炸开了看似平静的表面,炸得所有人的关系支离破碎。来勒和卡洛塔闹离婚。比安卡留下了订婚戒指,独自离开。佩普公开了自己同性恋的身份。艾娃扯下了柯西莫送的耳环,并骂了他。电影中原本看起来非常唐突的举动,都为后面的剧情埋下伏笔。艾娃隆胸,是因为柯西莫喜欢大胸妹子。卡洛塔出发前脱掉内裤,是为了履行和网友的约定。佩普的学校未与他续约,是因为他同性恋的身份。电影选择以赏月食为聚会目的,也是在折射人性本身,月亮有明面暗面,人性也有不可见人之处。月食结束,月亮重现光明,一切好似都未发生,大家还是维持着看似美好的表象,但是一切肯定都变了。"

柳一然听完,在一只水杯里摁下烟头说:"好电影,叫什么?再说下名字,我要到网络上去看看,现在到电影院看电影,对我来说可是百年不遇了。就算我想去,陈之永也不会去的。他饭局多,回到家,不是抱着手机看,就是看球赛,没完没了。说实话,我们一天说不了几句话。"

"这电影,可千万别跟你家陈之永一起看,好多事都是适得其反。"

"没事的,我们家那位你了解,咱们多年老朋友了,你看他见了你,还脸红呢。"柳一然说完,略一停顿,忽然说,"诗雨,我刚冒出一个念头,你敢不敢跟我做个试验?比如咱们分别给对方的老公打个电话,说自己醉了,让他们来接,看会发生什么事,搞不好,比你说的那个电影还精彩。"

江诗雨说:"一然,你疯了?拿自己的老公做试验。"

"受你的话题影响呗,你不是一直想考验你丈夫吗?我也有此想法,咱们考验一下各自的男人好不好?看他们是花间风流鬼,还是钢铁真英雄。"

江诗雨一想起丈夫刘纯刚昨夜生自己的气,便说:"不行!不行!绝对不行,人性如纸,最经不起考验。"

"不就是个玩笑吗?你说的那个电影,虽然搞得众人都不愉快,可结尾大家不都仍友好地回家了吗?啥事都没发生。诗雨,你是写小说的,难道不想玩个游戏,为你的创作积累些有意思的素材?"

江诗雨犹豫道:"可我怕我家刘纯刚知道了会骂我。"

"就是玩嘛,再说咱俩死都不开口,谁会知道?你看这饭店的服务员,清闲得都不见影了,有谁会传话?记着,咱俩谁说谁是小狗。总不至于咱们要像小孩般拉钩发誓吧。"

"那……我怎么心里总七上八下的呀。柳一然,你再想想。有些事,真的不能开玩笑。特别是夫妻之间,比易碎的青花瓷还脆弱。"

"哎呀,别磨叽了。这样,我先打,我有你丈夫刘纯刚的电话。"

"你先别,让我想想。"

"江诗雨,你比昆曲还烦人,老咿咿呀呀地没个进展,看我的。"柳一然笑着,把刘纯刚的号码按了下去。电话响了七八下才接。电话里一传出刘纯刚像喊话般的声音,江诗雨的心都提到嗓子眼上,她故作镇静地端起咖啡杯,眼神慌乱地看着柳一然。

"刘纯刚,我是柳一然,对,诗雨在吗?嗯,她不在?嗯,我有个事想请你帮忙,我……"柳一然说着,假装哇一声,吐了一下,说,"我……我喝多了,我爱人又出差了,你能不能来接我一下?"她说着,右眼朝江诗雨挤了一下。

江诗雨腾地站了起来,柳一然朝她摆摆手,她只好重新坐了下来。

"什么,你也在外面有应酬?那好,就不麻烦了,打扰了。"

柳一然放下电话,双手一拍,说:"端起杯子,祝贺下,你丈夫合格了。下面轮到你了,你有我丈夫陈之永的电话吧?"

江诗雨翻了半天,说:"没有。算了算了,我还是不想做这个试验。再说,我丈夫有事,你让我再打,万一你丈夫来了,我怎么办?你知道我最不会撒谎了。"

"你丈夫都不来,我丈夫凭什么就能来?打一个,这样才公平。记电话!"柳一然的语气总是这么让人不容拒绝。

江诗雨记下号码后,临打,又踟躇了,说:"一然,你家那口子怎么说呢,好像对我有成见,每次咱们两家见面,他对我虽然客气,但从来没有主动跟我说过话。"

45

"打!"

江诗雨拿着手机,又想了想,说:"我感觉这样不好,那个电影不是告诉我们了嘛,人性其实很脆弱,试不得。"

"哎呀,你这个人,怎么这么啰唆?不就是玩儿吗?你不打,我来打。不,不行,他会听出我的声音的,这样,我替你发条短信。"

柳一然发的短信跟讲的内容基本一样:"我是江诗雨,柳一然在吗?我喝多了,我爱人出差了,你能来接一下我吗?"

半小时过去了,没有收到回复。两个好朋友起初感觉很失败,后又感到欣慰,一兴奋,真的喝起了酒来。酒倒上了,江诗雨说不行,自己酒量小。柳一然把杯子递到江诗雨手里说:"来,咱们两个失意的女人今天一醉方休。人生难得放纵一次,喝!"

一瓶红酒喝了一半,江诗雨的手机响了,最先发现的是柳一然。柳一然说:"快,把手机给我。"江诗雨心怦怦直跳起来,把手机递给柳一然。柳一然握着手机,说:"天呀,我的心跳得特别特别厉害,诗雨,不信你摸摸。你猜,我家陈之永会说什么呀?"

江诗雨嘟囔道:"又不是我丈夫,我咋知道他会说啥?"

柳一然闭着眼睛,嘴唇嚅动了半天,好像在祈祷,然后睁开眼睛,打开手机,然后笑得前仰后合。江诗雨急着问:"他也不来?"

柳一然把手机还给江诗雨,说:"你自己看吧。"

短信是中国移动发来的,主题:生活好管家,提醒你车辆限行信息、地铁拥挤程度手机查询、职场人生、营养美食、别墅洋房,等等,虽温馨之至,可惜一看就是群发的。

两个好朋友边喝边笑,笑着笑着,忽然间话也不想说了,酒也懒得喝了,有些诗情酒兴阑珊的感觉。

就在这时,柳一然的电话突然响了,她一看号码,做了一个鬼脸,说:"你家刘纯刚的。"说着,按下了扬声器:柳一然,你在哪？发定位,我去接你。

"看来他经过一番挣扎,终于还是顶不住了。"柳一然说着,神态掩饰不住地得意。江诗雨白了脸,低下头看手机,手机仍是空空如也。

柳一然说:"怎么办？"

"你定的,我咋知道怎么办？"江诗雨感觉一股无名火涌上心头,感觉好没面子。

"你给我丈夫打电话,估计我发的短信他没看到。他经常看球赛,今天在家,一定在看球赛。有球赛,短信声音他肯定没听到。"

"打就打,你都给我丈夫打了,我为什么就不敢呢!"江诗雨感觉胸中火焰烧得她五脏六腑滚烫,便果断地按了电话。嘀嘀嘀,半天电话没有人接。就在江诗雨要挂电话时,声音出来了,柳一然示意江诗雨按扬声器:你是江诗雨？明白明白,柳一然不在。你说你喝多了,嗯,我想想,你没有其他人陪？你在的那个地方嘛,倒是不远,可是……不过,你放心,你是柳一然的朋友,也就是我的朋友。你等着,我马上去。

江诗雨刚放电话,柳一然的电话又响了,柳一然努了一下嘴,示意江诗雨别吭声,然后声音柔柔地说:"之永呀,什么事？你是说江诗雨给你打电话了,让你接她？那快去吧,别让她等急了,她胆小,又不会喝酒。我可能要晚点回去,很多同学从全国各地来聚一次,不容易。谢谢你,老公。我爱你,来,亲一个。"说着,在手机上啪啪亲了两下。江诗雨说真肉麻,急得柳一然慌忙挂了电话,说:"你要死呀,怎么一点都不知道咱们正扮演的角色?不能露出一点马脚。"

考验结果是:两个男人对妻子的闺密都上心,即便口碑不错的陈之永,也是先答应了,才请示老婆的。两个女人心里都不是滋味。讪讪地坐了一会儿,江诗雨说:"柳导,接下来怎么演?我的意见是,跟他们说清情况,游戏到此为止。真的,我的心跳得怦怦的,别惹出麻烦来,不好收场。"

"不,我最喜欢麻烦,有麻烦才能考验人嘛。再说,好戏才刚开场,精彩的还在后面。"柳一然说着,喝了一杯酒,笑着说,"咱们再看他们来后反应如何。你想想,这两个狗东西,都没有征求咱们意见,就先斩后奏,可见男人见异思迁的本性暴露无遗,干脆咱们再考验他们一次。这样,我先走,去离你不远的海底捞,你就在这等我丈夫。我们共守同盟,男人无论做什么,我们都不能对不起好朋友。俗话说,朋友妻,不可欺;朋友夫,不可辱。此原则谨记,至于如何演,就看各自的演技了。"

"我怕演砸了。"

"没事,见机行事。我们是十几年的朋友了,一个班五六十人,大浪淘沙,最后你选中了我,我挑上了你,十几年的光阴证明咱们的友谊是能经得起考验的。套用一句话:你办事,我放心。我办事呢,你也绝对放心。你再喝些酒,放开些,把戏演得越像,越能考验咱们枕边人是钢炼的还是铁铸的。好了,我走了。"

柳一然一走,江诗雨突然很后悔昨夜因为心情不佳,拒绝了丈夫的求欢。我怎么这时候想到了这个问题?真该死。江诗雨搓了下手,不知下面的戏该怎么演,无措中,又端起了酒杯。

二

丈夫中途变卦是事出有因,还是内心经过了一番挣扎?江诗雨心里没底,怕自己真没醉无脸见陈之永,端起酒杯喝了一杯又一杯。抬头再看饭店人来人往时,就感觉他们在自己面前飘来晃去。当陈之永来时,她已撑不住,趴在了桌上。陈之永叫她,她想站起来,身体一晃,又瘫坐下来。

一向和气的陈之永现在蹙着眉头说:"能走不?"

江诗雨真是后悔,咬着嘴唇说:"当然了。"说着,又要站起来,腿一下子撞在了沙发脊上,眼看要倒下去,被陈之永一把拉住了。陈之永眉头蹙得更厉害了,本来就小的眼睛快成一条线了。他扭头大声喊道:"服务员!服务员!"来了一位穿着黑色立领中山装的瘦高个男服务员,还没开口,陈之永说:"怎么这么没眼色?快叫女服务员来扶客人呀!"

两个女服务员把江诗雨扶到车边,要拉后门,跟在后面的陈之永却拉开了前门,让江诗雨坐到了副驾驶上,又给系上安全带。一句话都没说,车发动了。不知是新车内饰黑色真皮的味道,还是其他什么味道刺激了江诗雨的鼻子,她恶心地吐起来,弄脏了车。陈之永很不耐烦地说:"为什么要喝那么多酒呢?一个女人家,真是的。"江诗雨羞得满脸通红,想开口,又怕再吐,赶紧掏出纸巾,捂住了嘴。陈之永递给她一瓶矿泉水,她喝了一口,打开车窗,让风吹了吹,感觉好了一些,细声说:"对不起,真对不起,我这是第一次喝这么多的酒。"

陈之永没有说话。江诗雨羞愧地低下头,发现脚下脏了,还有陈之永的右腿也沾上了自己吐的污物,便拿纸擦车。陈之永说:"不用了,我回去洗车。"

包里纸巾没了,江诗雨情急之中,一狠心解下脖子上的纯棉围巾擦起来。陈之永说了几次,她也不理。陈之永开一会儿车,转头扫一眼,忽然说:"你可真实诚。"

江诗雨没接话,擦干净车后,陈之永递给她一盒纸巾。江诗雨撕了一张,在陈之永的腿上擦起来,说:"真的,对不起,弄脏了你的裤子。"

陈之永这次笑了,说:"我说过了没关系的。"

江诗雨给陈之永擦裤子上的脏东西,没想到越擦脏得面积越大,车忽然转弯,一失手,擦到了陈之永大腿上。他穿着一件烟灰色的大裤衩,黑毛浓密的腿突然抖了一下。江诗雨感觉自己的心跳加快,忙松了手,却说了一句:"你穿这么少,不怕感冒?"

"我一直都冬泳,用凉水洗澡。"

外面绿化带上月季的香气飘进车里,让江诗雨心情好了许多。她说:"对不起,我很笨的,我丈夫整天说我很笨。"

陈之永没有说话,但轻声笑了。

柳一然跟丈夫想必也在回家的路上了,她暗想。

到了楼下,江诗雨远远看到家里客厅的灯黑着,心沉了一下,车停下了,她半天没动。陈之永关切地说:"你一个人能上去不?"

江诗雨这才反应过来,说:"噢,可以可以。"说着,急忙下车,结果头又撞在了车门上。

陈之永说:"没事儿吧?"江诗雨憋回马上要流出的眼泪,说:"没事没事,你回吧。"陈之永车也没下:"说,行,那我走了。"就在江诗雨开了单元门再回头时,陈之永忽然摇下车窗,说:"回去喝点茶,睡一觉就没事了。"

一股温暖涌上心头,江诗雨摆了摆手,说:"回吧,路上慢点。"

回到家,她洗了澡,闻了闻,身上的酒气散得差不多了,换了件肉色透明的睡衣,里面隐约可见。她经常跑步,对自己的身材还是充满自信的。十一点了,丈夫还是没有回来。

她打电话,也没人接。

丈夫还跟柳一然在一起吗?他们在饭店,还是去了别的地方?江诗雨这时恨的不只是丈夫,她也恨起了柳一然。她拨柳一然的电话,电话刚一拨通,对方就按掉了。

倒是在这期间,陈之永发了条短信,说:你感觉好多了吧?发短信就是想跟你解释一下,你发的短信我没看到。江诗雨把电话打了过去,借口找柳一然。陈之永说,柳一然给他打过电话说,跟朋友聚会去了,晚些回家。两人有一会儿没说话,就在陈之永挂电话时,江诗雨忽然说:"你知道我为什么要给你打电话吗?"

陈之永沉默了一会儿说:"知道。"说完,挂了电话。

他猜到了她的心思,还是另有所想?江诗雨很想打电话再问陈之永,可想想,终于忍住了。

十二点了,也就是说已经是第二天了,丈夫还没有回来。江诗雨看电视,看不进去,躺到床上,脑子里翻江倒海,想给母亲打电话,怕吓着老人。这时,她才觉得夜是如此漫长,钟好像生病了似的,半天想起来了,才走一下,还当的一声吓人一跳,使夜更加黑暗,更加让人难以入眠。

为了抵抗漫漫长夜,她干脆打开音响,翻看电脑上一张张过去跟爱人出去拍的照片。看完2346张照片时,门响了,她看了下电脑上的时间:1:30。

她关了电脑,睃了丈夫一眼,他脸上没有愧疚之色,好像刚下班一样理直气壮,边换鞋边说:"倒杯水。"她说:"今天怎么这么晚?也不接电话?"

"晚上吃完饭,送了个人。"丈夫说着看也没有看她,进了卫生间,半天没有出来。江诗雨心一下子凉了,她看了眼手机,柳一然没有来电。

江诗雨拿着书,坐在床头等丈夫,在丈夫进来前,她故意露出了性感的睡衣。丈夫一上床就关了他床头的灯,说:"夜深了,睡吧。"然后闭上了眼睛。

江诗雨还是睡不着。她到卫生间,想闻闻丈夫换下来的衣服有没有柳一然身上的香水味,衣服已经泡在了水里。丈夫平时洗完澡,衣服随手就扔到了一边,怎么今晚这么勤快扔进了盆里,还泡在了水里?

江诗雨恨不能半夜就去找柳一然问个明白,可是她到底是成年人,勉强让自己坚持到了天亮。

三

江诗雨是专业作家,不用每天坐班,可是柳一然是记者,每天都得按时上班。按惯例,柳一然到单位是八点半。丈夫上了班,孩子上了学,等到八点半,想着柳一然已到单位处理了杂事,有空闲了,江诗雨把电话打了过去。柳一然很快接了,说:"诗雨呀,我正忙着呢,回头给你电话。"不等诗雨说话,电话就挂了。

又一次把诗雨的心吊到了半空。

一直到晚上,柳一然也没打电话来。江诗雨这一天是艰难地度过的,什么都干不成,就在公园里散了会儿步,又到商场转了转,一直到晚上,还是没有接到柳一然的电话。

丈夫在看新闻,江诗雨看着他,仔细地观察他跟往日有啥区别。丈夫仍然大声地打喷嚏,大声地评述现实社会的弊病,什么雾霾越来越严重,房价又涨了,股票又低了,学生的素质越来越低。看妻子看他,眼睛还没离电视,说:"怎么了,你不去写东西了?"

"我想跟你谈谈。"

"一会儿吧。"

江诗雨坐了一会儿,看丈夫仍津津有味地看电视,便回到书房,打柳一然手机,仍是没人接。她想了想,关上书房门,打柳一然家电话。是陈之永接的,说柳一然去采访了,还没回家。江诗雨说好的,就要挂电话,看对方没有挂,又说,那我挂了。对方却忽然问:"你有啥事吗?我怎么感觉你声音怪怪的。"江诗雨忽然想哭,说:"我心里难受,想找个人聊聊,结果柳一然这个坏家伙又不接电话。现在我才知道,我在这个世界上,只有柳一然这一个可以说心里话的朋友,多悲哀。"说着,竟然很没出息地哭了。

对方沉默了一会儿,说:"你要是相信我,就跟我说说。"

江诗雨张了张口,说:"让我想想好吗?"

对方显然愣了一下,说:"好的,心里有事别闷着,随时给我打电话,你知道我的工作不是每天都那么忙。"

本要说好的,江诗雨却忽然说:"你的单位离我单位不远。"话已说出,她想收回,当然来不及了。对方说:"那明天中午咱们一起吃个饭如何?我们单位不远处有家休闲餐厅的泰国菜很好吃的。"

"这样呀?我想想,明天上午再联系吧。"江诗雨想给自己留点时间再决定。

十点半,是江诗雨上床看书的时间,她关了手机。

她刚坐到床头,拿起陀思妥耶夫斯基的长篇小说《罪与罚》,家里电话突然响了,她没有理。刘纯刚在书房喊:"江诗雨,电话,柳一然的。"江诗雨没去接电话,也没回答。刘纯刚喊了两声,听没反应,跟对方说了一会儿话,声音小,再加上电视的声音,江诗雨没听清他说的是什么,只扫了一下床头的表,他们说了五分钟,其中还有刘纯刚的笑声,是那种让她听来特别刺耳的声音:暧昧、含混、语意模糊、腔调畅快,让江诗雨再一次确信他们关系不一般。

挂了电话,刘纯刚发现江诗雨还在看书,说:"你没睡?柳一然还让我叫你呢,我以为你睡了。"

江诗雨放下书,说:"她是夜猫子,我累了。"说着,躺下了。刘纯刚脱衣服,江诗雨一直看着他,皮肤仍是白的,跟往日没啥不一样。这么一想,她倒笑了,好像经过了那一晚,他的皮肤就该变色一样。

"你笑什么?"

"我笑了吗?"

刘纯刚愣了一下,盖上毛巾被,转过身子,说了一句"神经"。这一动作还有话语大大刺伤了江诗雨的自尊,也惹恼了她,她怀疑刘纯刚心里有鬼,啪地开了灯,说:"刘纯刚,你转身,我有话问你!"

刘纯刚翻过身,说:"怎么了?"

江诗雨当然不能问他为什么两个晚上不理她,难道就因为她前天拒绝了他的求欢?当然也不能把自己的真实心情表达出来。当看到刘纯刚那双好像很坦然的大眼睛时,她一时说不出话来,想了一下,说:"我问你,你看过电影《完美陌生人》吗?"

"你呀,我还以为是什么大事,你知道我最烦看电影了。"

江诗雨感觉自己如鱼刺卡喉,半天说不出来,只好又说:"你昨晚跟什么人一起吃饭了?有什么新闻?说来听听。"

"没啥可讲的,同学聚会嘛,有人发财了,有人下岗了,我属于不富不穷,中不溜儿。"

"你送的那个同学是男同学还是女同学?都那么晚了,还去送,证明你们关系不一般呀。"

刘纯刚笑了一下,说:"关系也不是很好,她住得远,又是一个女同学,她问我怎么走,我就明白了她的意思,就主动提出去送她。"

"她叫什么?"江诗雨低声问道。

"她……她叫什么呢?我都忘了,让我想想,对了,她叫王小萌。"江诗雨一向认为丈夫老实,可没想到他说起谎来,一点都不脸红。她决定把他逼到死角,于是起身到书房书柜里翻出刘纯刚的大学毕业纪念册,她生怕他的同学里真有一个叫王小萌的,让她再没办法把调查进行下去。可是怕啥来啥,真有一个叫王小萌的,还挺漂亮。毕业七八年了,还能一下子叫出一个女同学的名字,而且这个女同学还挺漂亮,可见刘纯刚不是她平常以为的那个对自己百分之百的男人。江诗雨拿着纪念册到卧室时,刘纯刚又背对着她了。

"这个王小萌长得挺漂亮的,在哪上班?"

"美国。"

"哪天叫她到家里来吃饭!"

"人家这两天就回美国了。你今天怎么了?睡觉。"

"人家不是爱你吗?"江诗雨说着,把身体贴在丈夫背上,搂住他的腰。对方却似一根木头,毫无反应。她怔了一下,想,我再坚持五分钟。在这五分钟里,她还把手伸到他的关键部位,他拨开了她的手,很不耐烦地说:"睡觉!明天我还要去上课呢。"江诗雨眼前全是风情万种的柳一然。如果说在这之前,她还不能确定丈夫跟柳一然有关系,那么现在,她确信他们一定有。跟他结婚八年的丈夫她太了解了,每次都贪这事,前天就因为她身体不舒服,婉拒了他,没想到他好几天不理她。现在她如此屈尊,他竟然如此冷漠,原因不是显而易见吗?想到这,她果断地把手和身体抽回,立马做了决定。

好不容易天亮前眯了一会儿,梦中全是丈夫跟柳一然在一起亲热,两人都一丝不挂,还当着自己的面。柳一然穿着上次她们一起逛商场时买的那件镂空睡衣,张着性感的红唇望着她,以一贯处长夫人的架势,说:"诗雨,给我拿鞋来!不,先把鞋擦得亮亮的。"丈夫,跟自己生活了八年,和自己生了儿子的丈夫却在不停地亲着柳一然的后耳根,看都不看她,好像她就是空气。她想拿书砸他们,可胳膊怎么也抬不起来。刘纯刚叫醒了她,说:"你怎么了?一会儿喊一会儿叫的。快起来,给孩子做饭。"

"你是他爸,你没长手?"江诗雨吼了一声,转过身去,继续装睡。

儿子的哭声,刘纯刚的训斥声,面包机的响声,碗落地的声音,都没有让江诗雨起床,她戴上耳机,听起了音乐。

家里只有她一个人了,她才起床,拔了电话线,生怕柳一然打电话使自己改了主意。哼,我也有脾气的,别以为我啥事都听你的。好朋友怎么了?要不是我一直忍着,能一直好到现在?她边想边在心里骂柳一然。

走到阳台,她再一次确定丈夫已经有外遇了,而且一定是跟柳一然,理由有三:一、阳台上的衣服丈夫收了,都叠了,自己的内衣却孤独地在那挂着。二、一上午,柳一然一个电话也没打来。三、顶顶重要的,一男一女竟然从夜里10点一直待到凌晨1点,三个小时呀,而且是夜半无人私语时。

江诗雨10点就出了门,不觉间就到了柳一然说的海底捞门口。一直热闹的饭店,门口没停几辆车,服务员出出进进,没有一个顾客。江诗雨转了半小时,终没勇气进去探问,便慢慢地朝陈之永说的饭店走去。

看到柳一然丈夫进了饭店,江诗雨看了一下手机,没有柳一然的电话,也没有丈夫的。她恨恨地关了手机,然后想大大方方地欢迎柳一然的丈夫,没想到对方一叫她,她的眼泪好像就等着叫似的,须臾间就流了下来。

四

陈之永这次打扮得很正式。多年来两家聚会,陈之永都是一身休闲打扮,不是运动装,就是一身休闲服。前天晚上来接柳一然,穿得更是随意:大短裤、圆领汗衫,还有一字式的拖鞋。今天的陈之永,头发打着摩丝,一身藏蓝色西装,里面白色浅纹衬衣,黑色的皮鞋擦得锃亮。一个男人如此精心打扮,什么意思?可以解释,在上班。但是,头发显然是刚理的,摩丝使不多的头发浓密了许多。这种在意让柳一然心里微微颤了一下。当然,她也是精心打扮过的,化了淡妆,一身紫色连衣裙,紫色的皮凉鞋,纤细的脖子上戴着自己最爱的细丝白金项链,背着白色的 LV 包,不会使自己感觉丢份。

"怎么了?"陈之永坐下来,第一句话就直奔主题。

"也没啥。"

江诗雨感觉自己嘴太笨,可对方心也太急了。虽然自己设想了无数遍,可真要说出来,还得有个过渡,是不是?可又怎么能怪人家呢,你自己哭啥?为啥柳一然处处领先?就因为人家比你强。思想又抛锚了,她忙让自己专心地跟陈之永好好对话。不,好好地表现一下自己。柳一然能跟自己的丈夫睡在一起,自己就不能撩拨一下她的丈夫?

陈之永拿出烟,最后又装了回去,说:"我知道你最烦男人抽烟。"

江诗雨心一紧,说:"我说了吗?"

"咱们两家聚会,就是在青龙峡,你看到有人在旁边吸烟,你眉头一直就没松开过,还捂着鼻子。从此,你没发现我们两家聚会,我再也没当着你的面吸过烟?"

江诗雨呵呵笑了两下,说:"你这么有心。"

陈之永没说话,手放在桌子上,放了一会儿,又端起杯子,看着江诗雨,说:"还没跟柳一然打通电话?"

"没。不过,她昨夜打了电话,我已睡了。"

"她呀,整天忙,在家里,也是整天在书房待着,饭不想做,动不动就叫外卖,再说也没个孩子,人心里就空落落的。"

江诗雨听出了对方的不满意,心里莫名地高兴起来,也就是说柳一然并不像自己想象的那么所向披靡。但她又是一个有原则的人,凡事讲究实事求是。柳一然不能生孩子,并不是她的错,她不想碰这话题,便说:"柳一然经常跟同学聚会吗?"

"也不是经常,前晚就回来很晚,1点多了。喝了不少酒,我当时就生气,跟她吵了一架,她说同学聚会,难得。对了,你们是大学同学,你那晚怎么没去?"

"那晚我是跟单位同事去聚会,我喝多了,他们却扔下了我,要不是你,我真不知出什么洋相。我以为你不会去的,结果你真去了,没想到你平时给我的感觉挺冷的,关键时刻还挺男人的。"江诗雨感觉自己的话越来越危险,可是不知为什么,从昨天到今天,她感觉自己开始失控了,神态失控,言语失控,还有情感好像也不再由着自己,而是如那一江春水,不停地奔腾。怎么今天感觉认识了将近十年的陈之永,一下子成了一个新人?要命的是,这个新人,怎么总让自己拿他跟丈夫比较,越比,越发现他比丈夫有魅力?

陈之永忽然笑了起来,一口白牙真是好看。你想什么呢?江诗雨立即在心里骂了自己一声。

菜都是她爱吃的,陈之永真是个有心人,说:"我知道你们女士都爱吃清淡的,你看,西芹炒百合、清汤娃娃菜、清蒸鱼、紫菜蛋汤。"

饭吃了一半,陈之永说:"你有啥想不开的?说说,我看能否给你开剂良药。"

江诗雨说:"我说了你不要急,也不要生气。如果你把我当朋友,这话只能咱俩知道。"

陈之永说:"这么严重,好,你说。"

"你不能跟柳一然说,我只是心烦。"

"说吧,我向你保证,我说了,就是一只汪汪叫的小狗。"陈之永的调皮,更坚定了江诗雨认为他和自己是能成为同盟的,于是把事情的前因后果全说了,自己怎么讲电影,柳一然怎么提出做游戏。最后说:"你说柳一然跟我丈夫那晚,都干了什么?"

陈之永听得脸一会儿青,一会儿白,半天没有说话。

"你别生气啊。我就是心烦,你别在意。我的丈夫我了解,他不是那样的人。再说,柳一然跟我是大学时的好友,我们好了十几年了,也是知根知底的。而且我们都发誓了,这个秘密谁也不告诉,你说了,我们两家的友谊就完了。"

陈之永说:"我不会说的,你稍等,我去下洗手间。"

陈之永回来后说单已买了,该回去上班了。

江诗雨却后悔得要死,觉得不应当说出这话,可覆水难收,她想她怎样才能让对方跟自己成为同盟呢?于是她的决定,把事态引向了自己更料想不到的地步。

两人一出饭店,按说江诗雨朝左,陈之永向右,可是江诗雨忽然说:"我真不想回去,回去我啥都干不了,眼前全是他俩亲热的镜头。"陈之永看了她一眼,忽然说:"上车,我带你去一个地方。"

江诗雨说好的。她没有问要去哪里,她喜欢这个感觉,特别是陈之永身上的霸气,那是丈夫身上没有的,她感觉到一股新鲜而明亮的气息涌上心头。

五

车一路疾驰,一小时后开进了一个叫蓝花樱的庄园,院里花木葳蕤,小桥流水,竟然还有高尔夫球场,数不清的花园洋房、别墅。

江诗雨心里虽然紧张,可是她仍没有问要去哪里,她要装得老成、镇静,虽然她心里疑惑了无数遍。

车进门,保安敬礼。上电梯,要刷卡。进到电梯了,陈之永回头望着她,说:"你不问我带你去哪,又要干啥?"

江诗雨感觉自己轻佻一笑道:"不问不是更有惊喜吗?"

房子三室一厅,窗外即湖。装修精致,一应物件全有,但显然没人住,里面有股尘土的味道。当坐在客厅的沙发上时,江诗雨猜到了陈之永的用意,想提出回去,可一想那晚好朋友跟丈夫的失联,便释然了,镇静地坐着,看着陈之永。

陈之永坐在她对面,看着她,不停地晃着腿,说:"我让物业去买些水果。"

江诗雨说:"不用呀,外面风景漂亮,我们去楼下看看。"说着,却坐到了阳台上的茶桌边。陈之永烧水、沏茶,不时地拿目光撩江诗雨,江诗雨故作不知。这时,一个小姑娘提了一袋水果进来了。

江诗雨一看来人,立即站了起来。小姑娘看了她一眼,说:"我去洗下水果。"江诗雨说:"你去忙吧,我来。"小姑娘又深深地看了她一眼,小心地拉上了门。

他们坐在阳台的茶几上,边吃水果边聊天。陈之永坐了一会儿,起身站在江诗雨身边,手搭在她肩上,说:"很美。"

江诗雨故作镇静,说:"是呀,这地方既安静,又美。"

陈之永说:"我说的是你。"说着,从身后搂住了江诗雨的腰。

江诗雨虽然有心理准备,可毕竟这是朋友的丈夫,她站了起来,借口去洗手间,再次打开了手机,丈夫和柳一然都没有电话。

她打丈夫办公室电话,没人接。她又打柳一然办公室电话,她当时心里很矛盾,既怕对方接,又怕对方不接。电话,没人接。她整了整衣服,微笑着走向了战场。她想她要把柳一然和丈夫打个落花流水。

两人都是新手,都有些手忙脚乱。陈之永的裤子皮带半天解不开。江诗雨呢,不停地说别这样,我还没准备好呢。身体在哆嗦,说出的话语也哆嗦。

可这有什么关系呢?两具肉体在你躲我追中,最终结合了。完美不完美,江诗雨不清楚,但她喜欢陈之永的凶暴。是报复,还是其他?她不得而知。反正完事后,他们都有一种轻松感,好像洗过了澡,把心里的屈辱也洗没了。快到吃晚饭的时间了,他俩下楼,开车到不远处的会所去吃饭。会所门前有两棵巨大的柠檬树,树下一个个红沙发里坐着一对对情侣在吃饭。陈之永让江诗雨点菜,江诗雨说,随便。

陈之永只点了两个菜,吃完,说有东西忘了拿。江诗雨说,天晚了,回城差不多还需一小时,她就不上去了。陈之永说:"上去吧,帮我看下餐桌前的灯,我想换掉。"当然不只是看灯,陈之永又把江诗雨带到了床上。这次,陈之永动作体贴,又深情绵长。只听见陈之永不停地说:"真好呀,江诗雨,你真好呀,你怎么那么好呢?我从来没有过这么美好的享受呀。你不知道柳一然在床上是什么样子,拿着一本书,只让我一个人忙活,动不动就说,好了吗?快点。搞得我恨不能把她掀到床底去。"

江诗雨说:"瞎说什么呢?柳一然比我漂亮,比我有风情。"

陈之永说:"不是一回事,真的不是一回事。我跟你说,你不懂,我是男人,我懂。这么说吧,她是大江大河,自带泥沙;你是小桥流水,清新隽永。她虽有牡丹的丰韵,但直来直去,少了意趣;你虽是青梅一枝,却风流蕴藉,一枝一节彰显不同凡响的意味。"

"不愧是中文系大才子。"

"在作家面前,我所有的一切都是班门弄斧,雕虫小技。"

两人分手时,都有些难舍了。陈之永一直握着江诗雨的手说:"怎么没分开,我又想了?"

江诗雨打了他一下,却没有松开他的手。她倒不是欣赏陈之永的才华,而是在他对自己的重视和关心中迷失了。

她要出门,陈之永把她顶在门上亲吻时,她说:"咱们已经有肌肤之亲了,你要向我保证,我跟你说的事不能问柳一然。"

陈之永笑道:"原来你是要堵我的嘴?"

江诗雨点点头又摇摇头,说:"现在咱们是一个整体了,为了自尊,或为了别的,反正已经是一条船上的人了。"

陈之永说:"别想那么多,我们在一起很快乐,这不就结了?"

江诗雨在离家还有一公里处下了车。车上,两人又亲了半天。江诗雨看到家里的灯亮着,这才感觉事情有些麻烦了,她打开手机,丈夫打了七个电话,还有一条短信:到哪去了?快回家,听我解释。柳一然打了八个电话,发了三条信息。还有一条陈之永的短信,刚发的:真美好,请存这个号码。

丈夫事先给江诗雨发过短信:接孩子。她看柳一然有微信,有短信,全是:你在哪? 晚上一起吃饭? 我刚忙完职称评定材料,累趴了,你在干吗?怎么不回电?如此等等。

她删了陈之永的短信,满腹愧疚地进了家门。

丈夫今天破例没有看电视,在沙发上坐着,一看到她回来,说:"吃饭了没?"她说:"都几点了,能没吃?"然后到孩子屋,儿子已经睡了。丈夫说:"那洗澡吧,咱们早些睡。"

"我晚上要赶个稿子,编辑明天要。"

丈夫脸又阴了,但马上又和颜悦色地说:"很快的。"

"你没想王小萌?"

丈夫恨恨地把门关上了。

江诗雨明知自己错了,还是硬撑着坐到书房。不一会儿,刘纯刚进来了,说:"我跟你说一件事,一直不知怎么说。"

江诗雨抬起头来:"是王小萌的事?"

"对,那天晚上你去参加同学聚会时,我去送柳一然了,她说自己喝多了,让我去接。谁想为了这个'王小萌',你都离家出走了,我才感觉到事情严重了,只好跟你坦白。"

江诗雨没想到丈夫忽然说了真话,一时无措,便说有个急稿,说着把自己关进了书房。

"我说的是真话,你不信,去问你的好朋友柳一然,真的。我们不能这样冷战了,连孩子都看出来了,今天我去接时,他问我,爸爸,你是不是要跟妈妈离婚?"

江诗雨硬着心肠没接话,丈夫敲了一会儿门,丢了一句脏话,脚步远了。

她在电脑前装模作样写了一会儿,眼前全是她跟陈之永在一起的画面,手指不停地在键盘上胡打,定睛一看,屏上全是陈之永的名字,立即删掉,然后给柳一然回电。柳一然说:"哎呀,我的江大作家,明天晚上见。考虑到你不会开车,我们就在你家门口的商城转转,然后在附近吃个家常菜。你看我这个好朋友,还是对你好吧?"说完,哈哈笑着挂了电话。

六

两个闺密相约一起逛商场。说是看衣服,其实没试几件,柳一然就摇头,说:"这些衣服样式真是太没个性了。"江诗雨也没心情看衣服,说:"要不,走吧。"转了不到半小时,两人就坐在了郭林家常菜靠窗的位置上。

柳一然认真打量了江诗雨半天,说:"气色怎么这么好?热恋了?"

江诗雨脸一红,说:"胡说什么呢?"

"你不是一直给我打电话吗?是不是想问那天晚上发生了什么事?"

"你也不想问问我?"

"我早知道了,那晚我进院时,门卫就告诉我了。"

"门卫?"

"对呀,我当时有个快件,门卫看我丈夫回来了,就让他拿回去了。门卫说,我丈夫进门时10点,是咱们分手后的半小时。我当然放心了。哈哈!"

江诗雨听得羞愧不已,可是她说出的话是:"我丈夫回家时,可是次日凌晨1点半了,请问亲爱的朋友,那么长时间,你们到哪去了?"

柳一然头一仰,说:"你这话可不像是从好了十几年的朋友的嘴里说出来的,你这是充分地不信任好朋友和结婚九年的丈夫。"

"现在这社会,啥都有假的,假药假文凭,朋友更不敢相信了,不少害人的可都是好朋友,因为知根知底。"

"哎哎哎,打住打住!江诗雨,你今晚怎么怪兮兮的,好像在山西的老陈醋坊泡了一夜?这让人听了心寒的话我可不爱听了,你怀疑什么,我都不管,你可不能怀疑我们俩的友情。想当初,你毕业分配,是谁帮你找的人?你那次做妇科手术,是谁守在你身边?还有,你儿子叫了谁多年的干妈?干妈,你以为嘴一张就能叫?你让我儿子再对别人叫一声妈,看他能叫不?小娃娃,鬼精鬼精的。"

"好了好了,人家随口一说,你就又把老皇历翻了一遍。"江诗雨说着,夹了一只小龙虾放到柳一然的碟里,说,"对不起,对不起。就因为咱们是好朋友,我想啥就问啥。我还是想问你,你们那晚都干什么了?三个多小时呀,我一夜都没睡着。刘纯刚可是跟我一年也说不了这么多的话。柳大记者,我不能不乱想,给你打电话你又不接。从实招来,我丈夫可都跟我说了。"江诗雨话一出口,自己都感觉有些过分了,便故作轻松地笑了。

"他没跟你说我没喝醉?他一到海底捞,看我没醉,就要走,我就把咱们的恶作剧告诉他了,当然我没说你跟我丈夫也试了,这是为了保护你。你看我脑子多聪明。他当然很不高兴,后来,我一解释,你不是封我铁齿铜牙了吗?对付你们家那个木讷的大学老师,还不是小菜一碟?我先投其所好,讲历史,从春秋的尊王攘夷到战国以军立国,从唐代没有宗族观念一直说到晚清的废科举建学校,听得他眼睛发亮,立马给我倒上酒,说,没想到咱俩能聊得来,来,走一个!男人嘛,一喝酒,话就多得挡不住了。我要走,他说再坐会儿,我还要跟你好好讲讲中国通史,讲讲钱穆、黄仁宇的为人呢。你想想,他把我当成了他的学生,老师要上课,学生怎么能走呢?我让他不要跟你说我考验他的事,说你疑心重,不要节外生枝。他答应了。他这个人挺能侃的,讲自己的大学生活,讲单位,也说你动不动就不跟他说话了,还说了你们前两天吵架的事,说你发现他抽了好多年烟竟然瞒着你,你要离婚,让我给你做工作。"

"你让我相信他,可是你不知道,他告诉我他送的是一个叫王小萌的大学同学,现在在美国,长得好漂亮。他平时那么老实的一个人,竟然也会撒谎,而且一点都不脸红。"

柳一然一听,就嘻嘻地笑了,可刚笑了两下,嘴巴忽然就闭上了,紧紧地盯着江诗雨的眼睛,说:"诗雨,今晚我怎么心里越来越冷?你一会儿审丈夫,一会儿怀疑好朋友,要不是我们是多年的好朋友,我立马把桌子掀了。还有,你为什么不给我回电?我打了那么多电话,你不回,跑哪去了?老实交代。我打了八个电话呀。这可不像你平时的作风。只有一种可能,跟男人私会去了。怎么脸红了?看来心里真有鬼。"柳一然说着,歪着头,眼睛盯着江诗雨。

江诗雨没想到好朋友一下子抓住了自己的软肋,一时有些慌神,边划着手机屏边说:"人家手机没电了嘛,你知道我关键时刻手机就没电,到现在我都没有充电宝。"

柳一然释然一笑,说:"我相信你,马大哈。你还记得吗?上次咱们去沈园,你竟然跑到男厕所去了,哈哈,我在外面一看有男人进去了,才知道你走错了,急得大喊让你出来,你却说,来不及了,让我挡住人。"

见对方如此地信任,江诗雨紧绷的心虽然放下了,可是疼痛如浪般涌了上来,忙说:"我错了,我错了,对不起。"江诗雨说的的确是心里话,她说着,走到柳一然身边,双手搂住她的脖子,说:"一然,你打我吧,打我吧。你怎么解恨,就怎么处置我。来,拿水果刀把我杀了算了,反正我知道你对我儿子比我这个亲妈还好,我死而无憾。"说着,她真的拿起了桌上的西餐刀,却不敢看好朋友的眼睛。

"行了行了,别闹了,回家吧,我儿子明天还要上学呢,你还得检查作业吧?你前天下午跑哪去了?我儿子给我打电话说你跟他爸都不在,他打架了,老师让父母来,给你打电话你关机,给他爸打电话,他爸说正在监考,我只好跑到学校去了,替你们道了歉。又带着我儿子吃完饭,送回你家,等他爸回来了,我才回的家。"

而那时,她跟她好朋友的丈夫正在你侬我侬,而好朋友却在照顾着自己的儿子。江诗雨再次搂住好朋友的脖子,说:"谢谢亲爱的,咱们两家周末聚聚,好不好?我来做东,以此表示深深的愧疚。你不忙吧?"

"不忙了,聚聚也好,不过,还是我们做东,你们就那点死工资,还是存着吧。我感觉你们家老刘人不错,他很健谈,不愧是大学老师。这么一聊,我感觉他跟过去我眼中清高孤傲的形象大不一样,看来,咱们两家沟通还不充分呀。人常说,世上有一知音难矣,咱们这知音一定要万古长青。光知音不行,还要把知音身边的枕边人也扩大进来,这样,就不只是一个知音了,而是一大家子了。通过此次试验,我感觉咱俩的男人都是可靠的、值得信任的。咱们这周到郊区去玩玩,在外面住一晚,我来选地方,以后咱们还要加深感情。对了,诗雨,你家刘纯刚给我打电话说,你最近有情况,说不是忘了在孩子作业本上签字,就是做的米饭米是米,水是水。我不问你怎么了,只劝你,好好珍惜生活,你家刘纯刚人不错,真的。我想勾引他,他却把我当成了哥儿们,不停地给我讲死了多少年的人,听得我毛骨悚然,还不敢走。哈哈。难道我就这么没有魅力?"

江诗雨心里愧疚难忍,嗯嗯地答应着,一股忧郁袭上心头,不停地想,必须了断,一定要了断,坚决了断,虽然她知道自己已经陷进去了。

路上想得好好的,可回到家里,她又不信柳一然的话了。孩子已经睡了,丈夫正从洗衣机里拿衣服,她走过去拿起盆子,晾好后,回到卧室。丈夫笑着搂住她说:"活动活动,憋死我了。"

"对了,我要问你,你跟柳一然那晚都说啥了?整整三个小时呢。"

丈夫咬了咬牙,又笑了,说:"她其实当时没喝醉,我一看没醉,就有些生气。她让我坐下来陪她喝杯酒,我们就开始胡说嘛,说历史呀,说唐说清,说钱穆说黄仁宇,反正柳一然脑子聪明,知识面广,啥都知道,我们聊得很开心。不过,你不要骂我,我也跟她说了你发现我偷偷抽烟的事,要跟我离婚,让她劝劝你。"

"你们在哪吃的饭?"

"海底捞。"

七

周末,两家计划到郊区的翠湖湿地公园去玩。江诗雨提出开自家车,纯粹是因为心里愧疚。柳一然笑道:"好呀,你一直坐我的车,这次让我享受一下有人给我当司机的感觉。"

刘纯刚开车,副驾驶上坐着江诗雨。她总觉得后面有双眼睛一直盯着她,让她很不自在。她以为是心理作用,转头跟柳一然说话时,发现陈之永趁柳一然看手机时,朝她做了个飞眼,她立马转过头,心怦怦地跳个不停。她想,一定要借机告诉陈之永,他们的荒唐行为必须立即停止。虽然她有些不舍,可是不舍的东西太多了,你不能啥都要。况且那是别人的,强占别人的东西,是强盗做法。她边责备自己,边不停地给丈夫刘纯刚递水递水果,有时还亲昵地摸摸他光溜溜的后脑勺。她希望让后面的人看到他们夫妻生活很幸福,不要产生不必要的想法。

柳一然在任何时候都能夺得话语权,这不,人还没坐稳,就嚷开了:"怎么不见我儿子呢?你们自己跑到外面玩,把我儿子一个人丢在家里,太不像话了。掉头,掉头,接我儿子。"江诗雨说,怕带着小孩子不方便,送到奶奶家了。柳一然说:"我还给我儿子带着吃的,还有船模呢,上次咱们去逛商场,他一直想要,你没给他买,我接他放学回家时,他都告诉我了,哭得可让我心疼了。昨天上街,之永看到就买了。为买船模,还跟我吵了一架,我要红色的,他要白色的,最后还是依了我。你看这船模多漂亮,马力很大的。"陈之永也马上接口道:"有个孩子热闹,就咱们几个大人在一起,不好玩。老刘,掉头,去接一下孩子。"

"不用不用,小孩子也不愿意跟我们大人一起玩,他要跟小伙伴去游乐场玩疯狂老鼠。"江诗雨说。"那我打个电话,告诉我你妈的电话。"果然儿子跟小伙伴在游乐场玩,一听说干妈送船模,立马要过来。江诗雨一听妈的语气不对,便说:"好了,好了,听奶奶话,明天妈妈给你把船模带回家。来,干妈要跟你说话,要说谢谢呀。"

柳一然又跟小家伙说了半天,最后说:"好了,亲一个,对,要带响的,好好好,你干爸要跟你说话。"陈之永接过电话,笑得嘴都合不住了,说:"儿子,干爸下周带你去海洋馆好不好?什么,要妈妈批准?没问题,你妈妈会同意的。"

这一圈电话打完,车上的话题全围着孩子转了。说话间就到了百花山。山不高,但台阶较陡,两边树木林立,空气清新。两个女人在前,边走边聊,一会儿时装,一会儿职场,反正永远都有话题。两个男人跟在后面,远远地吸着烟,说球赛,说股票,猜测不断。男人嘛,话题永远离不开球场和股票。

走了一会儿,刘纯刚说自己腰不好,不上山了。柳一然打趣道:"这我就要怪诗雨了,以后省点劲好不好,男人腰不好,可就不妙了。"说完,在江诗雨耳边不知说了什么,江诗雨追着打她。

陈之永说别跑了,刚下过雨,土都是松的。说着,看了江诗雨一眼。柳一然说:"对,别跑了,我们慢慢走,再走一会儿,就下山。对了,你们注意看着,这山上哪有卫生间,在车上,我吃多了李子,本来给我干儿子的,没想到让我一个人吃了,结果肚子有些痛。"

三个人再走,除了看山、看云,多了一项任务,找厕所。

终于找到一间铁皮搭的简易卫生间,左右两边用毛笔歪歪扭扭各写着"男""女"。江诗雨陪着柳一然进去时,才发现里面特脏,且只有一个坑,柳一然忙让诗雨出去,说:"这简直臭得让人都喘不过气了,你在外面等我。"

江诗雨出来,站在厕所边,陈之永向她招手,她犹豫了片刻,摆了摆手,没动。

陈之永大叫:"你看这下面,这一丛花太美了。"

江诗雨过去,才知道上当了,陈之永一把搂住她,狠劲地亲起来。

"你疯了!告诉你,咱们必须分手。他们啥事都没有。"

陈之永把她的手拉着,江诗雨无法挣开,大声喊道:"柳一然!柳一然!你是不是掉到坑里了?怎么还不出来?"

柳一然在里面说:"别急,我肚子疼,解大手。"

这一说,陈之永又安心地抱住了江诗雨,江诗雨挣不脱,急着又要喊,谢天谢地,有人下山来了。陈之永松开了她,说:"明天我去接你,我想你了。"

"我们必须分手。"江诗雨边摘花,边小声说,"必须分手,一定得分手。你知道我都不敢看我丈夫和柳一然。骗人的滋味实在太难熬。"

陈之永说:"开弓没有回头箭,我们回不去了,只能朝前走。"

看没人了,他又要拉江诗雨,江诗雨说有人,果然有两三个人下山了。陈之永说咱再往下走走,谁都看不见。江诗雨忽然想起了张爱玲的小说《半生缘》中描述的:刚才走过一个点着灯做夜市的水果摊子,他把她的手放下了,现在便又紧紧地握住她的手。她却挣脱了手,笑道:"就要到了,他们窗户里也许看得见。"世钧道:"那么再往回走两步。"他们又往回走。

江诗雨便小声问:"你看过《半生缘》吗?"

陈之永说:"下次见面我会给你读你最喜欢的那一段的。"说着,又要过来。江诗雨扭身朝卫生间走去,边走边朝里问:"一然,你要纸吗?我给你送去。"

他们下山返回时,柳一然忽然说:"倒回去,倒回去。我刚看见同事们说的那个蓝花樱庄园的牌子了,现在天也晚了,咱们干脆就住那。"

一听蓝花樱庄园,江诗雨的脸立马变白了。她在副驾驶位置上坐着,没有动。

"别,换个地方。"陈之永说。

"为啥?我听同事们说了,京城不少有钱人都在那买了房子。听说环境特好,里面种了成片的蓝花樱树,现在应该开花了,想想满树的蓝紫色,多迷人呀。"

"单位不让到度假村去,要是有人拍到了,挂到网上,我这个处长就当不成了。"

"这有什么?我们自己掏钱住,有什么?去!"

74

刘纯刚也不同意,说:"还是换个地方吧,那地方听说挺贵的。"

"我来埋单。"柳一然说,就这么决定了。陈之永把脸扭向了窗外。

进门时,江诗雨故意把头扭向左边,借口给丈夫找证件。生怕上次的那个高个门卫认出了自己,好在,是另一个不认识的门卫。一场虚惊。

穿密林,转湖泊,走了一圈,就到了会所。还是红沙发,还是柠檬树,端菜的还是那个红脸蛋服务员。江诗雨悄悄看了下她,她也看了江诗雨一眼,江诗雨暗暗叫苦。陈之永却大大方方的,让她心里踏实了许多。服务员整天看人来人往的,估计把他们都忘了。她想。

"这个庄园环境及各方面基础设施都齐全,咱们买套房子吧。"柳一然喝着柠檬汁,抬头望着天上的落日,不禁赞叹。

陈之永说:"咱们在市里上班,一周到这来不了几次,不过,要先买了也不错,现在房价跌了,可先让我父母来住。"

"他们?你爹住到里面随地吐痰,上卫生间也不冲,饶了我吧。"柳一然话没说完,陈之永忽然就发火了,这可是他当着别人面第一次对柳一然发火:"柳一然,你太不像话了,你说这话都让我感觉丢人。你查查,往上三代,你祖上是不是农民?别动不动把自己搞得像个贵族。我看到你高高在上的样子就恶心。"

柳一然大概没想到陈之永会忽然发火,叫了一声:"陈之永,你本来就是农民的儿子,对不对?你老爹本来就种地,我说错了吗?"江诗雨说:"好了好了,别生气了,咱们去看看周围环境,那儿有电瓶车。我去问问,能不能拉咱们一下,这院可够大的。"

一行人走到售楼部前的电瓶车前,坐在车前排的是一位穿着写着"蓝花樱集团"制服的小姑娘。柳一然说他们是来买房的,能否拉他们到处看看。小姑娘看了一眼柳一然说,她只负责到大门口。柳一然心里的火可能一直没发出来,这次找到了出口,便大声说:"现在不是没有客人吗?我们是来买房子的,你把我们拉着在院子里转一圈。如果好,我不但要买,还要让我的很多朋友都来买。"

"我跟你说过了,我不负责其他线路。"小姑娘说着,掏出小镜子,照了起来。

"行了,我们走吧。"江诗雨拉柳一然。

柳一然却挣开了她的胳膊,说:"你不去是吧?我一个电话过去,你不但要送我们,你们董总还要扣你钱呢,你信不信?我是干什么的,你不知道吧?我是省报的,还有我丈夫,是管你们的上级部门领导。"

那个服务员好像没听见,仍然坐在电瓶车上,一条腿架在另一条腿上,照着小镜子边拔眉毛边说:"我不管你是谁,领导没给我下命令,就是把我绑着,我也不会去的。"

柳一然生气地说:"你真是个不开化的榆木脑袋。"说着,往车上一坐,拿着手机翻起来。陈之永说了一句真丢人,坐在一边的木椅上,吸起烟来。

"不要打了,我们走走就行了,都怪我。"江诗雨说。柳一然仍然一次次地拨电话,边拨边说:"对了,陈之永,你不是认识他们董总吗,告诉我他的电话。"

陈之永鼻子哼了一声,没有说话。

刘纯刚瞪了江诗雨一眼,说:"都怪你。"

柳一然通过报社的一位同事查到了董总的电话,她打时,眼睛一直没离开那个开车的小姑娘,跟对方说一句,瞪一眼那个小姑娘。小姑娘却一点也不紧张,还一下一下地用手拔着她粗黑的眉毛,眉毛周围已经红了一片,她仍在不停地拔着。江诗雨想,她肯定很疼。十分钟后,一个穿着黑色西装裙的女孩气喘吁吁地跑了过来,连说对不起,对不起。说着,把司机小姑娘训了一顿,说:"小王,你要死呀,怎么不接电话?行了,行了,别哭了,不是你的错是谁的错?一点都不灵活。快开车。"说着,朝柳一然赔着笑脸说,"对不起,对不起,请上车。"一直看手机的江诗雨一抬头,天呀,她就是那个曾给她和陈之永送水果的女孩。更要命的是,小姑娘走到陈之永跟前说,领导,请您在前面就座。陈之永脸上的表情明显紧张了一下,然后马上微笑道:"好,谢谢你,一看你这么会办事,董总肯定很欣赏。我今天带家人来,给你们添麻烦了,请多多担待。"

"不麻烦,不麻烦,我们董总让我告诉您,晚上要请您及家人在附近的湘鄂情吃饭。领导,小王刚到公司,没经验,请你们原谅。"

柳一然听到这,大笑道:"好,很好。我看你这小姑娘还嘴硬。"

"我们领导说了,没经她的同意,不能随便改变线路嘛。"小姑娘委屈地哭了。江诗雨很想替小姑娘说话,但怕把众人的目光,特别是把那个熟悉的少女的目光引到自己身上,便忍住了。这时,陈之永开口说话了:"千万不能这样,小姑娘做得很好,没有命令,她怎么能听别人瞎指挥呢?这样的员工值得表扬,帮我跟你们领导说,应加奖金。"

穿西装裙的女孩马上说:"谢谢领导体谅,也谢谢姐姐对小王的批评。小王,快给记者姐姐他们道歉,咱们董总说了,顾客就是上帝。上帝你知道吧?就是无条件服从。"

下车后,柳一然把一张名片递给了西装姑娘,说:"我们报社有很多联谊活动,到时我给你们拉些客人来。你们这楼盘山水自然、房子设计高雅洋气,是许多中产阶级的首选。"姑娘双手接过名片,好像已接到了好几宗订单,又是点头又是哈腰。这更让江诗雨心惊肉跳。她悄悄看了一眼陈之永,陈之永泰然微笑着,让她的心略略放松了些。

看了一会儿房子,都大同小异,大家的积极性渐渐不高了,决定在这个花园式的庄园住一晚。"这么好的房子,咱买不起,住一晚总可以吧。"刘纯刚说。

"我家陈之永已安排好了。"柳一然笑着,满脸都是得意。

谁料登记房间时,江诗雨住在了柳一然的对门,柳一然跟丈夫住的是他们原来住过的 1008 房间。

晚饭时陈之永借口有事,没有去吃宴请,而是带着大家到附近镇子上吃了昭阳家常菜。陈之永说,吃了人家嘴软,便宜贪不得。少不得又受到柳一然一顿埋怨。江诗雨突然想起那套她去过的房子,不知是陈之永瞒着柳一然买的,还是别人的。她信奉一句话,别人不告诉你的事,少问或者假装看不见。即便是亲密的人,也要如此。谁没有秘密呢,就像那部电影。

第二天他们又去了一个欧式小镇,回去时,太阳开始落山了。爱说话的柳一然睡着了,车上闷了许多。江诗雨不敢睡觉,怕影响开车的丈夫。陈之永发了一条短信,说:没想到你的背影也这么好看。特别是耳朵背后,细嫩白皙,好想咬一口。江诗雨想起他吻她耳后的情景,更是焦躁不已。她删了短信,不停地跟丈夫说着话,才不理会后面那个人的感受。

八

天越来越热。柳一然有半个多月没有跟江诗雨联系。江诗雨做贼心虚,以为柳一然发现了她跟自己丈夫的私情,所以心里很是忐忑,老想着若柳一然问起来,自己如何解释。从陈之永的话里,江诗雨才知道柳一然到中央党校学习去了,要两个月呢。江诗雨虽然不想跟陈之永在一起了,很怕对方的电话,但电话不来了,心里又空空的。她感觉自己喜欢上陈之永了。

陈之永见久约江诗雨,她都不去,态度便强硬了,说:"你不来,我就跟柳一然说咱们的关系。"江诗雨只好偷偷地相会,生怕丈夫和好朋友发现。好在,刘纯刚最近因为学生马上要毕业,事比较多,在家里时间少。

他们再也不敢去蓝花樱庄园了,反正陈之永总有地方可去。这次,他们去的是一个挺小的门楼,初看跟一般的住家没啥区别,进去才发现,别有洞天。不知陈之永带柳一然来过没?无论柳一然来没来过,一股得意涌上江诗雨的心头。我这是怎么了,怎么越来越对不起好朋友:"我对不起好朋友和我丈夫,他们对我很好。"

"你这人就是天真。你丈夫我不了解,可我妻子我了解,她生活是随意的,是强势的,她想干的事,没有一件是干不成的。再说她说那天晚上他们在海底捞说了一会儿话,你就信?你去调查了吗?我感觉他们有问题。你看那天聚会,你丈夫一直在偷偷地看我老婆。吃饭时,他还给她一会儿递筷子,一会儿盛汤,好不殷勤。还有我老婆最近打电话都瞒着我,连洗澡都把手机拿到卫生间。你太天真,容易轻信人,人家几句话就把你骗得不知南北了。"

"那刘纯刚为什么承认了他送的是柳一然,而且他们说的话都是一样的?"

"这更说明一切都是他俩合谋的,更说明这两个人计谋深远,假中有真,真中有假呀。他俩对付一个单纯的你,还不是小菜一碟?这样,你回去好好观察你丈夫,看他有什么异常举动。一句话:不能信他说什么,而要看他在做什么。"

"我不相信,倒是你,在人面前你啥都没跟我干,可你只要看没人,手嘴脚就没闲着。"江诗雨说到这,又骂自己怎么如此轻佻,这样的话过去她怎么也说不出口的。

陈之永握着她手,说:"我怎么那么喜欢你呢?我最喜欢你脸红的样子了,都当妈妈了,还这么害羞。你知道,男人喜欢什么样的女人吗?"

江诗雨看着他:"什么样的?你不是刚才还说我笨吗?"

"就你这种看着很正经,很单纯,其实骨子里很疯狂的女人。咱们走吧,到宾馆。"说着,就要走,江诗雨急得都哭了:"你不能这样的,柳一然都跟你说了,是闹着玩的,你怎么这样呀。你们结婚也有十年了,你不能一下子就不讲夫妻感情了,你让我何以面对好友呀?"

"其实我们夫妻感情早就千疮百孔了,只是我们没有意识到。"陈之永说着,把她拉着走到了大街上,"你太单纯,江诗雨,你都三十多了,怎么还这么单纯呢?不过也是,你要是不这么单纯,我也就不爱你了。"

"可是,可是,都是我的错呀。"

"好了,好了,到宾馆再说。"

江诗雨虽然嘴上说后悔,可还是不由自主地跟着陈之永进到房间。在陈之永激烈的亲吻中,一步步地打开了自己。她为自己放任的身体而感到羞耻。可是她管不住自己的身体,或者准确地说,她管不住自己奔涌而出的情欲,在那一浪高过一浪的火焰中,她什么都不想,她不想丈夫,也不想柳一然,她只知道她喜欢陈之永的爱抚,喜欢两人在争斗中达到高潮。这跟丈夫,是没有过的。为什么老说分手却分不了手,不是陈之永一个人的责任,还有她的错。

经过一阵暴风骤雨后,两人疲乏地躺在宾馆宽大的床上。陈之永搂着江诗雨的胳膊说:"给我生个儿子吧。"

江诗雨感觉他不是开玩笑,腾地坐起来,说:"你疯了,都是我的错,我的错,这是最后一次了,我一定要跟你分手。"说着,就穿起衣服来。

"怎么能是你的错呢?你听我慢慢地跟你分析。"陈之永下了床,递给江诗雨一只柠果,说,"知道这柠果叫什么名字不?"江诗雨说不就叫柠果吗?"柠果有腰柠,有鹰嘴柠,就如女人有江诗雨你这样纯真的,也有柳一然那样心机深的。"陈之永说着取出一张纸,说,"听着,我跟你慢慢说,我大学时逻辑学考分最高,凡事喜欢用比较、分析来判定事物的曲直。经过我认真分析归纳,柳一然有八宗罪,让我很难容忍。"

江诗雨还沉浸在欢愉中的心一下子变冷了,"八宗罪"比初次进入口腔的冰还让她胃寒。可是想起刚才肉体的舒坦,再看那双含情脉脉的眼睛,她感觉自己一时又迷失了。

"诗雨,你不要用那眼神盯着我,你听我细细地跟你讲:一宗罪,她不信任我,所以要玩这个游戏。你不同意,证明你是信任你丈夫的,你是好女人。二宗罪,我给她打电话,证明我征求了她的意见。我没错,她却错上加错。三宗罪,她存心不良,让你给我打电话,你不打,是她发的短信,她把自己的丈夫往火上烤。四宗罪,在众人面前,不给我面子。咱们去度假村,当着你及你丈夫的面,侮辱我家人,她眼里根本没有我。你看她在度假村轻狂的那个样子,把人家小姑娘支使得就差让人家给她下跪了,作为她的丈夫,我都替她害臊。"

"你别小题大做了。"

"错。听我再说。柳一然五宗罪,嫌弃公婆。我乡下的父母兄妹来了,我得好几天赔着笑脸,她叫我干啥,我立马就得干。只求她给个笑脸,可她从来没有,脸绷得紧紧的,对了,就像在庄园那个小王的表情。那房子,跟你说实话,就是我的,我没有告诉她,为什么?我给我父母买的,我要接我父母住那儿,只是他们不想去,也就是说,那以后就是咱们的房子了。六宗罪,不爱家庭。七宗罪,在外生活随意,我听到风言风语不下五次,过去只是懒得计较,现在有你了,就不一样了。八宗罪,不生养。这最后一条是我心里最过不去的坎,也是我给我乡下的父母最难以交代的。我一直不能下决心跟她说房子的事,直到遇到你,我忽然明白了,我其实对我们能否走到头,心里根本就没底,或者换句话说,是我心里早已有了离婚的念头。"

江诗雨站起来,双臂交叉抱在胸前,走到窗前,说:"陈之永,说到生养此事,就要怪你了,这事我最清楚,一然怀孕三个多月了,是你非要让她打掉,说你不能要那个孩子,因为是女孩。就因为那次打胎,一然怀不上孩子了。你们和好吧,我们到此为止,不要再让我无颜面对朋友和我的丈夫。"

"行了,你别再自责,我俩的事与你无关,我心意已定,你等着我,我很快就要跟柳一然摊牌。当然她鬼精,我要考虑得极为周全了,方才出手。"

江诗雨听得心里怕怕的,说:"你千万不要如此,容我考虑考虑。"稳住陈之永后,她想在丈夫心里她是不是也有好几宗罪?坐在车上,她细细想了一下,自己至少有五宗罪:一宗罪,醉酒坐朋友丈夫的车。二宗罪,背叛好友,对其夫心牵情绊。三宗罪,背叛丈夫,与其他男人偷情。四宗罪,事发后,仍执迷不悟,一错再错。五宗罪,欺骗闺密,占其夫,罪不可赦。

她把这些发给陈之永,说:"我比柳一然还有罪,放弃我吧。"

陈之永说:"江诗雨,这辈子我认定你了。"

江诗雨立马把这条短信删了,无奈地哭了。

丈夫真的跟好友密谋骗自己吗?看着丈夫做好饭,仔细地检查着儿子的作业,看着他对自己温热的眼神,她坚定地否定了陈之永的猜测,并且第一次对他的品行产生了怀疑。

可是很奇怪,最近丈夫不再主动跟她亲热,也不再问她这几天早出晚归在干吗,都是她主动解释,单位有事,同学聚会。丈夫每次都嗯一下,再没了下文。

比如今天,她借口跟柳一然去吃饭,丈夫又是头都不抬地嗯了一声。睡觉时,他忽然说:"柳一然九点时打电话了,她在商场给儿子买衣服,问穿小号行不行。你的手机关机,她只好打给了我。"丈夫的表情是淡漠的。

丈夫没有揭穿她的谎言,是对她失去了信任,还是柳一然让他不再重视她?江诗雨忽然觉得天地瞬间一片混沌。

九

柳一然学习结束一周了,也没有跟江诗雨联系。江诗雨心里毛了,她坚决不再回陈之永的短信,电话也不接了。

难道是柳一然发现什么了?江诗雨挺想柳一然的,打电话约她一起吃饭。柳一然推说有事。江诗雨说明天不行,那后天呢?大后天呢?你就明说,啥时有时间?第四次打电话,柳一然终于同意了。

还是鹿港小镇。柳一然这次破例先到了,桌上空空如也,一杯水都没有。

"怎么没点菜?"

"今天你得点菜,还有你必须请客。"

好朋友一向大大咧咧的,今天忽然一脸凛然,江诗雨心里一紧,怕是东窗事发,便赔着笑脸试探地问道:"一然,我为什么请客?你奖金比我工资还高。"

"你清楚。"

江诗雨拿着菜单的手哆嗦个不停,好不容易点完菜,一看好朋友紧盯着自己,一下子更紧张了,忙说:"这么忙,去学习了?"

"你怎么知道?"

"当然是你家陈之永告诉的。"

"你一直跟他联系着?"

江诗雨镇静地说:"给你打手机怕影响你,就给你家打电话,陈之永告诉我你去外地学习了,怎么好端端地去学习呢?跟我讲讲,又遇到啥好事了?"

柳一然脸上虽在笑着,但能看出这是在尽力掩饰,她淡淡地说:"也就是上课下课嘛,没啥说的。"点上烟,轻轻地吐了一口,烟圈喷在了江诗雨脸上,江诗雨没有像过去那样挥打,而是稳稳地坐着,她等着对方开口。"诗雨,有件事,我想了好多天,你是我的好朋友,我才决定含着羞耻告诉你,陈之永整天往外面跑,在家里不说话,也不跟我亲热,我怀疑他在外面有人了。"

江诗雨说:"你别见风便是雨,夫妻之间,最怕胡思乱想了。"

"不是我瞎猜的,我同事亲眼看见陈之永跟一个女人在一起,有时在开元饭店吃饭,有时在锦江宾馆开房,有时还在那家咱们去过的蓝花樱庄园厮混。"

江诗雨正夹了一筷子菜,手一松,菜掉到了水杯里,她故作镇静道:"一然,你别吓我。"

柳一然大口大口地吐着烟圈,慢条斯理地说:"我吓你什么?你又怕什么?"

江诗雨怕柳一然再说出让她害怕的事,忙岔开了话题:"一然,你了解你家陈之永吗?"

"一起过了十年,怎么会不了解呢?一定是被某些别有用心的女人给下猛药了。"

江诗雨点了点头,又慌忙摇摇头说:"一然,咱们是好朋友,我劝你,对丈夫好些,与别人没关系。人其实都是有欲望的,有时,一时失控也不代表什么,情非他能够控制。有时,爱如海啸,来了,当事人都还蒙在鼓里呢。"

"你说这话什么意思?好像深有体会?"柳一然道,"对了,你方便时告诉陈之永,他干的啥事我都知道,我只是不想说,我不是怕失去他,而是要一张脸面。你知道,在省报,不,在咱们全省新闻界,我柳一然不敢说才貌第一,但也绝对排在前三。我的人生词典里还没'失败'一词,没受人欺负过。我平生最恨欺骗,特别是亲人好友的欺骗。我刚当上报社副总编,今天下的任命,我没告诉陈之永,先告诉的是你。你告诉陈之永,让他好好想想,他那个处长是怎么当上的,我有办法让他当,也就有办法让他下台。还有蓝樱花庄园那套房子,是怎么回事,我心里跟明镜似的。"

柳一然为什么自己不跟陈之永说,而让我去说?是警告,还是给我留了面子?江诗雨明白多年来为什么自己离不开柳一然了,因为她总是比自己厉害。都当上副总了,才告诉自己。还有陈之永升职、买房的事,事先一点口风都没有跟自己漏过,而她自己屁大的事,都要跟好朋友柳一然讲。这么一思量,她浑身冒汗,便借口热,边擦汗边说:"夫妻的事,只要两人说开了,就没事了,我一个外人掺和进去,有时反倒起作用。你说是不是?你俩好好谈谈,我想只要双方本着体谅的想法,拿出实际行动,就能有挽回的余地。别太争强好胜,男人大多都喜欢听话的女人。"

柳一然第一次没反驳,长长地叹息了一声:"现在的男人呀,真是不可理喻。算了算了,不提这些破事了,最近又看什么电影了?"

总算换了话题,江诗雨松了口气,说:"最近在看电视剧《我的前半生》。"

柳一然说:"听同事们讲过,说讲的是一个女人,抢了闺密的男友。"

怎么又绕到这个话题了?她到底是不知情,还是假装,故意试探我?江诗雨心里七上八下的,便说:"是的,她们关系跟咱们一样好。"

"可是你没抢我的丈夫,我也不会抢你的丈夫,对不对?男人算什么,好朋友,是三生三世求来的。什么叫闺密?闺密如丝丝阳光,以别样的温润呵护你一生。就算全世界的男人抛弃你了,还有闺密来拥抱你。所谓闺密,就是经得住俗事考验,能够相互之间诉说衷肠,彼此之间相互信任,相互依赖。不论境遇相差多远,都能真心祝福。平时,能没心没肺地胡侃一通,在失恋的时候一起哭一起闹,酩酊大醉时能相互扶着回家。能在愁绪无以排解时,把丈夫赶到别的地方,跟你促膝谈心一夜,毫不疲倦。"

"我怎么听来像心灵鸡汤?"

"别瞧不起心灵鸡汤,就像别说我们记者没文化。你试想一下,谁一生中能离开汤?好了,不说了,前阵我到商场买鞋,经过儿童专柜,怎么也迈不动腿了,你看这身小衣服,我儿子穿在身上,一定是帅哥一枚。诗雨,咱们是多年好朋友了,即便这个世界上所有人背叛了我,你跟儿子都不会离开我的,对不对?你看马路上,那两个年岁很大的老奶奶,正牵着手慢慢地一步一步地往前走着,我们一生要像她们该多好呀。"

听着这话,好像她并不知道所发生的事。她是引蛇出洞,还是给自己机会?江诗雨看着好朋友那双大而明亮的眼睛,好像是带着笑意,可再一看,分明又藏着诡计,她突然想到丈夫昨天说的话来。

当时,她跟陈之永约会回来,丈夫忽然说:"诗雨,咱要好好生活,别走得太远。你不像你的朋友柳一然,人家是猝然临之而不惊,无故加之而不怒。你呢,干了什么,眼睛里都清清楚楚写着呢。"连木讷的丈夫都看出了自己的破绽,精明强干的柳一然看不明白?

罢了,管她知道不知道,都必须跟她认错。可是会出现什么样的结果呢?电视剧里,唐晶没有原谅好朋友罗子君,那么柳一然会原谅她吗？她的丈夫，还会跟她过下去吗？她的儿子，还会在作文里写我最佩服我的妈妈吗？这些搅得她最近头痛欲裂的问题，只有天知道了。

就在这时，她的手机骤然响起，是陈之永。她立即掐了，他马上又发来一条短信：你丈夫跟我老婆的确都没跟你说实话，那天晚上他们很快就离开了饭店，去了另外一个地方，有服务员做证。证据我刚发你微信了。

江诗雨删了短信，望了望窗外，紫红色、蓝紫色、火红色的紫薇正开得灿烂，护花的老头低着头不时地扫着落叶。其实一阵风来，也就落了几片树叶，可是不扫，就会脏了一大片。江诗雨这么一想，回过头，紧紧抱住她的好朋友，一字一顿地说："一然，我要跟你坦白一件事……"

采葑采菲

> 走向人内心的路,永远比走向外部世界要漫长得多。
>
> ——维吉尼亚·沃尔芙

一

灭顶之灾并不是忽然到来的。它从年初就拉起了警报,只是当事者忙于评职称、评奖,无暇顾及。整天在电脑前写东西的人,眼睛酸一点,耳朵鸣一阵,眼药水滴了,中西药也吃了,能有什么大事?年纪轻轻的。再说,即便当时引起足够的重视,也没用,全世界医学界拿它都毫无办法。它,叫多发性神经纤维瘤。通俗地讲,就是凡有神经的地方,都可能长一大堆土豆般的小东西,种一个,收一窝。

多发性、神经、纤维瘤,这一层层让人绝望的递进关系让女记者杨菲先是双耳听不见了,再后来,比如今天,做了伽马刀手术后,左眼那唯一的光亮也荡然无存了。

三十五岁前,杨菲漂亮、优雅,是全国知名文学大刊主编,京都风头正劲的十大青年女作家之一,由她的小说改编的电视剧也已开机。不敢说所到之处众星捧月,但也花团锦簇,一路春光。三十五岁生日刚过完,杨菲就成了聋子、盲人,以后等待她的将是被丈夫抛弃、被病变折磨得不成人样的残肢病体,是更年期,是孤死家中无人问。

杨菲进手术室时,她没让护士推,而是自己昂着头、挺着胸走进去的。虽然早有思想准备,但她没有想那么具体。她想要么一了百了,要么人生亮丽如初。因为她太信那个刚从美国回来的全医院最年轻的神经科主任了。从第一次她踏进这所全国顶尖的医院,坐在让她心跳的年轻主任面前的椅子上时,她就把她的性命完全交付给他。因为他的自信、他清亮的眼神、他那堆在书桌上的发表在世界知名医学杂志上的论文,都太值得信赖了。他的身上散发着一般男人没有的那股淡淡的却又让她迷醉的味道。什么味道,杨菲说不清,但是她知道那是最能诱惑女人的,特别是像她这种走遍全国各大医院,最终几乎可以说是死死拽住了他的女病人。他一看到杨菲,眼神多情得让杨菲好似回到了十八岁,春波一浪接着一浪,搅得她面红耳赤,前言不搭后语。那时,她还是一个人来的。那时,她能听见,右眼虽然有些胀痛,但丝毫不影响她对一个男人的判断。从事写作十几年,什么男人没见过?她还笑着告诉他,她要给他写一篇报告文学,发表在知名报纸上。

那天,她还不知道她得的是神经纤维瘤,更不知道全世界拿它都没办法,要是知道,她会很珍惜有声音有光亮的世界的。前不久,她读了《植物知道生命的答案》,她才发现自己白活了,要先结实地活着。那时,也就是三个月前。三个月前,他给她看病,微笑着说,放心吧,不是什么大病,我在国外见过此病。就是听了这话,她回到单位,参加了高级职称评审,申报了鲁迅文学奖,她还找到社长历数自己多年来的工作业绩,想为年底当副总编冲刺,而且得到的反馈消息都是乐观的。她还想着,要结束自己并不如意的婚姻,找到自己的真爱。

仅仅四十分钟,世界天翻地覆,风云突变。人生的风月宝鉴悬在她眼前的不是美女,而是骷髅。

如果早知道全世界都拿这种病没办法,杨菲会让职称、评奖还有那个副总编头衔滚到一边去。三个月时间,整整九十天,她要到全国各地,不,世界各地好好走一遭。倾其所有,买遍京城商场名牌衣服,每天换着穿,要跟心爱的人把一天当作一生去过。还有,她不会选择这个让她看不见听不见的伽马刀,虽然后来年轻的神经科主任说了,如果不做伽马刀,连命都会没的。听不见,看不见,要命何用?

母亲要是在,杨菲会扑到她怀里大哭一场,可是母亲没了,她躺在家乡的苹果园里,已经三年了,墓上开满了黄色的小花儿。

丈夫就在身边?对,肯定是他。虽然看不见,听不见,但是杨菲能闻到,丈夫就坐在她床边。跟自己生活了十年的丈夫身上的气味,做妻子的,当然熟悉了。丈夫一直握着她的手,起初是轻轻的,好像怕握痛她似的。现在,五个手指头紧紧地与她相扣着,身子也贴过来了。起初她想推开他,她想病房里一定有别人,虽然她知道这是间单人病房,可是刚手术完,一定有人,但不是熟人,味道是陌生的。丈夫把她搂得紧紧的,她感觉他哭了,眼泪滴在了她的手背上。应当是她这个病人哭呀,反倒是丈夫在哭。丈夫的哭,让她因为忽如其来的灾难还有人帮顶着,心中的绝望削减了不少。她轻轻推开丈夫,说,咱们回家。

年轻的科主任终于来了!自从她看不见听不见后,她一直盼着他来。她要他给她一个说法、一个交代。细思量,说法交代一大堆,又有何用?当她确信他来了后,她痛苦地把身子扭成了麻花状,把头埋在了被子里。

没了视觉和听觉,她的嗅觉现在倒格外敏感了,那股没有烟没有酒只有他独有的味道扑进了她的鼻孔,近到她都能听到他的呼吸声。他要干吗?丈夫还在跟前呢。他拉住她的手,她以为他要握,他在她手心里轻轻画着。她起初很恼怒,以为他这个时候还跟她调情。他还敢?后来,他仍在画,是一笔一画地画,她才明白他在她手心里写的不是字,是一个词:对不起。

年轻的主任没有治好她的病,仅给她的丈夫示范了跟她沟通的唯一的方式,那就是在她手心写字。从此,她倾听和注视世界的通道就只有手心。当然,后来又延展为胳膊,甚至腿,这是后话了。

一切陷入黑暗时,她没哭;丈夫哭时,她没有哭。现在她却为一个不相干的人,一个让她肝肠寸断的词,号啕大哭,这一哭,直哭到出院,直哭到把那个她曾顶礼膜拜的全国顶尖的医院踩到脚底,把那个曾击起她情感涟漪的男人打到十八层地狱。

二

姐姐是第二天到的,一大早。

杨菲生活得意时,无暇让姐姐到身边来与她分享;她病了,需要抚慰时,第一个想到的却是姐姐。虽然是丈夫的主意,但是也契合了她的心境。她真怕姐姐责怪她。

姐姐身上的味道,是久远的陌生,但是她知道那是姐姐。姐姐刚握着她的手,她就知道,那是她一母同胞的姐姐。姐姐是第一次到北京来,郑重其事地用了化妆品,不用说,是那种低廉的、味道刺鼻的劣质品。衣服不用眼睛看,也知道来自老家县城东街那个挤得人都无法呼吸的批发市场;布料是粗陋的,上面还有没来得及剪掉的线头;样式是烦琐的,摸在手里有不少褶子,有些还挂住了她的指甲。虽如此,仍亲切。

痛苦消解了一夜,见到姐姐时,杨菲已经不像起初陷进黑暗中那么绝望了。

整夜,除了消弭痛苦,她把未来的日子细细捋了一遍。睡时,丈夫握了一下她的手,说,十点半了,睡吧。她紧紧依在丈夫怀里,眼泪流个不停。丈夫在她手心写字,被她挡住了,说,我没事儿,你睡吧。丈夫睡着后,杨菲背过身,面向窗户。窗子开着,吹进来的风凉凉的,已经处暑了,一定是有月亮的。她感觉月光照进了房间,照在自己身上,也是冰冰的。她估摸她精心挑选的白纱窗帘,在微风中,也一定轻轻摆动着。她的家,她双手建立起来的家,大到家电,小到手掌大的一个相框,都是她跑遍全城,货比三家,精心挑选买回的。一百四十平方米的房子,在她这样的年龄看来,已经相当大了。还有她的事业,从大学毕业进到这个杂志社,就跟林黛玉一样不敢多走一步路,不敢多说一句话。整整十三年,从助理编辑、编辑开始,不敢说步步惊心,也可以说是事事小心。因为她知道,自己一个农村孩子,没有背景,要在这个人才成堆的大都市,在这个全国作家仰慕的杂志社立稳脚跟,是多么难。终于苦尽甘来,在全社最新一次民主测评中,她排名第一。而这时,她的一个中篇小说又得了鲁迅文学奖,可以说到年底,顺风顺雨地就能当上副总编了。

但现在,疾病使得所有的光华,都变得毫无意义。毫无意义的生活,对一个心高气傲的女人来说,意味着什么,不言而喻。

杨菲起身上卫生间,自信自己在黑暗中没问题。住了两年的家,怎么会有问题呢?结果腿还是撞到了门框上。平常不也是摸黑上卫生间的?对了,那时,有月光。现在,她是瞎子,即便华光齐射,对她也毫无用处。她忍着痛,慢慢地挪着小碎步,好像挪了一个世纪。总算上完厕所,她忽然想了此残生。她直直地挪向客厅,她知道卫生间直对着的是她最喜爱的单只白布蓝花沙发,摸到了沙发宽大的后背,右拐,直对着的就是大门。开门,下电梯,出单元,就是院子。直走到冬青树篱,拐弯约二百米就是大街,一辆接一辆的车,大车小车,宝马、林肯、现代应有尽有。她只管迎着车流,就像《魂断蓝桥》中的女主角玛拉那样平静地迎着卡车,任凭车灯在脸上照射,在人群的惊叫声中,结束自己的生命;或像身着一袭黑天鹅绒长裙的安娜,跳下铁轨,让呼啸而过的火车结束自己无望的爱情。从此,芳魂散去,一了百了。

不能穿着睡衣。要走,也要走得体面些。她摸到大门右边的饭桌,靠外的椅子上,搭着她去医院时穿的衣服。那是件孔雀蓝印花裙子。她摸了半天,里外前后,得分清。平常一伸胳膊就上身的衣服,现在穿了半天,却怎么也穿不上。手感滑滑的,挺舒服。拉链不是在右腋下吗?怎么腰这么紧,胳膊也伸不开?难道不是?正思忖着,一只手搭在她腰间。起初她吓了一跳。但大半夜的,除了丈夫,还有哪个?那手指是熟悉的,温润中带着一些粗糙。他牵着她的手,写道:干啥,大半夜的?

"让我死吧,别拦我,我不想拖累你。"说完,她肩膀紧靠着丈夫的身体,屏着气观察着自己手心的细微变化。

丈夫没有说话,扶着她进了卧室。她多么希望他能表个态,哪怕只是虚假地应付,都能让她心里稍稍安妥些。但是握着她的那只手松松的、不耐烦的,好像在说,你还嫌不烦吗?进屋不久,他很快又睡着了。

这还不到一天,丈夫握着她的手,就从紧变松了。还有身体,已经离她远了。

杨菲望着窗外,感觉浑身冷飕飕的。长久思索后,她明白任何事都将不同以往。以往,你是众星捧月,丈夫对你怜香惜玉,可是你都成废人了,人家还会对你好吗?不嫌弃你就不错了。一双失去光明的眼睛,会是什么鬼样子,她看不到,但过去她见过盲人死鱼般吓人的眼神。这么一想,她哆嗦了一下,不禁靠近了丈夫。死都不怕了,还怕活着?别人越不在意你,你越要好好活着! 一半是赌气,一半也是无奈。那怎么活?她想好了,不给丈夫添麻烦,既然过去没有,那么现在和将来也不会。非但不能让他觉得自己不是他的麻烦,还要做得更好,让他觉得对她不好会心有愧疚。这么一想,她的痛苦又减少了一些。

她跟姐姐是坐在沙发上的,丈夫一会儿过来,一会儿过去,那气味忽东忽西。她让他上班去。丈夫拉着她的手要写字,她推开了他,说:"快去上班,我没事。"说完,她又说,"有姐姐在呢,你安心去上班。"

丈夫终于走了,她如释重负,抱着姐姐,开始了从医院到家的第二次大哭。这一次,她哭得很放肆,一把鼻涕一把泪,那是只有在亲人面前才有的痛快淋漓。她边哭边不停地说:"姐姐,我怎么办呢?我还不到四十岁,去年怀了孕,我却做了,为了评职称。现在想来,名呀利的,他娘的,与身体比起来,全是浮云!"

姐姐是小学语文老师,一定跟她讲了许多,可能讲着讲着,才记起来妹妹听不见,所以又开始笨拙地在她手心写字。因为急,她写的字,杨菲感觉不出来,姐姐又写,虽然不能每个字都感觉到,但她大体猜出就是:已经发生了,好好面对吧,你有工资,有房子,怕啥?

是呀,怕啥呢?即便丈夫变心另娶,她有的是钱,可以找保姆,只要有钱,这个世界上,很多事还是可以办到的。虽然她买的那上万册的书读不了,层出不穷的好电影、演出、衣服,也看不到了,但是她是衣食无忧。还有每月将近万元的工资,还有她用多年积蓄买的房子、车,不可能也一下子消失无踪。房子和车不像人,会离开,只要精心地照看着它们,它们会为你服务好的。可是,你还能照顾它们吗?这一想,她又想死。

姐姐只有十天假,丈夫要带姐姐到北京玩玩,姐姐说她要让妹妹熟悉家,自己就不去了。丈夫说平常他们做饭就不多,现在更不用做了。以后中午他都叫外卖,晚饭他下班回来做。杨菲则坚决要自己做饭。姐姐一点点地带着她熟悉家。自己的家,第一次变得这么陌生,四处充满了恐惧。姐姐告诉杨菲,她把所有的东西都按顺序放好了。比如做饭,灶台左边按顺序放着油、生抽,右边依次是精盐、鸡精、姜粉、大料之类的。柜子下面一层是米,二层是面,三层是……"姐,你好像把我当白痴似的,我怎么会连米和面都分不清?我是瞎了、聋了,可是我没有傻呀。"

  刚说完这话,杨菲就后悔了,她看不见姐姐的表情,但是她闻到姐姐身上的那股味道忽地离她远了。她喊,姐!姐!说着,疾步从厨房往外走,不小心,一下子撞在饮水机上,人和饮水机全倒了,浑身湿了。姐姐当然跑来了,抱着她,姐妹俩抱头又是一场大哭。姐姐把她拉到床边。姐姐帮着她换了衣服,坐在她旁边,床一晃一晃的,姐姐显然是在叠衣服,她摸着衣服,那是她的。姐姐告诉她,挂在柜子外层的是夏天的裙子,里面的是春秋裙子。她悲哀地说:"姐姐,这些我不需要了,你都拿走吧。我这个样子别说穿裙子,就是一个人出门都难,你都带走。还有柜子里的几条新裙子,是宝姿的,商标都没撕呢;床头最底下的柜子里放着的苹果手机,是最新款,七千多块,我刚买的,你拿着吧。"姐姐抱着她,浑身一抖一抖的,想必又哭了。

  姐姐说:"我给你把东西全都收拾好了。"然后拉着她的手一件件地让她摸,一件件地交代。

  姐姐忽然拉住她的手,让她摸一张纸,说:"把它烧了。"

起初她不知道是啥,姐姐说,离婚,后面字还没写完,她就一把抓住了纸,好像抓住了她的罪证似的。

"为啥呀?你不是过得很幸福吗?"

她多么希望姐姐没说这话,多么希望自己的婚姻一直是姐姐所艳羡的,可是一张离婚协议书,好像让自己脱了光鲜的华服,一丝不挂地暴露在亲人面前。谁的婚姻不是千疮百孔,怎禁得起推敲?她说:"那时我心性太高,总觉得自己应找到更好的人。"她在给自己找借口。姐姐握了握她的手,说:"我撕了。"

"撕了!"

"幸亏是我发现了。"姐姐写道。她在思索该如何接口,姐姐又写道:"幸亏,否则陆涛不定怎么你呢!"

"谢谢姐!"她说着,靠在姐姐的肩膀上。

"你姐夫退休金现在很少,你大侄子结婚,把家都掏空了。"

她明白姐姐话里的潜台词,姐姐要的可不只是她的态度。她让姐姐把自己的手包拿来,手包是去医院时拿着的。

"姐,你看里面还有多少钱?"

姐姐显然是数了一会儿,写道:两千三百块。

她记得清清楚楚是三千三百块。

她说:"那你就全拿走吧,反正我也用不上了。"

姐姐前脚走,同事们后脚就来看她了,是社长带着大家来的。有很多人,他们每一双手都握过她的手,不写字,她也知道是谁。手长毛的是大王,她的发行部主任,一个能吃能喝整天玩的主儿,打老婆更是家常便饭，人家却健健康康地活着。她的副主编李莹也来了。李莹夸张地搂着她的肩膀，一会儿在她脸上亲，一会儿又给她削水果，她知道那是掩饰不住心中的兴奋。社长说，她的职称已经批了，得了鲁奖社里又奖了十万。这种锦上添花的事，放在以往，她肯定得请大家撮一顿，但现在这一切对于她都没意义了。她微笑着，坚强地微笑着，无论同事们怎么在她手心里写字安慰，她一律说，谢谢，谢谢，我很好，很好，你们都去忙吧。终于等到他们要走了，她强忍着，一直微笑着送他们出了门。她不知道为什么一直盼望着他们来，他们来了，她却如此不耐烦，她拒绝细想。

起初，她是想好好过日子的。她第一次在黑暗中给丈夫做了饭，虽然把香油当成了橄榄油，虽然炒的菜没熟，虽然她腿上胳膊上都是伤，但是她还是做了饭，即便是没做好，但毕竟她没有吃他做的饭，没成为他的累赘。

煤气灶开了，她用手指感觉火燃起来了，倒油，放菜，她估摸着菜熟了，要出锅了时才发现煤气火早灭了。她出了一身冷汗，立即摸着关了煤气，摸着到厨房外把窗子打开。

饭丈夫吃了，她也吃了，吃得干干净净的，因为盘子是她洗的。她给丈夫叠衣服，收拾家，好像日子跟过去没有什么不一样，可是又怎么能一样呢？这时，她才知道痛苦说来就来了。

因为家里来了一个人，一个女人，一股熟悉的香水的味道，让她差点窒息。他们一直在客厅，她在自己的书房。丈夫以为她看不见，没有告诉她来者是谁。但是她知道来客了，而且就是曾跟丈夫有一腿的李副主编，她的部下，她的闺密，李莹。平常她在书房，练字练累了,或者在电脑上用语音写东西时,丈夫都会过来,给她端杯水,或者拿个水果,可是那天没有。她口渴了,自己进客厅到厨房饮水机去接水时,丈夫挡住了她,把水连同她送回书房。她离开时,闻到一股香水味,那是李莹常用的香奈儿5号。她坐在哪?她来干什么?竟然到她家,当着她的面来跟丈夫行苟且之事?还是让丈夫帮助她当上主编?

她推开丈夫,摸着沙发的一角,循着香水的味道说:"来客了?"她知道自己没有来得及戴墨镜的眼睛一定非常丑陋。

她感觉布艺长沙发轻微地晃动了一下,丈夫写道:没有人呀。

"这不是有咖啡味吗?你又不喝咖啡。"杨菲说着,感觉那香水味忽地随着一阵风远去了,她感觉大门开了,一缕不要脸的风不请就闯了进来,很快又夹着尾巴逃走了,大门想必关上了。

杨菲坐到沙发上,咖啡味直冲鼻孔。她十个指头最大限度地张开,左右长长地摸了一遍长沙发,沙发凹凸不平,仍有香奈儿5号的味道。

过去了多长时间,她不清楚,只感觉好久好久。丈夫来时,她已睡下,丈夫刚往床上一坐,她就说:"你走!"

丈夫不动,要拉她的手,她说:"走,走,走!"丈夫停了一会儿,带着香奈儿5号香水味躺在了她身边。

这一晚上,她没有跟丈夫说话,一直是丈夫在写:真的没有啥事,真的,只是来了一个朋友,相信我。他写这些话时,搞得她手心难受,他又在她胳膊上写。起初她还质问他既来了人,为什么要瞒她,可见有鬼。后来知道说不清,也制止不了他,她就不再说话,由着他写。

次日,她就想打个电话。她原来试图用语音的,可是她无法找到手机上的微信。手机现在对她毫无用处。

她开始研究起家里的固定电话来,普通的电话盘,花了她一下午的时间,她是根据邻居老太太家饭菜的香味来确定时间的。在她生病前,她没跟邻居老太太说过话,不,确切地说,是说过话的。有一次,她把自己不穿的衣服装在塑料袋里连同垃圾准备扔进院子里的垃圾桶时,老太太正提着一捆小白菜迎面走来,一看到她往垃圾筒里扔衣服,马上抢过来说:"遭罪呢,这么好的大衣,还是羽绒的,能穿。"老太太胳膊上的黑斑、身上的酸臭味,让她恨不能马上离开她。于是她把衣服连同垃圾都推给老太太,扭头快步上了楼,刚进电梯,老太太也小跑着跟了上来。老太太笑着,讨好地说:"听说你是作家哩!"杨菲笑笑,没有说话。老太太又说:"我听我家老头子整天念叨,说你写的书能让人哭半天,正拍电视剧呢。"至于吗?不就是几件旧衣服吗?到她家这一层了,两人一前一后出了电梯,杨菲开锁时,感觉后面的黑影没有动,扭头一看,老太太仍满脸堆着笑说:"我是说,你要是还扔东西,给我行不?这衣服,在老家那边都是出门才穿的哩。"

杨菲点点头,关上了门。

后来杨菲还是扔过衣服的,只是她并没有给老太太。倒是老太太隔三岔五地给杨菲几个玉米棒、三两袋香椿苗之类的,她不能确定这些东西的来历,所以她不吃,全让丈夫吃了。老太太应当是湖南人,她没问,反正每天炒菜都要放辣椒,一股很冲的味道直呛到她的鼻孔里,这让她很不高兴,可是又能怎么样呢?人家又没犯法。现在这味道却成了杨菲确定时间的钟表。世道呀,谁能料想会如此?

杨菲把米洗净后,要盖锅盖时,才想起电饭煲有熬粥、蒸排骨、米饭等多种功能。昨天做的粥,是丈夫设置的,今天做米饭她忘记让他设置了。她把开关转了一圈又一圈,最终放在了她估摸的挡位上,然后回到电话机前,继续打电话。

电话拨了三次,两次都感觉错了,也不知道是不是挨别人骂了。她浑身都出汗了,才拨出十一个数字,电话响了半天,她不知道是不是通了,对方是不是接了,只说:"我病了,想和你见一面,明天中午十二点,在我家跟前的小月河花园里的素菜馆。"然后挂了电话。

吃饭时,打开锅,才发现米是米,水是水。看来挡位设置错了。

次日丈夫上班时,杨菲让他把她送到家门口的街心花园,她说她想坐会儿。丈夫走时说:"你几点回去?我让咱们院的小简来接你。我跟小简说了,如果你同意,把咱家钥匙给她,每天让她帮你做饭。你有什么需要,就告诉她。她是守大门的老简的女儿。"当然丈夫是用"电报语"。她想了想,说:"如果我不在公园,就在素菜馆。"素菜馆就在公园里,循着香味她可以安全地走进去,她过去是那的常客,病后,她再没去,想必服务员还认识她。

丈夫说:"那我让小简陪着你去。"她说:"不用,让她下午两点来接我。"说着,她脸红了,丈夫是什么表情,她无从知道,生怕他看出了自己的心思。

"你怎么能知道到了呢?"

"我能闻到。"

丈夫将盲杖递给她后,就走了。

这天,她化了妆,穿了自己心爱的白色连衣裙。她凭着感觉化的,化妆时,她的手哆嗦得非常厉害。病后整整一个月,她没有出过门,也没化妆,感觉手都生了。

她坐在化妆台前,先护肤。水、精华素、眼霜、日霜,这些都是兰蔻的。抹粉底时,她紧张极了,生怕头发上沾了粉,她抹得很细致,一点一点地抹。画眉毛时,她费了些劲。她知道自己眉毛后半部有些淡,常常得在镜子前描半天,可现在描了半天,她还不能确定眉毛是否歪了。

好在,有丈夫。

她拉着丈夫的手从化妆台挪到衣柜前,打开了柜子。她说:"我穿哪件好看?"丈夫写道:连衣裙,你身材好,这件荷绿色的无袖连衣裙我最喜欢看你穿。她想了想,说:"我想要那件白的,也是无袖。"既然是丈夫喜欢的,她就不能穿着丈夫喜欢的衣服跟别的男人去约会,这是对丈夫的尊重。

丈夫递到她手里,她摸了半天,不能确定,最后,她再摸后背上的拉链,就微笑了。一切打扮好,她说:"你看看,粉没沾头发上吧?眉毛和口红有没有破绽?"丈夫的手很轻柔,在她脸上摸了一下,在她手心上写道:你很美。

她怕丈夫起疑心,解释说,这是她病后第一次单独外出,她想让自己漂亮些。丈夫拍了拍她的手心,没有说什么。

今天好奇怪,没有闻到素菜馆的菜香味,她估摸时间差不多了,慢慢往素菜馆方向走去。她戴着墨镜,手里的棍子让她感觉好丢人,她没用,她要让人觉得她是买回来给家人用的。

杨菲总感觉身后有人,凭直觉,她认定是个女的,而且是个比自己年轻的女性,传递过来的是汗味。她本想说,小妹妹,扶我到素菜馆,给我要杯水果沙拉。可是她没有开口,一步步地往素菜馆挪去。

终于到了,高高的门槛,厚重的大门上镶嵌着八个大铜钉,她很后悔眼睛能看见时没仔细看那铜钉上写的什么字。门是半开的,她没防备,差一点摔倒,好在她抓住了门把。

大厅在进门的右手边,园中有棵海棠树,现在八月底了,花没了。千万不要撞到树上,她慢慢朝大厅挪着,身边人来来往往的,带着风,不时地碰着她。她微笑了,在人堆里,她是安全的。可马上就犯了难,她忘了饭店大厅跟院子之间是不是有台阶,有几个台阶。与其绊倒,还不如用棍子。她正要用棍子试探着走时,一双手扶住了她,对方举她的左胳膊,她就迈左腿;举她的右胳膊,她就迈右腿。那只软乎乎的手把她领到了餐桌前,扶着她坐下来。她说:"谢谢,我看不见,也听不见,小妹妹,请你把服务员叫来,我要水果沙拉和一杯咖啡,拿铁的,共一百元,你给他们,他们都知道。"

那软乎乎的手把她的手放到杯子跟前,放到水果盘前,走了。她说谢谢,也不知道人家是否听见。

杨菲一直等到三点,她要约的那个男人没有来。小简把她接回了家,她才知道那个有着肉乎乎小手的就是丈夫帮她找的护工小简。她没有让小简来照顾自己。她想她能自己解决生活中的一切难题。

她不知道她打的那个电话是那个男人的妻子接的,那是个深爱自己丈夫的女人。当时她丈夫在洗澡间。他的妻子接电话后,没有告诉丈夫,而是恨恨地把电话号码删了。她以为那男人知道了她的病情,不再理她了。

三

男人叫秦钟光,生活在另外一个城市,他跟杨菲是在去年的一次笔会上认识的。开会期间,两人单独去过一次西湖,但是什么也没有发生。短短的一天时间,除了来回坐了两小时高铁,加上吃饭,逛景,实在没时间,也可能双方都太矜持,反正针眼大的事儿都没有。

他们离得并不远,坐高铁二十分钟就能到,开会结束后,却没有联系。直到半年前的一天,杨菲忽然打电话说,她就在他所在的城市,他问清了她住的宾馆。他们再见面,他以为杨菲会主动,是她主动找他的呀,可是真见面了,杨菲仍是如上次一样跟他保持着适当的距离。好在,他有足够的耐心。他握着她的手,先在她的手心里轻柔地画着。她低着头,没有拒绝。他坐到她旁边,摸着她的手臂、肩膀,一边爱抚,一边轻声地说着情话,吻着她的唇。他是情场老手,果然,在他的十八般武艺下,她乖乖地解除了武装,先是婉拒,迎合,最后发起了攻势,他俩达到了心灵与肉体的高度默契。

事后,杨菲半天才说,跟丈夫生活一点激情都没有,他一点都不像在大学时那么风花雪月,知道给自己送花,关心自己的内心感受,在机关待久了,就像机器,没有一点温度,整个一个现代版的卡列宁。他说:"我在西湖边就爱上了你,可是你的冷漠让我止了步。"她笑了,说:"你吊高了我的胃口,我已经无法回去了。现在更不想跟丈夫过了,我婆婆整天在家里不是随地吐痰,就是上了厕所不冲马桶,烦得我要死。等忙过职称,我就离婚。"

他怔了一下,抱着她的手明显地松了一下,说:"离婚还是要慎重。"

她笑了,说:"你怕什么?我离婚了又不嫁给你。"

虽如此,他们还是度过了幸福的十天。那时,他老婆在外地进修。两人神不知鬼不觉,如度蜜月般,玩遍了杭州的大小角落。他们在最喜欢的西溪湿地,一待就是一周。反正那一阵他单位也没啥大事,他请假说胃痛,于是他们痛痛快快玩了十天,好像神仙夫妻似的。他没想到他们那么能聊,在床上,在宾馆,在公园,在大街,两人都是争着不停地说,好像有说不完的话。从那一刻起,他生起跟她长久生活在一起的念头。但每每这念头刚一涌出,儿子可爱的小脸一下子就堵在他面前,立即把产生的不切实际的欲念挡了回去。他安慰自己说,这个多情善感的女人碰不得,她太敏感了,身体上的每根汗毛都是触角,这样的人是最难伺候的,激情可以,千万不能娶到家里,否则既会烧了自己,也会毁了别人。

高铁只有二十分钟呀,只要他想她,他立马就能去。他在心里说。

谁知多半年过去了,他们却没有再见面。他一直想去见她的,她先说她到外地学习去了,又说她回老家了,最后他发微信,她也不理他了。可能人家只是逢场作戏,她那么漂亮,又在那样的位置,接触的作家成千上万,可能早把他忘了。忘就忘了,反正漂亮女人多得是。

前天聚会,他才知道事实并非他想的那样。那天,他跟妻子参加同学聚会,大家都带着夫人,于是说话就比较规矩,表现得也比往日要拘谨。有人忽然提到了她的名字,他心里猛一哆嗦。

怎么可能?她得病了,看不见也听不见了?多发性神经纤维瘤?他没有说话,妻子却不停地详细问杨菲那个病能不能治好。

回到家里,他情绪甚是低落,妻子也没跟他说话,他们俩坐在各自的书桌前忙碌着。他一会儿出去喝水,吃水果,不时地看看在饭桌上的电脑前忙个不停的妻子。妻子是个好妻子,把书房让给他,自己总坐在饭桌前批改学生的作业,她是初中三年级的数学老师。他第四次出去喝水时,妻子忽然说:"前天杨菲给你打过电话,但是我把它删了。"

他停住步,望着妻子神态平静的脸,等待她接下来的话,妻子却埋下头,继续批改起作业来。

他拉出椅子,坐在妻子对面。他发现几片西红柿皮粘在自己最爱的白碟的边缘,忙起身拿着倒进了垃圾袋。这些平常都是妻子做的。见妻子仍没有把刚才断了的话头接上的打算,他便说:"她是好作家。"

妻子抬起头,说:"你们文学上的事我不懂,我只知道她让你念念不忘。"

他望着她,暗自思索她怎么知道的,思前想后,没有什么破绽呀。

妻子又说:"去看看她吧,一个女人,得了这种病,怕是连死的心都有了。"

他站了起来,洗了妻子爱吃的桃子放到她旁边,走回书房。一直到晚上睡觉,那只桃子还在饭桌上放着,桃子上那抹艳红因为放了一天,不知怎么生出一块黑色的疤来。是滚到地上了,还是在哪碰着了?他不知道。他拿起来,恨恨地咬了几口,全部咽到了肚子里。

第二天一大早,他给社长发了条微信,说到京城去约一组稿件。下了高铁,他才知道,除了她的手机号,他还没有她的其他联系方式。

作为记者,这当然难不倒他。他去了杂志社,虽然他也是个作家,但是京城的人并没有多少人认识他。当他说他是杨菲的一个作者时,漂亮又热情的自称李副主编的女人又给他倒水,又问了他三遍名字,确定他不是处于一线的作家后,对他冷淡了许多,说:"告诉你杨菲家的地址也没用,她一个人在家,听不见,又看不见,你怎么联系她?只有一个办法,找她丈夫。"李副主编说着,用漂亮的眼睛翻了他一眼,好像在说,我知道你们的关系,你不敢去找他。

"告诉我她丈夫的电话。"

李副主编愣了一下,说:"我还真不知道,不过我可以帮你问一下,她丈夫在市委组织部当处长,我去给你问下。"

李副主编出去了一会儿,回来拿出一张纸,写了杨菲家的地址,还写了杨菲丈夫的电话。她没有写杨菲丈夫的名字,而是写着陆处长。

电话里陆处长的声音是不带任何温度的,他没有问秦钟光是谁,也没有问找自己的妻子干什么,只是说:"半小时后我到编辑部来接你。"

陆处长不愧是组织部出身的,果然,半小时,一分不多,一分也不少,准点来到李副主编办公室。李副主编又是端茶,又是递水果,显然他们熟悉,而且不是一般的熟悉,因为他一上来,她就递给他一瓶矿泉水,说:"你看天这么热,茶又热着,先喝点水。"可是奇怪的是,她刚才竟然说不知道陆处长的手机号码。

陆处长对李副主编点点头,把矿泉水接过来重新放到桌上,说:"走吧。"

他们出来时,陆处长望着隔壁说:"那是杨菲的办公室,我得空去整理。"李副主编马上接话道:"你啥时来,我帮你。"

陆处长说:"谢谢。"

秦钟光看了一眼那写着"主编办公室"的门,上面落了一层灰,心里酸酸的。

一路上,他们俩都没有说话。司机是个机灵的小伙子,把音乐开得很低,好像是钢琴曲《梁祝》,如泣如诉。

与她交流,只能在她手心里写字。陆处长半天才说。

秦钟光看着他。

如果是陌生人,写慢些,她只能凭感觉。

秦钟光的眼泪再次涌了出来,他没想到他们分别后会以这样的方式再见。

她病了,一个人在家,会是什么样子?她曾告诉过他家里的布置。可是陆处长说:"你在车里,我先跟她沟通一下,自从病后,除了单位的人,她谁也不见。对了,你叫什么名字?"

她会跟自己见面吗?她成什么样子了?

电话响了,陆处长说她愿意见秦钟光,让他稍等。

秦钟光说不急,然后跑到外面买了一束花。他原来想买康乃馨的,但是他被一种宝蓝色的花吸引了,于是买了一束。他都没来得及问花名。

四

秦钟光坐前座,杨菲夫妻俩在后面。她戴着墨镜,秦钟光看不清她的眼睛,他无法想象她得病后的眼睛是什么样子。可怕,还是可怜?他后悔自己听了老婆的话来了。

一路无话。

聚会处是一家私家菜馆,门面不大,靠水。陆处长把妻子扶到位置上,点完菜,敬了秦钟光一杯酒,说:"我还有事,先回家了。你们谈完话告诉我,我来接杨菲。"

"我送她回去。"秦钟光说。

陆处长说:"也好,离我家不远,过去她总是爱步行到这儿。"

然后包间里就剩他们俩了。秦钟光说:"你今晚真漂亮。"他说完就后悔了,他还不能适应跟她用手心交流。他坐到她身边,拉着她的手,想写字,可心里很乱,他不知道他该写什么,便没有写字,只是轻轻地把她抱住,靠在自己胸前。杨菲说:"我以为你不理我了。"

秦钟光握着她的手,写道:我不知你病了。他写得极慢,他写一个字她复述一个字。他写得慢,她说得也慢。

我发现你打来的电话,就来了。他写。

她抱住他哭着说:"你说为什么我会得这病?是不是因为我们的恋情,老天要惩罚我?除了跟你,我没跟别人好过。难道是因为我跟我婆婆闹别扭,把她气跑了?可是你说我们生活习惯太不一样了,她上完卫生间,从不冲。接一盆水洗一大堆碗,洗完也不冲就盛饭。而且三天两头跟丈夫说我中看不中用,是花瓶,不生孩子是造孽。再说也不是我让她走的,是她自己要走的。再想想,我没做过对不住别人的事。为什么老天爷对我这么不公平?我才三十五岁,人生才一半不到,我怎么活呀?我寻过死,可是我舍不得死呀。"

他只管抱着她,听着她说,时不时地用手摸摸她的脸。

她说她看不见天空,不知道今天的云彩是紫红的还是丁香紫的,是橘黄的还是金色的,形态不知是棉花垛般的,还是彩练似的,或者是水墨画般的。

他听得烦了,打断她的话,告诉她多保重,他会经常来看她的。

他说的是假话,他并不想再见她,他感觉跟她交流太费劲,而且跟她在一起,他都怕人看到。当然他不能说出来,他只能这样长久地抱着她,看着表。他想,只要再坚持半小时,他就把她送回去,然后永远不再见面。他是男人,爱虚荣,重现实,他来看她,是想了却他的心愿,他做了一个男人应当做的,对得住她了,现在抽身最好。

她冰雪聪明,从男人手中的力道马上知道了他内心细微的变化。她从他怀中挣脱开,说:"给我丈夫打电话,让他来接我。"

"我送你。"

"不用,我累了。"杨菲说,"谢谢你来看我。"

秦钟光突然感觉很内疚,很想亲亲她以表安慰,可是被她的手轻轻推开了。这一推,反倒激起了他心中的欲念,他忽然抱住她,狠劲地亲吻起她来,没想到她抽了他一个耳光,她差点倒下。她一只手扶着椅子,轻轻地说:"别可怜我,让我丈夫来接我。"

她回到家里,才发现手里还拿着他送的花。她让小简查了,此花叫作瓜叶菊。她没见过此花,小简照着网上查的资料给她解释:叶片大,形如瓜叶,花色丰富,除黄色,其他颜色都有,还有红白相间的复色。花簇紧密,花小,呈星状。这束花是由十三片宝蓝色艳丽的花瓣簇拥着花蕊,花语是喜悦、快活。她后悔了半天,她不该打他。

毕竟现在给她送花的男人太少了,也许一个都不会有了。

五

丈夫上班了,杨菲待在家里度日如年,她让邻居老太太把她领到公园,然后让老太太告诉丈夫下班后来接她回家。她想好了,回去时买丈夫最爱吃的肯德基,就不用做饭了。他那么忙,让他做饭,实在难为他了。当然,她把自己不爱吃的苹果和梨全送给了老太太。她还告诉老太太,准备把以后不穿的衣服整理好后都给她。

她坐在花园的花坛上。她眼睛好时,知道不远处有一群老年人在此唱歌,有时,也有孩子在附近玩耍。附近公园很长,有河,有花丛,还有好几座红色的木桥。坐了一会儿,她起身到一个偏僻处,闻着草的感觉,她知道不远处就是个小山包。可能是挖河时,把挖出的土垒成了小丘。

她坐下来,是长木椅。她感觉有人来了,椅子动了一下,屁股重重地落在了椅子上。这是一个男人,凭刚才坐下的力量判断,定是个年轻的男人。她想起身,却没有起来。她戴着墨镜,对方可能不知道自己是残疾人,是不是跟自己打了招呼?

她说:"你好。"她认为自己是优雅的,应当也是有魅力的。因为她感觉到那年轻男人不时地靠近她,一定是被她漂亮的面容、漂亮的衣服、她手里提着的古奇手包所吸引。

对方一定说了许多话,因为他呼出的气息不时地喷到她脸上。她说:"我听不见,也看不见,得病了。"她说,"你要是说话,可以在我手心写字,慢点写,我就知道你的意思了。"

年轻男人握住她的手,靠她更近了,她感到那是一个干净的男人。

"你是干啥的?"

年轻男人笨拙地写道:学生。

"大学生?"她知道家附近有邮电学院,有电影学院,还有林业大学。大学生这个猜测让她很兴奋,她问他学什么专业。

对方写道:演电影。

她笑了,知道对方肯定不是大学生,至少不是电影学院的学生。他摸着她的手,她感觉到他的手背是粗糙的,而且还有疤,是蚊子咬的,还是干活伤的?她相信是后者。这么说,他是一个到城里来打工的。她老家也是在农村,一股怜爱之情涌上心头。

他们坐了很久,她问:"你今天休息?"

小伙子晃了晃她的手,写道:去水边,那儿花艳。

这话激起了她的浪漫天性,心想冲着赏花,这小伙子就不俗。她点点头,小伙子拉着她的手,起了身。他们走得慢,她感觉行人的味道越来越少,但是小伙子那热热的手让她感觉很安全。

走了有一阵,她知道快到河边了,水汽被吹到了她的脸上,轻柔而温润,真好。穿过石头小路时,她的脚一会儿高,一会儿低,她尽量使自己走得慢些,走得优雅些。她能想象自己穿着裙子在风中摆动的婀娜多姿的样子。

过去了的久远的美好感觉通过裸露的脚踝、手掌……丝丝缕缕地传遍她的全身,她能感觉到湖与风,水与树,还有岸边摇曳的芦苇,当然,还有身旁年轻的男人,使周围的一切都充满了迷人的风致。

接着,就是下台阶。小伙子没经验,他应当把她的右胳膊往下压一下,她就知道是要下台阶了,丈夫就是这么做的。可是小伙子又怎么知道呢?他家又没有瞎子。虽然她差点摔倒了,但是她心情还是愉悦的,因为花香实在太好闻了,她想象路边黄黄红红的花绽放的样子,一定非常妩媚。下了至少有五级台阶,然后走了好长一段时间的路,她身上微微出汗了。她身体好着时,沿着这个河边走半小时就出汗了,这么说现在至少走了三公里,她有些胆怯了,问:"到了吧?"

小伙子扶着她坐下了,是坐在草上的,他挨着她坐下了,她问:"这是哪儿?"

小伙子写:大桥下面。

她明白了,上面就是来来往往的车流,下面,也是一趟一趟的车,只不过,是地铁。

果然屁股下的草地不停地震动着,真有地铁。这么说,离家有三公里。如果是在大桥下面,这儿一定很脏,有小孩大小便什么的,可能还有流浪汉在此夜宿,而且还很偏。她感觉有点紧张,但是她不能表现出来,便镇静地问:"河里有鱼吗?"

小伙子说有。

"是不是高楼在水中颤抖,日光在水面上跳跃个不停?"

对方用手指甲掐了一下她的手心,没有写字。

她说过去还有鸭子,春天海棠花开时,河面上落了成片的花瓣,很漂亮。

小伙还是没有说话,她感觉他好像对这些不感兴趣,正要问时,她发现他的手不安分起来,先用大拇指肚在她手心里压,那是试探性的,搞得她手心麻酥酥的。她想制止,可是她没有。

她喜欢这种感觉。

小伙子身体慢慢靠在她身上,她想起了丈夫和她的副主编在家里的情景,她仍没有制止。一只手伸到她胸前,是隔着衣服的,虽粗野,但感觉还是比较舒服的。看来小伙子是初次与女性这样,手虽笨拙,但是诚恳。她握住了他的手,她自己都不知道这是鼓励还是阻拦。

好久好久了,她不知道到底有多久,但是她真的不愿醒来,她愿意就这么睡去,永远。但是,下面的地铁还是把她拉回到了现实。

她紧紧地靠在那个年轻的身子上,柔声地问几点了。

小伙子写:七点多了。

她一惊,说:"我家里人来找我了,走吧。"

小伙子没动,拉着她的手,隔着她的衣服亲了她的乳房,写道:你真棒。

她的脸靠在他的脸上,他把她的手又拉在跟前,把她的包拿走放在一边,紧紧地抱住她,她也由着他抱着。

终于,他松开了她的身体,离开了她,她也站了起来。她说:"上去吧。"

小伙子没有来扶她。

她又叫了一声,还是没有人来。

她摸周围,她的包不见了。小伙子拿走了她的包。

脚底仍在晃,她才知道,上面是车流,下面是车流,根本就没有人能听到她的呼喊。她哭了好一会儿,骂那个王八蛋真不得好死,为了区区三百块钱,为了一个破手机,何至于此?她身上的快感瞬间吓没了,被一股恐惧的力量推动着,她身体贴着河道墙壁的最里面急急地往前走着,她知道左边是河,右边是半坡形的草坪,上去就是公园,就有散步的行人。

石子路时不时绊着她,还有脏东西弄脏了她的裙子,她走了很久,摸了半天,就是找不到上去的台阶。她就往土壁上爬,月季丛全是刺,划烂了她的身体,她边爬边叫人,一次次地叫,一声比一声大。

不知过了多久,反正她哭累了,身上也没劲了,终于有双手把她拉了起来,那是一双老人的手。再接着又是一只小孩的手,她只感觉到身边有很多人的气息。他们一定在笑话她,搞不好还有人看见发生了什么事。这时,她羞得无地自容。最后是丈夫的手,他写:我找了你半天,你跑哪去了?她说不出,羞愧加难过全涌了上来,只说,走错路了。

这事发生后,丈夫让小简住到了家里,她也不敢再独自出门了。

有小简陪着,丈夫安心去出差了。自从那次在公园遇到小简后,杨菲一下子就喜欢上了小简,虽然从小简身上她闻到的是大葱的味道,但是当她握着小简的手时,她感觉到一种实实在在的感觉,那是胆怯。就是这怯,让杨菲决定留下她。怯,说明她还没有被这个世界同化,还没有被城市物化。

她经常带着杨菲去逛公园。秋天的风吹到杨菲身上,她再一次感觉活着还是美好的。太阳晒在后背上,是温暖的,青草的味道也是她喜欢闻的。甚至摸那狗尾巴草,那毛糙糙痒酥酥的感觉,也是受用的。

　　杨菲让小简带着自己到上岛喝咖啡,到贝果西饼店吃肉松蛋糕、奶昔棒、丑面包、榴梿芝士蛋糕。还没进贝果西饼店门,杨菲就闻到浓郁的发酵的香气,各式各样的面包的形态她看不见,但她知道里面有许多人,而且都是年轻人,是附近民族大学、舞蹈学院的大学生,有男有女,充满着朝气。他们肯定有的玩着手机,有的坐在电脑前,不知是玩着游戏,还是写着情书。反正,那些气息,是她所熟悉的:有书卷气,有香水味,还有男孩女孩身上清新的味道。

　　回家时,小简忽然说:"姐姐,眼睛能看见不见得是好事。"

　　杨菲问:"你怎么这么想?"

　　小简握了握杨菲的手,没有写字。

　　"啥事?告诉姐。"

　　"姐,你要防着人。"

　　"防什么人?小简,你说清楚些。"

　　小简再也不说了。

　　丈夫晚上有应酬,打电话回来让小简告诉杨菲时,小简说:"陆哥活动真多。"

　　杨菲说:"男人嘛,再说他又是领导,不能因为自己的病就不让他出去。你想想,假若让你整天陪着病中的妻子,你高兴吗?还有,他又当上副局长了,活动肯定更多了呢。"她嘴上说着,心里想到的更多的是有多少年轻的女孩都想投怀送抱呢。

　　她默默地坐着,小简在她旁边,看着电视,偶尔跟她说一两句。

　　杨菲有时会忽然想到,也许小简就是她的孩子,有这样一个孩子多好,证明她的世界还没完全瞎掉。可是没瞎掉又能怎么样?

她想起过去在北大剧场看的一个根据名著改编的小说《失明症漫记》。当一个丈夫失明后,妻子为了跟随丈夫而来到一群盲人里,亲眼看着丈夫跟别的女人欢爱。

也许,瞎掉好。

瞎掉也不行,心没瞎。闻着丈夫身上来自异性身上的味道,她只能在夜半悄悄地哭。天一亮,在丈夫面前,她始终是微笑的,是平和的,是善解人意的,是整天尽自己最大的努力把家收拾得很温馨的妻子,而不是整天让丈夫感觉她是一个怨妇、一个残疾人。为此,她让小简帮着她在网上订了鲜花,每周送一次,每次都不一样,有香竹花、香水百合、紫色睡莲、玫瑰等等,然后她让小简看着说明告诉她这些花的养护知识,由她试着一枝枝地修剪好,养在花瓶里。两天换一次水时,她认真地洗净花瓶,把花根剪成四十五度的角,又让小简看着怎么配花色好看。她看不到,但能闻到花的香气。她还在家里放丈夫爱听的音乐《梁祝》《春江花月夜》《姑苏行》。她甚至为了做丈夫最爱吃的臊子面,给了邻居大妈一百块钱,让大妈教自己。大妈真是个好老师,从如何做臊子,到如何做汤、和面,教得不厌其烦。

杨菲时时提醒自己不要像一个病人,而要像从前一样,是个热爱生活的女人、一个努力的作家、一个可人的妻子。她想只要自己努力着,丈夫就不会看不到,只要看到了,就不会不怜惜她。她知道,人心都是肉长的,丈夫又是一个心软的人,况且他们毕竟是自由恋爱,是有深厚的感情基础的,而且在她病前,丈夫是深爱她的。

过去只是自己太忙了,没有好好珍惜和丈夫在一起的日子,现在有时间了,她要好好照顾丈夫。既然不能在场面上为丈夫做支撑,那么在家里一定要给他创造一个舒适的乐园。疾病带给她的疼痛,她从不告诉他,只悄悄地吃药。告诉他非但没用,反让他徒增烦恼,何必呢?

丈夫吃完她亲手做的臊子面后,果然连连夸她,主动与她行了夫妻之事,一次比一次愉快。她庆幸自己还能尽妻子之责,越发对丈夫好了。

六

半年多了,病一点起色也没有,而且头痛得越来越厉害,到医院去埋了管子,抽掉脑中的积液,好多了。

姐姐来了,这次是主动来的。姐姐说:"妹妹,姐有一肚子话,想跟你说,可是又说不成,只有来。"姐姐的话,让她忘记了一千块钱带来的不快,说到底,是自己的亲姐姐,那点钱算什么?

丈夫开着车,她带着姐姐玩遍了北京城,虽然她看不到,但是她能闻到,能感觉到北京的秋天是多么美好。

单位没有催她,她决定还是主动辞职为好。做人,须得识事体。她告诉丈夫她要到办公室去一趟,刚好姐姐在,她把东西收拾一下,然后把辞职报告交上去。丈夫迟疑了半天,才在她手心写道:想好了?

她当然想好了,不是一次想了。在进入黑暗的第一天,她就想了,可是她是多么舍不得她经营了十五年的心爱的杂志,舍不得她从无到有,建立起来的作者群。她从朋友处、微信、微博,从无数个报刊中,一一挑选出他们,从不相识到相熟,他们成了她事业最佳的盟友。无论何时,她只要打电话约稿,他们大都会说没问题。即便后来有人成名成家了,也从不拂她的面子。他们从她的作者,到成为她的朋友。自从她病了,有无数个作者发来短信、微信,有人寄来礼物,还有人要来看她,可是她都拒绝了。她知道随着时间的流逝,随着她长久不上班,他们会把稿子发给另外的编辑,甚至她的对手。李副主编,李莹,是她从大学里选来的。刚来时,李莹对她毕恭毕敬,人又好学,每次都把自己发表的东西复印好几份让大家提意见。别人无论说好话坏话,都耐心地去听,还认真地记。特别是杨菲的意见,她更是言听计从,不但拿本子记,还不时地跟她谈自己的构思。后来她当主编了,提李莹当了副主编,谁知李莹就一天天地变了,老想做杂志的主儿。起初她感觉人上进没啥。一次去开会,她带着李莹去的。结果去了后,李莹整天跟主管领导打成一片。有天晚上,她在院子里散步,李莹发现她,就说:"我还没出过院子,出门要证件吧?"她说应该不要,她知道李莹已经出去了好几次,肯定有约会,只是不想让她发现。果然,她在海边散步时,发现李莹跟主管领导迎面走来。李莹一发现她,立马钻进了一个小巷子。从那以后,她对李莹就冷淡了许多。一回到单位,李莹又对她百般殷勤,特别是听说自己有望当副总编时,对她又好得不得了。她刚病时,一会儿给她做饺子,一会儿给她做面条,让她很感动。可是当得知她病好不了后,马上就不来看她了,还上蹿下跳,有代她之意。她也不争气,这病十有八九好不了了。如果现在她辞职了,领导会征求她意见,她怎么办?

只要她不主动辞职,李莹就当不上总编,可是她决定放弃一切。她不能让人说占着茅坑不拉屎。起初,每期发稿,李莹还征求杨菲的意见,她都说"你定,不用问我了"。问得多了,她感觉人家好像说,你不管事,就不要当了。半年了,按说时间也不短了,她决定辞职。一切名利在生命面前,都显得那么苍白和无足轻重。

"别收拾了,我给你全拉回来。"

她摇摇头,说:"姐姐跟我去。"

杨菲去时,让姐姐给李莹打了个电话,所以她刚进单位院子,李莹就迎了上来,是香气。办公室显然打扫过了,桌面是干净的,水是热的。李莹拉着她的手,写道:我来帮你。李莹的指甲是尖利的,划在杨菲手心让她感觉到了刺痛。她知道李莹一直留着长指甲,而且一定是染了指甲油。今天是紫色的,还是银色的?她曾经也染过,现在想必也褪色了不少。她说:"你去忙吧。"

李莹还是握着她的手,不停地写,嘴里呼出的热气伴随着身上的香水和狐臭味熏得她很难受。她说:"你忙去吧,我想静静地待会儿。"

李莹又写了半天,杨菲恼了,抽回了手。对方总算识趣,带着她身上的狐臭味,一阵风似的走远了。

社长来了,带着一股得了胃病的男人常有的气息。杨菲把口袋里的辞职信递给他,半天说不出一句话。社长五十多了,还有三年也就退了。他握着她的手,只是不停地握着,一定也说着话,一定是夸她的,一定是给她盖棺论定的。最后社长把她的手握着,写道:谁接任?你的意见呢?

按道理,应是李莹。但是她说,这个人人品有问题。

社长握着她的手,重重地拍了三下,没有写一个字。

她明白他的意见,但是她不说话。

社长以为她不明白,写道:她,攀高枝了。

她淡淡地笑笑,说:"社长,去忙吧。"

好几个同事都来看杨菲,一个个地握她的手,写着赵钱孙李。她知道,他们有的真诚,有的虚假,有的热情,有的碍于面子,反正,一切都无所谓了。她在这个单位工作了十几年,只交了一个最好的朋友,却成了伤害她最深的人,她还有什么在意的?

单位发的书,不要;单位配的用具,不要。那么自己一本一本买的书还要吗?自己一本一本做的杂志还要不要?读者、作者写的一封封的信、贺卡呢?这些统统都看不到,还要干吗?

好在是姐姐。还有柜子里的双人床单、浴巾,姐姐知道,会怎么想?现在,她等于把自己赤裸裸地放在姐姐面前,好在是嫡亲的姐姐。还有公家电脑里的文件,属于自己的私密照片、情书,还有自己的文章,姐姐在认真地打理着,没有说话。姐姐又会怎么想?

杨菲出门时,李莹跑上来,说一起吃顿饭,说着,搂住了她的肩膀。杨菲摇了摇头,李莹又在她手心里写字,那指尖太尖,李莹写的字她知道,要许多知名作家的联系方式,杨菲假装没明白,李莹又写道:知名作家电话。

杨菲笑了,说:"都在手机里。"自从她病后,手机都不知扔哪了。

杨菲看不到她的表情,她知道李莹是生气的,虽然她会凭着自己的魅力,一一找到他们的,她有这个本事,但是杨菲不会告诉她。那是杨菲经营了十几年的资源呀,虽然这些都没有用了,但是杨菲还是不会告诉她。

回到家,杨菲不敢先跟姐姐说话,她的脸是热的。

姐姐说,从单位拉回来的书,她都分门别类上架了。她把所有的文件都拷到电脑里了。姐姐说:"密码是妈妈的生日。"姐姐,鬼鬼的姐姐。"还有存折、现金,"姐姐说,"我一会儿出去给你存好,总共十万,密码也是妈妈的生日,姐姐替你保存着。姐为你保存着,以防万一。男人,是靠不住的。"

自从病后,杨菲就一直在考虑自己存的十万块的私房钱该怎么办。那是她给一家企业写报告文学的稿酬,采访得很艰难,主要是内心上的纠结。所以人家付稿酬时,她丝毫也没推辞。

姐姐最后说:"那些留了没用的东西,姐姐代你烧了或者删了。"姐姐不愧是语文老师,说话都很讲究策略,为的是不让她难堪。

她抱着姐姐哭了。姐姐说:"这次只请了一周假,过阵再来看你。"

姐姐说:"不要什么话都告诉小简,小简那女孩太精。"这段话,姐姐写了半天,她才明白过来。她无奈地笑了,说:"要是不精怎么照顾我?"姐姐亲昵地打了她一下。她又笑了,心里说道,她信姐姐,可是姐姐一年能来看她两次就够多了,姐姐有家,丈夫整天要上班,她要是再不信小简,她就不能享受生活。她要是再不信丈夫,她就一无所有。

姐姐临走前,跟她睡在一起。姐姐在她手心写字,写得她手心都疼了,又开始在她胳膊上写。姐姐说:妹子,你要把自己的生活安排好,丈夫是靠不住的。

她认真地听着。

姐姐想了想,又在她胳膊上写道:你得为自己打算,比如在家里找个咱们自家的人,照顾你。

姐姐的话在她听来非常害怕,好像她马上就要死了似的。

姐姐大概没有看到她难过的表情,又写:要不,我让兰子来照顾你,反正她大学毕业好几年了,没工作。你到时让你丈夫给找个工作。他不是在市委当局长吗?

什么叫到时?她没问姐姐,感觉眼前一股黑雾,迷蒙了她的眼睛。

"姐给你把那十万块钱存着。"

她说:"姐睡吧,明天你还要坐十几个小时车呢。"

姐姐睡着了,她一夜都没有睡着。姐姐的话让她越想越害怕。

自己的私房钱让姐姐拿走后,她有些后悔。哥哥来时,她告诉哥哥,如果万一自己有那天,请哥哥来,把自己安置好,姐姐处有她的十万块钱,哥哥和姐姐一人一半。她跟哥哥说的是跟姐姐说的一样的话:你是我唯一相信的人。那么,相信哥哥,还是相信姐姐?她最后认为哥哥可靠,姐姐心细,但是自私。她要他们互相钳制,她方可制约。

七

"妈病了没人管。"丈夫告诉杨菲。

"接来。"

"你也病着。"

"妈眼睛能看到,耳朵能看到,刚好是我的助手。"

"老婆你真好。"丈夫唰唰地写着,她能感觉到他的激动。丈夫是体贴的,写得慢,她便放开声念。自从这一字一字地交流后,他们之间的对话愈加简洁。

她微笑:丈夫知道就好。她成废人了,但能为他排忧解难,证明她还是有用的。起码他还是需要她的。需要就好。

"过节了",她说,"你弟弟在农村种地不容易,给他一千块钱吧。"

丈夫紧紧地握着她的手,又要写字,她再次制止了。她想,当你有钱却不能用时,那才是世界上最悲哀的事。

婆婆来了!是婆婆变得讲卫生了,还是自己性情变温和了?相处比以前轻松多了,婆婆对杨菲是小心的,是呵护的。杨菲对婆婆是体贴的,是有了类似亲情的那种情感。丈夫出去应酬明显少了,身上女人的味道也越来越淡。是因为她病了?他们怜悯她,还是生活让每一个人都发生了变化?她不去深想,只是她觉得自己做对了。

她做饭时,婆婆给她递东西。当她给小简钱时,婆婆会扯着她的后襟。"有个亲人在身边,别人就会精心地照顾你。"丈夫说。

她过去最烦婆婆了:脏,土。可现在她却需要婆婆,婆婆带着她散步,去呼吸新鲜空气,她的手握着婆婆的手,一句话也不说,她却感受到一股母亲的爱暖到了心里。她不再烦婆婆说话时口水喷到了脸上,也不再嫌弃她说话土气,即便婆婆那双粗糙的手摸她手时,她也不再感觉到难受了。

生活还在进行,她病后创作的第一篇小说是小简根据她的口述打出来的,丈夫又做了文字上的修改。

稿子刊发后,一个曾经给她做过专访的报纸要采访她,说她的事迹可以用来给青年人讲个励志故事,她拒绝了。但是当她写的小说被拍成电视剧热播后,有所大学请她上小说创作课,她欣然前往。

本来去时,让小简陪着就行了,可是丈夫却坚决要陪着她去,让她感觉到自己现在出去并不是给丈夫丢面子,而是长威风的。丈夫一直牵着她的手,从开始的提问到最后谢场,都是在丈夫的提醒下做完的,她做得很完美。虽然她不知道观众多不多,不知道丈夫和小简说大家很欢迎她是不是假话,但她是高兴的,她至少还能在这个社会上,对别人有用。

要是能听到就好了,都怪那个自以为是的医生。如果他排除了她脑子里的积液,她的视神经就不会萎缩了,兴许她的眼睛还能看见,她就不至于如此难过。可是生活没有假设,曾经她还对治病报着希望,一年了,她都懒得再问丈夫关于病情的任何事,过去还吃药,还定期检查身体,现在她连药都不吃了。至于那个曾夸口能治好她病的医生,她复查时,见过两次。第一次他还拉着她的手,询问了她的病情,还鼓励她说,国际上的研究马上就有新进展。第二次她再去时,她知道他在,但是他没有跟她说话。

她还要写,还要读。她还让小简每天给她读一会儿书,虽然读一小段都得写半天时间她才能理解。相对来说,唐诗、宋词就好些,好在她的记性好,小简写两遍她就记下了。这时她就好后悔眼睛好时,挥霍了好时光。只有读着书,说着自己心中构想的小说,她才感觉日子还没有完全黑透。

婆婆有天破例没有出去遛弯,跟她坐在沙发上一直握着她的手,想说什么,可是婆婆不识字,只能握着她的手,不停地摇。那时,她正准备给小简加工钱,是婆婆在后面拉住了她的衣襟。小简去买菜了,婆婆拉着她坐下,婆婆一会儿松开她的手,一会儿又拉着她的手,手是湿的。

"妈,你怎么了?"

婆婆把杨菲的手放在自己胸前,狠拍了两下。

"妈对我好?"

婆婆拉着她的手,左右摇。

"妈把我当自己的闺女?"

婆婆手又急急地拍着她的手背。

"妈,你有什么话?"

婆婆松开了她的手,拿着一只鞋,让她摸。

"高跟的,小简的? 小简怎么了?"

婆婆急得一会儿坐下,一会儿站起,不一会儿让她摸另一只鞋,那是一只很大的鞋,鞋里散发着一股男人的脚汗味。

"妈的意思?"

婆婆把小简的鞋放在她的左手,把丈夫的鞋放在她的右手,然后把两只手往一起撞,她明白婆婆的意思了。

"小简跟陆涛是不是……"

婆婆摇摇她的胳膊肘儿,握着她的左手,连同那只高跟鞋恨恨地扔了出去。

"妈的意思他们并没有什么,但是为了预防,你想把小简赶走?"

婆婆握着她的手,轻拍了两下。那么就是了。

"小简漂亮吗?"

婆婆半天没有说话。

那就是漂亮。

又年轻又漂亮的小简当然足够吸引丈夫了,丈夫会不会跟她有私情?婆婆为什么竟然向着自己,是为了她给小简的钱,关照她,还是怜悯她?她不得而知。

赶小简走,谁为她读书?谁带着她去看电影?又有谁陪她喝咖啡?丈夫那么忙,婆婆又不识字。

到晚上,她才明白了婆婆的用意,丈夫告诉她,婆婆要让小简走,让婆婆的侄女来。婆婆的侄女在广东打工,一直拿不到工资,现在想到家里来照顾她。看来每月管吃管住四千元的待遇还是很让人动心的。

杨菲不相信丈夫跟小简有关系,小简一直拉着她的手,不停地写着:姐姐,你不要相信你婆婆,她就是想把她侄女弄到家里来。她跟她儿子有天说话时,我听到了,说,将来让她侄女跟大哥结婚。姐,你婆婆一直把我当保姆的,你和大哥的衣服你都不让我洗,她却让我洗。洗衣服、做饭我认了,可是她还让我给她洗内衣,洗脚,说我本来就是保姆。小简写得非常快,她还是马上就明白了。

小简说后,杨菲半天没有说话,该相信谁?

相信婆婆,无论怎么样,那是婆婆,是她同意把婆婆接到家里来的,婆婆应当感谢。而小简,已经照顾了她一年,她明里暗里给了不少衣物和钱财,小简应当不会说假话,不会负心。

她把婆婆的话全告诉了丈夫。

丈夫握着她的手,写道:相信我。

相信丈夫,留下小简?

可是万一他们俩真的走在了一起呢?这不是引狼入室?还有婆婆跟小简整天吵架,也烦死她了。

相信婆婆,让小简走,至少丈夫不会有外心。可是这样是不是就如小简所说,他们合伙骗她,让她的家真正姓陆,人家把她当成软柿子,想捏成什么样,就能捏成什么样。

她第一次感觉面对的问题,比她的病还让她心寒。她痛心地感觉到她的家再也不由她来掌控,而是别人传递给她一个信息,她就只能相信一个信息,然而她又是多么可悲,这世界是什么模样,除了她能闻到,感觉到外,全要由别人来告诉她。也就是说别人给她描述的世界是方的,她就得相信世界是方的;别人告诉她世界是圆的,她就必须相信世界是圆的。如果有个测谎仪,或者安个窃听器、安个探照灯,就可知道何为真,何为假。可是即使有这个测谎仪,她也要能看到,或者能听到才行呀。她连个聋哑人都不如,人家听不到,还能看得到。

为此,她一周没有出去。她是被复杂的世相打败了。

婆婆三天两头地催她,把她的胳膊都快要扯断了;丈夫也在她手心里不停地龙飞凤舞着,一会儿说婆婆不好,一会儿又说小简不懂事,好像存心在给她设迷魂阵;小简时不时地握着她的手,求着留下,甚至在她讲着自己的小说时,故意不好好去记。结果她让小简重复时,小简不是丢了这个细节,就是丢了那个细节。好不容易跟小简磨合了半年,她离不开小简。而且小简是个农村孩子,纯真还没完全丢失,至少,还能值得她信任。

把婆婆赶走?不但伤了丈夫,还可能让自己少了一个同盟者。留下婆婆,放弃小简,她又舍不得。过去,她看了许多古典小说,她想小姐身边都有一个伶俐的侍女:相府小姐崔莺莺要是没有红娘,就不可能跟张君瑞结成秦晋之好;杜丽娘要是没有春香,就不可能知道家里还有一个美丽的后花园,就不可能认识柳梦梅,体会到男女之爱。林黛玉身边不还有一个紫鹃吗?潘金莲身边还有一个庞春梅呢。

小简在她问到"碧云天,黄花地,西风紧"时,马上就会写道:北雁南飞。晓来谁染霜林醉,总是离人泪。在她说到《牡丹亭》时,马上会写:原来姹紫嫣红开遍,似这般都付与断井颓垣。……雨丝风片,烟波画船。锦屏人忒看的这韶光贱!在她伤心时,会写:俺曾见金陵玉殿莺啼晓,秦淮水榭花开早,谁知道容易冰消。眼看他起高楼,眼看他宴宾客,眼看他楼塌了!这青苔碧瓦堆,俺曾睡风流觉,将五十年兴亡看饱。那乌衣巷不姓王,莫愁湖鬼夜哭,凤凰台栖枭鸟。残山梦最真,旧境丢难掉……在她想吃冰淇淋时,马上能买一根她最喜欢吃的哈根达斯递到她手里。小简还会带着她看电影,给她讲音乐剧《安娜·卡列尼娜》女演员出场是跳着舞出场的,而出场的火车却是个玩具车……

小简走了,还有谁会把她最爱的书的经典语词,一字一句地告诉她?因为在她整个人生中,读书、音乐、绘画、咖啡、甜点等一直对她有着致命的诱惑力,让她暂时忘记了自己的不幸,远离了黑暗的日子,远离了没有声音的生活,远离了世俗的算计和人生的无奈。

假若有一天,小简真成了李莹那样无情的人,杨菲想她也不会后悔,至少小简在她黑暗的日子里,陪伴过她。再说,要换掉小简,也要等到合适的时机,而且要由她来决定。

哥哥到北京来开会,到家来看杨菲时,说:"你须找一个贴心的人。也就是说从娘家找人,就像陪嫁丫头,她在外人面前,一定能维护你。妹子,爹妈没了,哥给你做主。你看你房多大呀,这么好的房子,妹夫又在市委当了局长,这些都是你多年的血汗换来的,咱不能让这么好的东西全让外人占了,是不?你嫂子她整天闲着,没事干,我让她来照顾你。"

原来都是利益!每一个人貌似都为她着想,其实每个人都有自己的小算盘,她谁的话都没听,她留下了小简。她是女主人,这家还是她当。

那么如何把她周围这些她看不见听不见的暗堡礁石排除开？杨菲决定用作家的智慧和十五年来的职场经验来解决。作家难道只能纸上谈兵？从编辑到主编可不是混来的！

自己当主编时，不也是为了平衡关系，有时还希望内部有些不和谐声音吗？只要不和谐，就不会集体造反，就会有缝隙，就能搞好平衡。

杨菲采取的第一个步骤是，召开交心会，她主持会议，参会成员是丈夫、婆婆和小简。会议主要议题是：如何才能让家里每个人团结？

杨菲自己先做了一番情真意切的演讲："你们都是我的亲人，在我病中给予了我很大的帮助，是你们使我还能像个人样地活到今天。失明失聪整整203天了，这203天，我非但没有饿着，没有冻着，没有受伤，还享受了读书、喝咖啡、看电影等等这些作为一个女人应有的幸福。就因为有你们三个，你们就是我的眼睛和我的耳朵，我一个都离不开！"

"对了，你们都在吧？"她知道他们都在她不远处坐着。丈夫坐在她右边的沙发上，因为那一阵阵的软中华香烟燃烧的味不时飘进她的鼻孔里。婆婆呢，一定坐在她左边的单人沙发上，因为那股老人身上特有的味道是驱之不去的。小简呢，应当是坐在电视机旁边，也就是坐在她对面的小椅子上。小简刚来时，浑身散发着一股自然的味道，现在有了淡淡的脂粉的味道，而且这脂粉来自她杨菲的化妆盒，她老早就发现了，却不点破。年轻女孩子，脸皮嫩着呢，不可伤了她。

她确信大家都在后,声情并茂地开腔了:"我一定尽我所能,尽量不给你们添麻烦,过完我最后的岁月。我不希望你们因为我闹矛盾,闹不愉快,因为我们每个人都不知道明天等待我们的是什么,所以要珍惜生命中的每个人。好了,现在正式开会。今天开会的主要目的,就是想让大家畅所欲言,解开心中的疙瘩,拧成一股绳,把日子推着往前走。我看不到你们每个人的面容,听不见你们的声音,但是我知道你们都是为我好,都想让我还能有信心继续活下去。那么,你们每个人都说出心中的真实想法,由陆涛做记录,然后告诉我,我给你们半小时时间。半小时后你们提醒我,你看,我连这么简单的事都不会做,真的悲哀死了。就这我都不难过,我都想好好地活下去,为啥?活着多好呀。我多羡慕你们能看见,能听见。你们说,能有什么事是沟通不了的?大到天,也就像我,病成这个鬼样子对吧?行了,我不啰唆了,你们想想。"说着,她躺在沙发上,想象他们每个人听到自己这番表白的表情,揣摩着他们的内心。她忽然想起病前参加过一次全国作家学习班,大家玩杀人游戏。那时,听到法官说,天黑请闭眼。闭眼后,就有可能被杀手杀了。这么一想,她蓦然一哆嗦,心想,也许她早被他们三人在心里杀死过无数遍了。不能有这个念头,她使劲把自己拽回到当下。

她估摸着半小时到了,轻声叫丈夫,丈夫坐到她跟前,在她手心里写道:妈说,把小简留着。小简说,妈年纪大了,她理应照顾好妈。她俩都哭了。

杨菲腾地坐了起来,哭着说:"妈、小简,你们在哪里?"粗糙的,是婆婆的手;绵柔的,是小简的手。她把她们和丈夫的那双粗大却细腻的手放在一起紧紧攥住说,"我活着的一天,你们每个人都不许离开我。看在我一个废人的面上,算我求你们了,要不,我给你们跪下。"说着,她哭出了声。在哭声中,她感觉心里委屈极了,怨命运,怨疾病,怨那个曾让她抱了很大希望的医生,怨那个曾给她短暂快乐的男人,还有那个曾骗她到桥底下的打工仔。当然,又怎么能少了那个她曾当亲妹妹待的李莹。越想,她的眼泪就越多,她也不管,由着它们去流。

婆婆粗糙的手给她擦着眼泪,小简抚着她的背,肩膀一动一动的,好像也在抽泣。

八

真是雪上加霜,病成这个样子,竟然还能怀孕。起初杨菲兴奋得好似重见天日,可是不到十分钟,她想起医生的话,就无望地哭了。医生说,多发性神经纤维瘤百分之十是家族遗传,百分之九十来自基因变异。她和丈夫家都没有这个病,那么只能是变异。

她真的想要这个孩子。有了自己的骨肉,一生就有依靠了,即便丈夫离开了她,她还有人可依靠。孩子就是她的眼睛,就是她的耳朵,小简做的一切,孩子都会去做,只要把他或她养到懂事,他或她就会牵着自己的手,一直走在安全的路上。自己的骨肉不会骗她。她要孩子的念头一次比一次强烈,好像她已看到了一个可爱的孩子,正在叫着,妈妈,别放弃我,我是你的小棉袄。

她问小简,小简说:"姐,听我的,不能要这个孩子。"小简是怕有了孩子,让她带,还是真的为自己着想?

婆婆说:"孩子是你最后一次机会了,当然要了,不要,会后悔死的。再说,不遗传的因素还是可能的。雷打枣子,总有打不着的。"

丈夫说不要。万一孩子被遗传了呢?起初她生气,她想丈夫一定是怕拖累自己,一定早就计划她身后的事了。但是经过冷静分析,最后她明白,丈夫是理智的,是对的,自己受罪够惨的了,还要拿孩子的一生打赌。万一哪天她没了,孩子怎么办?要是如她一样残疾,谁来养活她,又有谁来给她幸福的生活?

小简、丈夫、婆婆的表情如何,他们的眼神是不是躲闪的,她看不见,无从知道他们内心的真实想法。她问姐姐,姐姐说,别受那罪了,把你自己过好就可以了。这话是丈夫告诉她的,姐姐真的是这么说的?会不会是丈夫撒谎?丈夫说是姐姐发短信说的,她问小简,小简果真给姐姐打了电话,跟丈夫说的一样。她要相信姐姐。她不能不相信任何人,否则真没法活了。

痛苦了十天,她最终打掉了胎儿。

春去秋来,又是一年。在黑暗中待久了,夜就不那么漆黑了。世上的女人只有两种,一种是幸福的,一种是坚强的。幸福的,是被捧在手心里,无须坚强;坚强的,是在泪水和委屈里,不得不坚强。这种心灵鸡汤似的话放在得病前,会让她笑掉大牙的。现在,她却忽然感觉这话说到自己的心里去了,并且她准备写进自己的小说里。

现在是北京最美的季节:论天气,不冷不热;论吃食,水果若干;论花草,你方落下我登台。大觉寺的银杏黄了,香山红叶也应该快红了。可惜,她看不到。她越想心里越怅惘。

过去她盼的是成名,小说被拍成电视剧,逛遍世界,有人深爱着她。现在她则盼着眼睛复明,哪怕一点,或者她能听到声音,哪怕也是一点。为了生活上的诸多方便,她跟邻居烦人的老太太套近乎,跟门外收破烂的人称老乡,给大门口保安送一些自己用不着的旧衣服、水果,为的是他们能在她无助时搭个手。他们身上有各种味道:烟草味、大蒜味、汗臭味,可能还有这油那病的味,她不但适应了,且感觉越来越亲。因为这是她现在的世界,是她赖以依存的水和面包。

她的病也许明天会好,也许一辈子也不会好,也许还会……前面等待她的是什么,她不敢去想,但是为了那无数的美好,比如那香喷喷的面包,那甜到骨子里的冰淇淋,那束她始终没有想出来模样的瓜叶菊,那摸在手心里的丝绸,书架上还没读完的《洛丽塔》,她也必须活下去。咬着牙也罢,吐着血也罢,只要她睡着还能醒过来,还能洗脸刷牙,还能闻到清新的空气,晒着阳光,能感觉新的一天又来了,她就不会放弃希望。

你的世界随我一起消失

一

林子静将胳膊往餐桌一搁,就知道桌布铺得潦草,她重新揭下,使劲甩开,均匀地摊开,她再摸,左右前后误差不会多于两厘米。她把茶几上的大口径花瓶挪到餐桌上,花瓶水充足,瓶口积垢,蓝色睡莲花枝鲜嫩,但叶子干涩。她的眉头蹙了起来。

今天是丈夫出差回家的日子。吃过晚饭,她早早把简姐打发回家了,然后坐在梳妆台前。好长时间了,这是她第一次化妆,她化得极慢。擦粉、描眉,她都自信,最没把握的是如何画好唇而不使唇线溢出。她摸了摸丰盈的唇,应该跟过去没有两样。用中指沿着唇的纹路、沟来回感觉了好几遍,才开始涂玫瑰色的唇膏。涂了擦,擦了涂,直到丈夫进门,她才匆匆起身,展了展刚上身的黑色晚装,那是丈夫为她上台领奖特意买的,人见了都说衣人绝配。

可惜,她在众人面前只穿过一次。以后怕再也没有机会了。

她知道丈夫肯定在飞机上吃了饭,就准备了点心、水果和红酒,她想跟丈夫今晚聊得时间长些,甚至跳支舞。病了三个月,他们还没有好好地谈心过,更别提小小的浪漫了。还有,要谈谈简姐的事。音响里循环播放着他们相爱时最爱听的曲子《我心依旧》，蜡烛插进了烛台，她想等丈夫进门后再点。

听到大门响，她从卧室出来时，步子急了几步，胳膊撞到了墙上，这提醒了她，她吸了口气，神色镇静、步履从容地走了出来。

门后衣帽柜门咯吱响了一声，她知道丈夫在挂衣服。丈夫问，这几天你还好吧？我挺担心的。她说好，接着稳稳地坐在餐桌靠墙的椅子上，这是她的位置。

打火机在右腿边的饭桌二层，银色的烛台旁，胳膊一伸就能够着。她柔声说，把灯关了吧，说着起了身。丈夫说，我来。她说，我来点蜡烛。

试验了几次，蛮有把握的动作，在开打火机时，倒踌躇起来，还是丈夫帮着她点亮蜡烛的。

红酒是早就倒好的，她慢慢地端起来，说，喝点吧，咱俩好长时间没单独喝酒了。

丈夫跟她碰了一下，潦草地一饮而尽，然后轻声说，亲爱的，你不必这样。

她的心是雀跃的，还有身体，也温热而湿润，她还沉浸在用什么开场白、啥时请丈夫共舞，还有，让丈夫抱着自己进卧室，然后和他一起飞到天尽头的筹划中。在那儿，她依然漂亮、健康，依然如在舞台上般，光彩照人。所以丈夫的话，她一时没有反应过来，微笑着说，不必咋样？

丈夫轻轻地说，你不必抹口红。

她瞬时感觉心中温泉骤然结冰，一块块冰凌挤压着她的胸、腿,挤压着她那颗还在欢跃的心脏。她放下杯子,没有再主动开口,都是丈夫在说,讲他去的城市园林如何漂亮,湖波如何平如镜面。讲的过程中不时还夹杂着几缕笑声,他手也没闲着,还不时摸摸她的头,她却一句都没听进去。

一杯红酒还没喝完,她就起身回了卧室。她脱下晚礼服,挂在衣柜最里面,换上平常穿的睡衣,给丈夫把睡衣送到洗澡间,然后半躺在床上,听起了手机里下载的有声小说《永远的尹雪艳》。

丈夫上床时,她已听了一半,丈夫揽过她的肩,行了夫妻之事。丈夫是体贴的,她也算尽心。事后丈夫好像突然才想起,又问,我不在时,简姐怎么样?你使唤得还满意吧?

她说,可以。

那我就放心了,睡吧,明上午还有个会,得早些去。

她说嗯。屋子应当黑了。

有一会儿,丈夫又说,给你买了礼物,刚才忘拿出来了。猜猜,是啥好东西?

衣服?香水?化妆品?都是她以前的最爱,可这些现在对她都没意义了。化妆品,一想到这,她的心像被尖利的冰锥戳了一般,一阵阵撕裂般的痛意,弥漫进她全身的枝枝节节。她淡然地说,你买的我都喜欢。

丈夫笑着说,猜不出来了吧?我的大演员,我给你买了整整十张光碟,全是你最爱的话剧珍藏本《威尼斯商人》《李尔王》《雷雨》《日出》《茶馆》《天下第一楼》《阮玲玉》等,够你听一阵了。

伤口上又好似被撒了一层盐,揪心地痛。她强迫自己身子贴住丈夫递来的腰,说,真是贴心的礼物。你那身藏蓝色的西装我熨好了,就在你衣柜左手第一个。

别累着。

怎么会?平常事嘛。她说完,不太确定丈夫是否听见。

翌日,丈夫起床时,她已热好了牛奶,面包烤得喷香。听丈夫洗脸声停止,她开始一点点地往面包片上抹着果酱。

生活仍如往常,无懈可击。

二

林子静本来是要跟简姐谈话的,如果她诡辩,她就立马换了她,这已经是第四个保姆了。当她定的闹钟刚响毕,简姐就进了门。那一刻,林子静改变了主意。

简姐比林子静大二十岁,五十出头的简姐是本地人,离异,有个上大学的儿子,父母都是工人,原先在新华书店工作,因网购发展突飞猛进,不少实体书店门可罗雀,纷纷相继关闭。她下岗后,卖过菜,送过牛奶,也给人家看过孩子。后来由家政公司介绍给林子静,林子静一听说简姐曾在书店工作过,心里就满意了三分,进门谈了不到十分钟的话,她立马就同意用,还比其他保姆的工资多加了二百元。

丈夫知道她一向挑剔,没想到这一个如此快地就入了她的法眼,不明就里,说,她脾性倔强,说话生硬,我都没看好。林子静说,她一进门就知道家里放着的乐曲是《蓝色多瑙河圆舞曲》,而且还洗了澡。

丈夫看看戴着墨镜的林子静,说,你怎么知道?

洗了澡的人身上闻着有股清香味。对了,她随着音乐是这么唱的:

春天来了,大地在欢笑,蜜蜂嗡嗡叫,风吹动树梢多美妙,春天美女郎,花冠戴头上,美丽的紫罗兰,是她的蓝眼睛,双唇好像玫瑰,正向着我们微笑……

丈夫紧盯着她的脸,神色诧异道,她唱了吗?我怎么没听到?是你臆想的吧?

那是你没有专心,她只哼了一句,对,就是那句双唇好像玫瑰。

两人意见相左,但多年的习惯,使他们不会把问题推给第三方来求证。他们在人面前可是人人称赞的模范夫妻。最终录用了简姐。林子静说,简红梅,你比我年长,我就叫你简姐,我标准高,但讲理。你要干的事是买菜,做饭,清洁厨房,晚上回家住。有意见当面提,我讨厌保姆跟其他阿姨议论主人家任何事。话少,踏实,就OK了。

使用几天后,林子静还算满意,简姐基本符合她的用人标准:认真、严谨、卫生。丈夫出差的第三天,简姐却变了,干活没有刚来时尽心了,是发现了自己的异常?还是干久了,多了懈怠?如果是前者,必须换掉,林子静人生词典里不能容许"欺骗"这个词。如果是后者,尚可原谅。现在找合心的人难,更何况像她这种挑剔的人。这么一想,她就决定再给简姐一次机会。

简姐拖地、抹桌,脚步声一会儿远去,一会儿接近。林子静坐到书房里,没有出来,虽然听着音乐,但她的耳朵随着简姐扫地的声音漫行着。

她在书房里没有戴墨镜。她一直在简姐面前戴着墨镜,简姐知道她的眼睛有病,什么病不知道。

十二点,简姐做好饭,进来叫她。林子静重新戴好眼镜,走过客厅的花几,花叶碰着了她的手,她顺手摸了一下,宽宽的叶面无土,昨天晚上摸在手心还有一层棉絮呢,这么说简姐她……

林子静的碗筷放在她手边,她一拿起铁筷,上面的米粒就粘在了手指上,她刚要拿纸巾擦,简姐忙要了过去,筷子再到林子静手里时,用开水烫过了,摸到手指上还是热的。

两人没有说话,只听见咀嚼饭菜的声音,都是女人,都有一定的教养,声音也是讲究的。林子静刚叫了声简姐,结果几乎是异口同声,简姐也叫了声林老师。彼此的一致让双方都略略有些讶异,然后又都客气地说,你先说,你先说。

这么一闹,林子静忽然想不起自己要跟简姐说什么了,于是她说简姐你先说。简姐说,林老师,我今天擦书柜时,发现你有好几本书我家也有,我前夫最爱看了。

她不是告诉我她家有书,而是告诉我她擦书桌了。林子静想到这,笑着问,什么书?

《永远的尹雪艳》呀,我前夫买的跟你的一模一样,都是人民文学出版社第一版,可当宝贝了。

她为什么要单单提这一本书?林子静淡淡一笑,没有说话。

林老师,听说你是演员呀,你客厅里这张大照片是不是演的就是那个叫尹雪艳的女人呀?穿着白旗袍,侧着身,手执折扇,漂亮死了。

她心里又是一阵痛,笑了笑,答,是。

林老师,你看你,现在病着还这么有气场,想必你在舞台上,就跟尹雪艳一样,迷倒一大片男人呢。简姐夸奖的腔调里,却隐隐有了短促的叹息声,这一声,把林子静沉在心里的痛又搅了起来,她说,想不到简姐也喜欢看书。

在书店里待着,没事时,就翻翻。再说我前夫也爱看书,他在一个职业中学当语文老师,家里到处都是书,可惜我儿子不爱看书,勉强考了个大专。

简姐在洗碗,水哗哗哗的。简姐要收拾主卫,林子静挡住了,说,把客卫刷干净就休息会儿吧,下午咱们到公园里走走。

林老师,你休息吧,我把两个卫生间一起刷了。

不用。

林老师,你想去哪个公园?

就在附近吧。

好,林老师,那咱到不远的陶然亭走走?

林子静点了点头。碗碟比昨夜洗得干净,依她说的,每只碗都用开水烫了,每只都微微带着热度。林子静从厨房出来时,端着一盘草莓,走向沙发。

简姐看着她落座后,收回了目光,开始清理卫生间。卫生间每天都清洗,在她看来已经很干净了,但她还是戴起了橡胶手套,在马桶里倒上蓝月亮洁厕液。当她把马桶、洗脸池重新擦拭后,看林子静进了书房。她到主卫细细看了一下,马桶、脸盆比她擦得还干净,雪白的浴盆,闪着蛋青色的光,头往下,能照出人影来。

林子静穿的是一件紫色的无袖连衣裙,紫色的半高跟皮凉鞋,还化了妆,仍戴着墨镜。一出大门,简姐看到来来往往的车流,还有不时擦肩而过的行人,便说,林老师,我喜欢跟人挽着胳膊,你不介意吧?

看来自己的眼力不错。林子静心里一暖,把胳膊松了松,让简姐的胳膊伸了进来,问,我的唇线没溢出唇外吧?

简姐看了下,说,有一点,说着,就要从口袋里掏纸,才发现林子静已经把一张带着薄荷味的纸巾递到了她手里。

林子静身上还洒了香水,味道淡却好闻。简姐想肯定死贵。她知道林子静用的化妆品都是兰蔻牌的,白金的那种,一瓶好几千呢。

林子静任简姐轻轻地挽着自己的胳膊,每一步踩得稳而实。外面,空气清新,阳光灿烂,还有缕缕芳香不时飘进她的鼻孔。

咱们坐这椅子上吧。简姐说着,就要坐。林子静掏出纸巾,把整条椅子细细地擦了个遍,然后才慢慢落座。简姐坐在她旁边,半天才说,林老师,我做错了事。

林子静转过头,说,怎么了?

我前夫本可以被原谅的,都怪我自己心性高,现在这么大岁数了再找人也难。一个女人过日子总是很难的。

你前夫做了什么事?

还不是男人们常做的那事?他说是一时没把持住,他心里其实是有我的,前几天还来看我,想复婚。我心有所动,毕竟现在男人大多数都禁不住诱惑。

林子静想了会儿,说,也不尽然。

简姐看了看林子静,墨镜下她的肤色白皙,表情沉稳,是个丝毫不会接纳别人意见的人。于是答,你说得也对,盘子碎了,锔得再结实,也有裂纹。是不是?

林子静又答了一句,也不尽然。简姐听得一时无语,她仔细上下打量了林子静一遍,心想,这个主,可不好伺候。虽然累点,但工资可是自己上份工作的双倍,要格外地小心呀。这么一想,她又把林子静狠狠地夸了一遍,皮肤呀、身材呀,对了,还有那手指,实在是又白又细。唉,可惜了。简姐想着,心里突然有了种优越感,便情不自禁地学着女主人的样子,昂起了头。她发现头一抬,身子一直,自己并不比女主人矮多少。

三

闺密欧阳露打电话要到家里来时,林子静犹豫了片刻,欧阳露的大嗓门就如机关枪似的啪啪啪了半天,听得林子静耳朵一片聒噪,她说,你忙吧,别来看我一个病人了。对方说那咋行,你是我的好朋友呀。不等林子静说话,电话已挂了。

欧阳露跟林子静是大学同学,毕业又都分在市话剧团工作,形影不离。自从林子静病后,欧阳露除了到医院看过她,还没到家来看过她,这让林子静很是伤心,发誓不再理她。欧阳露一进门,还是微微吃了一惊,家里仍如过去,回荡着轻柔的轻音乐,一束玫瑰开得正艳。女主人,还是那么优雅,那么讲究。比如,手机放在纸巾上,比如进屋,就让她换上睡衣,说外面四处都是脏的。她们相识多年,彼此也不见外。林子静专门给欧阳露准备了两套睡衣,欧阳露笑着说穿着睡衣,感觉就是进自己家门了。除了家人,连保姆都有睡衣。欧阳露曾开玩笑说,你是不是给进你们家所有的人都准备了睡衣?林子静笑着说,来人时,我会在沙发上铺块布,走后,马上扔进洗衣机。

子静,原谅我,一直忙着结婚的事,没来看你,一切杂事操办完,我立马就来看你了,后天我的婚礼,你一定要来。

我去?

你当然要去了,我是专门给你送请柬的。我包了钟山酒店大厅,差不多五十桌吧。订了万朵黄红玫瑰装点婚堂。心形红色玫瑰是我设计的,婚纱是你帮着我挑的。欧阳露一说到这,自知失言,忙拉住林子静的手说,你当然要去了,好朋友的婚礼,你不去说不过去。再说了,我这辈子可打算只结一次婚哟。记着没,你结婚时,我还是你的伴娘呢。

你看我这样子,大喜天的,去,不是给你扫兴吗?

你这样子挺好的嘛,谁敢保证自己不得病?再说了,你是我最好最好的好朋友,没有你分享我最幸福的一刻,我的心会哭的,求求你,去吧。欧阳露说着,故意带了哭腔。不等对方接话,又说,对了,你到时给咱们来一段你最拿手的话剧《永远的尹雪艳》,好不好?我最喜欢的是尹雪艳与徐壮图初识的那段,我演了一百遍,也演不出那味,严导说,我没有入戏,没有体会到尹雪艳的那份决绝的由来,还让我跟你学习呢。

你不怕我给你这个大演员丢脸?

再这么说我真恼了啊!必须去,一定要去,要不要我让车来接你?

我自己去。

你真好,子静,我就说了,你是我最好的朋友。欧阳露说着,亲昵地搂住林子静的肩膀,两人坐到沙发上。简姐沏好茶后,林子静让她去买菜,然后拿胳膊捅了一下欧阳露,说,晚上在家吃饭。欧阳露正端着茶水,没防备,半杯水倒到了身上,烫得她哎哟了一声。怎么了?一惊一乍的。欧阳露摸了摸烫红的手指,笑着说,惊喜呀,差不多有三个月没有吃你包的饺子了。但又怕给对方添麻烦,借口说真不巧自己晚上还有事。林子静突然不说话了,那神态实在让欧阳露不敢看,忙说,好的,好的,吃你亲手包的饺子。我可说好了,你不能偷懒,馅不能让那保姆调,我就喜欢吃你亲手做的韭菜鸡蛋馅,酸汤的,汤也必须由你来调。

知道知道,我的大演员,里面要放虾皮、紫菜、葱花,还要放上红红的辣椒油。

真是我的亲姐姐。欧阳露拉过林子静的手,朝她脸上打量了一眼,与过去可简直是天壤之别,目光慌忙躲开了。

她一时拿不准好朋友喜欢听什么。说病,怕惹她伤心;说自己高兴的事,又怕她以为自己故意来刺激她。有个得了让人恼的病的朋友,她一时还适应不了,不知怎样替朋友分忧。所以借口忙,现在才来。她凭肚子里有限的心理知识,觉得黑自己,可能会让对方心里好受些,便添油加醋地讲起了单位的事来。

你说严导那个老狗,有啥必要用B角?我说了,婚假就休一周,这一周又不公演。B角你知道吧?就是那个李焦娟。你在时,她还没来呢,浑身闻着都是一股骚味。她只在小剧场混过几次,面对着不过百人的观众,哪有大舞台的经验?当个B角还不打紧,我生怕这是前奏,有取代我的迹象,你要是在就好了,你能镇得住她。你演的尹雪艳,一开场,一身蝉翼纱的素白旗袍,真是惊艳。现在团里好多人说起来,还常常说你风华绝代。

说到这儿,欧阳露看林子静站了起来,忙停住了话题。

林子静慢慢走到阳台的窗前。窗外一片雾霾,不远处的高楼也看不见了。林子静看不到,她背对着欧阳露,幽幽地说,我好后悔演她,你没发现她身上有一股死亡的气息?从头到尾,她一袭素白,你看哪个男人沾了她,得了善终?

欧阳露愣了一下,大好的日子,怎么听到这些晦气的话。她出身农村,从小就在迷信堆里滚爬,林子静的话与她即将到来的大喜日子格格不入,她想着怎么借口离去,正在这时,手机响起。她忙告辞,说,男友家里来人了,要她一起去接机。出门时,看到林子静,不觉心里一酸,握握她的手,说,我会经常来看你的。又叮嘱她按时吃药,保重身体,需要什么,随时给自己电话。

出门时,她仍没忘叮嘱林子静一定要去参加自己的婚礼。出得门来,仰望五层林子静家阳台上一排茂盛的绿色植物,轻轻地叹息了一声,再看满院花红柳绿,心情转晴,加快步子按开了车门。

好朋友走后,林子静一直闷闷地坐等丈夫下班回家。

你要参加欧阳露的婚礼?

嗯。

别去了吧,人那么多。

我跟简姐一起去。

丈夫半天才说,那我陪你去。

不用。

你咋这么犟呢,说好了,就这么定了。

所有的婚礼都是热闹的,而她在任何地方都是孤独的。是丈夫陪着她去的,他们跟一伙不认识的人共一桌,好像是新郎的一些杂七杂八的朋友,各行业都有,有人说生二胎,有人叹息女儿在国外留学回来找不到工作,还有人则骄傲地说股票中奖了之类的。此桌距主厅最远,安在两人都抱不拢的红色圆柱后边。同事们离他们这桌远,大家对她还是关怀的,过来拉着她的手问长问短,不外都是关于病的,她一一应答着,生怕别人问得详细,超出了她的承受力,她可不想在众人面前掉泪。没想到大家都是明白人,不,或者说大家都因礼貌,说了些病会好的,现在医学这么发达之类的安慰语后,就把关注的焦点放在了今天的主角欧阳露身上。新郎新娘来敬酒,没有人介绍她,是一时疏忽,还是其他,反正那个听说很有钱的比欧阳露大十多岁的建筑师丈夫倒是介绍了一帮他的朋友,欧阳露只是不停地说谢谢你们能来,多吃些之类的家常话。

丈夫跟林子静不时地说几句话,不时地一会儿给她夹菜,一会儿给她递茶。林子静知道丈夫在人面前永远会是一个优秀的丈夫,一个踌躇满志的青年官员。半根烟的工夫,他说出去抽根烟,半天却没回来。她饿了,想吃东西,小心地摸着筷子,试探地夹了半天,感觉里面不知是什么硬菜根本夹不起,只好端起手边的杯子,尝了一口,却是她最不爱喝的罐装啤酒。

时间过得真是漫长,身边的人好像走了不少,说话声也零零落落的,都是陌生的声音,没有丈夫那个浑厚的带磁性的声音。说来好笑,作为一个话剧演员,她因丈夫的声音跟一个人很像而跟他结婚。不紧不慢的声音,略带磁性,很有蛊惑力。

这时有小孩问她,阿姨,你为什么不吃螃蟹呢?很好吃的。

她说,你吃,阿姨不吃。

阿姨,你好漂亮耶,比新娘子还漂亮。你能取下眼镜,让我看看你的眼睛吗?一定很漂亮。老师说了,眼睛是心灵的窗户。

她正不知所措,一个粗声的女人悄悄说,你没发现阿姨看不见吗?过来,坐妈妈身边。

孩子的气息倏地离她远了,她想回家,可她连这个大厅都出不去。眼泪随即要滑出眼眶,她慌忙收了回去。

丈夫总算回来了,她提出离开,丈夫说,大家都没散呢。她腾地站起,袖子好像拂掉了酒杯,听到一阵玻璃碎裂的响声。有个女声说,怎么了,怎么了?丈夫不停地说对不起,对不起,我妻子身体有些不适。丈夫说着,轻轻扶着她离开了人挤人的婚礼现场。走时,她没忘记拿着放在她腿边预备好的演出服。

坐在车上了,丈夫说对不起,刚碰上一个领导,说了会儿话,你是不是感到委屈了?

她说,领导是女的吧,用的CD香水。

女人,香水?怕是你鼻子闻错了吧。

我用了十年的CD。她淡淡地说了一声。丈夫笑道,你太敏感了,是局里领导,跟夫人来的,没想到她夫人跟你的好朋友还沾亲带故,这是好事,咱们要跟他们常来往。

你走的是不是学院路?

丈夫愣了一下,说,对呀。

我听见了学生踢球的声音,闻到了烤红薯味。丈夫朝左边望去,铁艺门内的学生果然在踢足球,烤红薯的老头正拿着铁钎在铁炉里拨拉着红薯。

要不,咱到公园走走?

你没闻到雾霾?今天本地霾的指数已经超过了五百,全国只有六个城市达标天数比例为百分之百,你猜是哪?它们是:马尔康、丽江、香格里拉、塔城、阿里和林芝。

她说,噢。

婚礼上的不快,持续了好几天,欧阳露也没打电话来解释。一周后,欧阳露打电话说自己忙得昏头了,本来那天想让林子静表演,结果,自己喝多了,全程都迷迷糊糊地被丈夫拉着,干了什么自己都记不清了。办完婚礼,送亲友、整理家,活过来第一件事,就是给好朋友打电话。电话里的声音是恳切的,是不容人怀疑她的真诚的。一向心高气傲的林子静当然不会说出她心里的失落,她淡淡地说,你说什么演出呀,我会在那个乱哄哄的地方上台?没事挂了。对方还要说什么,被她挂了。对,被她林子静。

四

吃了好几个疗程的中药,搞得林子静一点都没有胃口吃饭。到医院复查,医生说她大脑里的纤维瘤虽经放射治疗,小了,硬了,但是这纤维瘤如土豆,种一个,长一窝。长在哪根神经上,那个部位就可能丧失其功能。这是医生瞒着她,告诉丈夫的,而丈夫又在以为她睡着后告诉了他的家人。

在家里只有她一个人时,她偷偷地哭了一场,却不知道告诉谁。她想给欧阳露打电话,号码拨到一半,就放弃了。打给父亲?母亲去世后,父亲娶了一个比她还小两岁的学生。初听到这消息时,她还在戏剧学院学习。当时正准备第二天的毕业论文答辩,连宿舍都没回,把书包让同学带回宿舍,跟父亲电话也没打,就连夜回了家。

在车上,她计划了无数遍如何说服父亲放弃那个女孩,怎么举例说明年龄、三观等存在差异,注定过不长等,反正一定要让他们分手,可是当她打开门时,就感觉一切都无法挽回了。

家已经换了人间,她仅仅一个月没有回呀。餐厅里,母亲心爱的照片墙上,照片不知去向,随之代替的是新贴的肉粉色的墙纸,原木的餐桌虽在,但上面没了桌布,大大小小的瓶瓶罐罐拥挤在一起。家里原来那种样式简洁典雅的原木茶几没有了,随之代替它的是卡通画般奇形怪状的塑料桌,支撑的主干像根麻花七扭八缠,桌面是大红色,上下次第堆砌,看得人眼花缭乱。电视机上面的文化墙,过去是空的,现在贴满了一个艳俗女子的搔首弄姿照。通向房间的走廊安了六七个五颜六色的射灯,让原本一个知识分子的家,有了夜总会般的暧昧、低俗。

客厅无人,书房黑着,主卧有亮光,无声音,这让林子静心里稍稍好受了些,她怕看到影视剧里经常出现的那些狗血桥段,让她一时无法应对。她到自己房间看了一下,好在里面没有动过。她叫,爸!爸!爸!叫到第三声时,她提高了声音,语调里充满了不耐烦,甚或埋怨。

出来的是照片上的女人,穿着血红的袒胸露背的睡衣。如果说化妆使人美的话,那么这个化了浓妆的女人简直亵渎了化妆一词。林子静正眼都没瞧她一眼,一头冲进了父母的卧室。

母亲用了二十年的柜子和床也不见了,床头父母在大学时的一张黑白全影照也被年老的父亲和年轻女人穿着婚纱的照片代替了。床上胡乱堆着冬夏季的衣服。床头柜上,只有一只绿色的袜子,另一只不知去向。飘窗上母亲精心挑的坐垫也不知去向,放在上面的是几本露着大腿和胸的服装杂志。要是母亲在,不定会气成什么样子。

你爸去买东西了。你是子静吧?坐。

林子静没容对方说完,一脚踢开自己房间的门,给父亲打起了手机。

父亲进门时,喘着气,好像是一路跑着回来的,手里提着大包小包,有肉,有菜,还有水果。

怕你思想有负担,我准备等你考完试后再告诉你我结婚的事,没想到你提前知道了。知道了也好。你是个懂事的孩子,我相信你能理解我的选择,你妈妈走了一年了,我的生活总得有个人来打理。你有自己的生活,我怕给你添麻烦。

林子静没有说话,望着床头柜上一家三口的照片,抹了抹眼泪,说,我妈的照片呢? 还有她的衣服。

父亲停了一会儿说,家里乱,小刘说,要收拾家,我就放到地下室了。你妈所有的东西,我都在箱子里放着,不会受潮。对了,她姓刘,刚毕业,还没工作,结婚后这不就可以留在省城了嘛。她实心爱我,说要照顾我一辈子。你叫她啥都行,随你。

哼,是你在照顾她吧。

正说着,穿着睡衣的小刘端着两杯水走了进来,一根手指都伸进杯子了。林子静没有接水,小刘只好放下杯子扶着林子静父亲的肩膀说,老公,我想吃夜宵。

一会儿给你做。

老公,人家饿了嘛。小刘嗲嗲的声音,让林子静大为光火。

你父母有没有教过你打断别人说话是没有教养的? 请你从我房间出去。林子静说着,站了起来。小刘看了林子静父亲一眼,林父朝她点了点头,她又看了一眼林子静,然后慢腾腾地走了出去。

小静,你看我们已经结了婚,你们和睦相处,是我最大的心愿。

你放心,等我有了房子,我会尽快搬走,不会与她相处的。说完,林子静背着包就出了门。

毕业后,林子静在老师推荐下,进了市话剧团,有了宿舍立马就把母亲的衣物和照片搬了出来,从此很少回家。有事必须回时,她也趁那个姓刘的不在,跟父亲三言两语说完,一顿饭也不在家里吃、一宿也不在家里住。结婚,也没告诉父亲。一次电话里跟父亲说什么事时,也只是象征性地提了一下,父亲虽不悦,但也没有责怪她。

半年后,小刘生了一个男孩。将近六十岁的父亲忙得更不像个大学教授,整个一标准奶爸了,不是驮着小孩满家爬着跑,就是不停地抱着孩子说叫爸爸,叫爸爸,真聪明,这小家伙这么小就能说出这么有诗意的话,将来不会是凡人。看到这样的情形,林子静更懒得再回家了。

得病之事她一直没有告诉父亲,一则觉得说了会让小刘高兴,二则也于事无补。可现在,想想暗无天日的未来,她想到了父亲的种种好,她小时候,父亲母亲带着她逛公园,父亲经常教她背唐诗。前一阵还打车来看她的演出呢。得知父亲自己掏钱看她的演出,她很感动,买了一大堆礼物回家时,发现穿着少了一只扣子的父亲,在给小妻子擦皮鞋。母亲生病时,他都没给母亲削过一只苹果,她心里仅存的温情,立马消失殆尽。

她摸索着拿起座机,想了半天,才记起了家里的电话号码。八位数的号码,她拨了七八遍,才拨通,却不是家里的电话,还让对方骂了句烦人。

她屏屏气,继续拨,第三次电话通了,是那个姓刘的声音。她说,让我爸接电话。对方迟疑了一下,喊道,老林,电话。说着,电话啪的一声,放下了。

小静,啥事?小安要上小学了,我正给他跑学校呢。

爸,我病了。

病了去医院呀。

爸!林子静说着,大声哭着说,爸,我得了很重的病,不能去看你,你到我家来,我丈夫不在。

啥病?啥时得的?你怎么不告诉我?我马上来。毕竟还是父亲。一股暖意驱散了林子静心里的阴霾。

父女交谈了两个多小时,基本上都是父亲在说。父亲原来不是这样的,父亲原来说起文学来,说一天都有话说,可要再说其他事,三言两语就打发了。那时的父亲被母亲照顾得可以说只能当个优秀的大学中文系教授。不会开车,不会做饭,甚至连杯茶都不会沏。母亲也的确能干,在学问上,丝毫不输父亲,每次上课,阶梯形的大教室,坐满了学生。漂亮有风度,全校闻名,还迷倒了好几个大二大三的学生,这可不是林子静听说,而是亲眼看到一个长得还蛮精神的小伙子老给母亲送玫瑰呢。可叹好花不常在,天妒美人,母亲四十八岁那年,忽然倒在了讲台上。遗传给林子静的是和她一样的脾性和美貌。也许,还有别的,比如,这该死的病。

一个小时过去了,父亲还在说着,说婚后生活的琐碎,说小刘对他的失望,说孩子带给自己的麻烦,还有同事评职称时上蹿下跳,听得林子静心里更烦,反倒自己的病,说得很少,她知道说了,父亲除了叹息,或许还会责备,能有什么好结果呢?父亲给了她两万块钱,说,你保重吧,我得回去了,小安学校……

行了,你走吧,小安小安的,你心里只有你的儿子。

父亲气呼呼地出门了,林子静终是不忍,又把父亲叫住,把两万块钱塞回父亲手里,说,爸,钱你拿走,只要经常来看我,或给我打个电话就行,我只有你一个亲人了。

父亲把林子静揽在怀里,轻轻地拍了拍她的后背,说,可怜的孩子。你咋命就这么不好?这话惹恼了刚平静下来的林子静,她烦躁地说,你走吧。

五

林子静耳朵轰鸣得彻夜无法安睡,丈夫带她去了同仁医院,医生说是大脑里瘤子压迫神经了,有可能耳朵会听不见,没好的办法,只开了些缓解疼痛的药。

回家后,丈夫言行上发生了细微的变化,起初还亲手熬药,后来就让简姐熬,最后连林子静吃没吃药都不再过问了。夫妻间的事,也日渐稀少,每次都再三检查工具,生怕林子静怀了孕。林子静针对怀孕之事咨询过医生,医生回答这是后天得的病,应该不影响生育,可是丈夫再三说,不能要,万一这病遗传了怎么办?林子静说医生都说了,没问题的,仍坚持要,说自己三十岁了,再不要,怕以后想要,都不能了。丈夫白天黑夜地给林子静做工作,举例说明不能要的种种理由,什么即便不遗传,谁带?自己那么忙,保姆只能管孩子的生活,以后的教育谁管?现在的孩子学钢琴呀、绘画呀、英语呀、国学呀,都是问题。林子静没听进去丈夫的劝,细细琢磨,感觉丈夫是怕有一天自己死了,孩子是自己幸福生活的拖累。这么一想,心里更恨丈夫,巴不得他生了这样的病才好。又想自己从没做过伤天害理的事,为什么此病偏偏让她得上了,在她舞台生涯正如日中天时,在她还不到三十岁时,就过起了生不如死的日子。越想心里越悲哀,接欧阳露电话时,好端端的,还把好朋友抢白了一番。这次是欧阳露一恼,抢先挂了电话。

有天,丈夫突然主动示爱,甜言蜜语的,使久没情绪的林子静也亢奋起来,两人做爱很是酣畅,结果事后才发现避孕套破了,当时已十二点多了,丈夫跑到二十四小时药店买药,让林子静吃了,还让喝醋、排尿,搞得林子静对丈夫的自私有了更深切的了解。

她起初以为丈夫是为了自己的身体着想,后来越想越确定丈夫是为了自己的将来打算。为此,她把经过一五一十地说给好朋友欧阳露听,欧阳露听了半天,肯定了她的看法,说,子静,你一定要为自己打算,男人没几个是靠得住的。说着,哭了。林子静心里猜出了八九分,又不便细问,女人嘛,大多是靠着面子在朋友面前幸福着,只好安慰了几句,放了电话。从那天起,她开始留意丈夫的所有言行来。丈夫的话明显越来越少,回到家,要么一个人坐着成夜地看球赛,要么就到客房不知给什么人打电话,不到睡觉不关电视。

有天,丈夫又跟她说什么事,林子静因为心里想着别的事,没有注意听,丈夫忽然大声喊道,子静你听得到吗?真的听不见了?你快说话呀!

林子静没有回答,丈夫开始在林子静的手心写字,林子静忽然想起最近丈夫的异常举动,鬼使神差地点了点头。

晚上,丈夫再一次跟林子静说话,问她是左耳朵听不见了,还是右耳朵听不见了?林子静都没有回答。丈夫没有在她手心写字。洗完澡,他在客厅打了一个很长的电话。听口音,很是气恼,说是组织部门要来考核干部,丈夫给几个好哥们发了微信,让他们投自己一票,没想到这个微信不知怎么传到了领导耳里,领导认定丈夫四处拉选票,眼看着马上到手的副局长位置擦肩而过,丈夫跟领导再三解释说好朋友间的聊天,怎么会是拉票呢,丈夫越说越生气,动不动还骂人,骂得很难听。对方好像是丈夫最亲密的人,丈夫说你放心,我不会说出你的,至于是谁出卖了我,我还不知道,我给两个人发过短信,这两个人和我都没有矛盾。对了,也真的,没矛盾不证明关系好呀,说不定就是这两个人中的一个出卖了我。江湖难行,人心险恶呀。你说这两个人,又会是谁呀?一个就在我身边,还有一个在要害部门,知道了,还不能表现出来,真是哑巴吃黄连,有苦说不出呀。丈夫反复地说,不停地骂。听起来,事情已经发生好几天了。

这么大的事,丈夫却没有跟自己吐露半个字,把自己当成了陌生人,或者当成了废物。还有孩子的事。林子静一联想,心里更加难过,在书房里机械地做着八段锦。自从病后,她害怕长胖,每天总是坚持锻炼四十分钟以上。

一会儿,丈夫进来了,说出去一会儿,见个朋友。

林子静没说话,他拉起她的手写了两个字——出去。林子静说,几点了?

丈夫说八点。

丈夫边往外走边说,我已经出发了,咱们在老地方见,亲爱的。

亲爱的?丈夫有外遇了?

丈夫骗了她,她打电话让简姐明天来时买些水果,简姐说她都睡着了,现在快十一点了。

丈夫回来时,身上有一股女人的气息。林子静问,几点?丈夫说,是十二点,说跟朋友喝了点酒。

随后,丈夫打电话跟一个女人调起情来。丈夫说,亲爱的,折腾了一夜,累死我了,天快亮了,你睡会儿吧。这一夜你表现得很好。

对方说了什么,丈夫哈哈大笑。接着,丈夫忽然不笑了,说,什么,你要到我家来?丈夫显然停顿了一下,说,改天吧。不行,你别急嘛,我们以后时间多得是,好了,我眯会儿,还要去上班呢。

当丈夫伸手拥抱林子静时,她推开了他的手。

那女人来家是一周后,丈夫专门等简姐不在时让那女人进门的。

丈夫把女人带到了主卧的卫生间,那女人泡在了林子静的浴缸里,连丈夫她都不让在那泡呀。

他们在洗鸳鸯浴,躺在卧室的林子静跟他们就隔着一面薄薄的花玻璃。林子静庆幸自己眼睛看不到龌龊的画面。

眼睛看不到,可是她能听到。

一阵阵的浪声淫语,一幅幅让林子静想象得出的画面,接着,就是一阵对话。

我跟你好了快两年了,你啥时跟我结婚呀?

你知道我有老婆。

那个又聋又瞎的老婆还能满足你?跟我说实话。

我一看到那死鱼般的眼睛,老二就软了,可是她老想呀,缠得我不行。

林子静腾地坐了起来,真想杀了这对狗男女,特别是信口雌黄的丈夫,可想了想,又躺了下来。

听说她过去可是演员呀,演员可了不得,我一会儿要细细地看看她曾经是如何风华绝代,如何在舞台上百媚一笑。

她呀,过去还是蛮漂亮的,追她的人很多,最后为什么嫁给我?因为我本人长得帅吧,虽然我家庭配不上她,可是我在市政府工作,可能漂亮女人在文艺界这个大染缸疯够了,还是希望找个安稳之处吧。反正说不清,我当时是被她的漂亮迷住了。可是当真正生活在一起时,你不知道我活得有多累。她是名人嘛,追求者不少,我整天害怕戴上绿帽子,刚结婚还经常跟踪她,看她还安分,才罢手了。在家里,她永远是对的,那个挑剔呀,一般人根本受不了。比如,我跟你这么说吧,吃饭,她有专用的碗筷;我有时喝多了,就懒得洗澡换睡衣了,你不洗澡不换衣,她就不让上床;每天洗手,要打三遍香皂;地上不能有脏东西,她经常是拿着纸巾夹头发丝的;被子,一天要晒好几遍,床单三天两头地洗。她的衣服跟我的都不在一起洗,第一个保姆就因为把我跟她的衣服一起放洗衣机里了,她立马换了人。第二个,说炒的菜里有股怪味,我吃着挺可口的,她还是换了。现在挨到第四个保姆,才算平安了。而且奇怪的是,她永远都是对的,无论在单位,还是在家里,只要她想办的事,她总有理由说服你,即便她是错的,她都能说成对的。比如去年,她那时还没病,我们到杭州去玩,我说住个快捷酒店就可以了,她却不,非要住五星级以上的酒店。因为她老想买房,所以在每个她中意的城市她都要到一些大的楼盘看房,什么雅居乐、碧桂园、麓山国际、枫丹白露之类的,我都陪着她去过。在杭州我们纯粹是玩,住在雅居乐的酒店。酒店离市区挺远,有一次,我们看到一个电瓶车,她拦着坐到了大门口,就问了人家的服务热线。我们再逛时,她打热线电话,对方一听说我们是住酒店而不是来买房子的,就很客气地说,他们不提供服务。你猜怎么着,她直接打电话找人家楼盘经理,说,我本来要买房子的,你们这样的服务,怎么能赢得客户的信任呢。反正说了好多,最后,车还是来了,把我们送到了大门口,司机还给我们道了歉。你说一个整天在台上前呼后拥的人,忽然成了残疾人,还不哭死?我初听到这消息,都瘫了,她却连滴泪都没掉,我真怀疑她是青铜之身。我其实更爱的是整天黏我的柔弱的女人,比如像你这种,在我面前,小鸟依人,我才感觉自己是个男人。

你这么一说,我更想看这个青铜美人长什么样了,看照片,就挺凶。

你千万不要进去,她嗅觉特别灵敏,你把香水洗掉,还有快些洗,干完事快些走。

你不让我到床上了?

就在这儿方便,完后洗掉,她发现不了,到房间,万一被她闻到,我可就倒血霉了。

林子静腾地下了床,浴室的声音停了一会儿,又是丈夫的声音:反正她看不见,听不见,浴室的门我锁着,你放心吧。

浴室又是一阵浪声淫语,林子静本想闯进去,但想了片刻,她轻蔑地摇了摇头,慢慢走到客厅,穿上出门的衣服,下了楼,坐到了院子里的花园里。身边不知是什么花,闻起来还有香味,立冬了,想必叶子已经干透,如自己,这么一想,她黯然神伤。

她听着音乐《我心依旧》,听了一遍又一遍。

丈夫可能发现她不在了,带着那个女人下了楼。车响了,显然女人走了。丈夫说,回家吧,风大,我刚下班回来,给你买了你最爱吃的点心。当然,是写在手心的。

林子静没有说话,也没拒绝丈夫扶着的胳膊。

回到家,林子静进到浴室,热气还没散去,地上的水也没有拖,她摸了下浴盆边沿,短促却有力地说,砸了它!

丈夫半天才说,我回来才洗的澡,发现你不在,就冲了个澡,还没来得及收拾。

林子静拿起纸巾团起一缕头发扔到垃圾箱,加重了语气,又说,砸了浴盆。

我的头发长长了,没还来得及理,你放下我来收拾。丈夫嚷道。

我是木乃伊?

丈夫愣了一下,马上接口道,什么木乃伊、水乃伊的,亲爱的,你是不是发烧了?又说胡话了。

李明亮,你要这么说我就不想再开口了。

你真的不要瞎想,对了,你是不是产生了幻觉?

李明亮,我告诉过你我听不见吗?

又是片刻的安静,半天丈夫才说,能听见,好,好,能听见了,多好呀。

如果没有我监督着你,你怕比现在还要坏十分。林子静说着,拿起榔头恨恨地把刚安不到一年的浴缸砸了。她想起了去世的妈妈,是爸爸铲除了她对家最美好的回忆;想起了那个结婚家具都买了,却为了出国生生把她抛弃的负心人;想起莫名其妙得的病;想起丈夫的背叛。她边砸边哭,边哭边砸,直到丈夫踹开了浴室的门。

快停下,你的手上、脸上全是血,我带你去医院!丈夫说着,给她包扎伤口,给她擦泪,她第一次失声大哭起来。这一夜,她是在丈夫的怀里睡着的。

第二天,她没有起来做早饭,丈夫清扫卫生,让人安新的浴缸,午饭也是丈夫做的。等到她坐到餐桌旁时,他好像啥事都没发生似的说,你昨夜像个小猫一样,我喜欢你那无依无靠的样子。

林子静说,咱们离婚吧。

咱们好好地过着,为啥要离婚?

李明亮,你不要装了行吗?你是欺我眼睛瞎不能拍照,没法录音,所以就死不认账。你不离婚,并不是爱我,肯定是怕离婚影响你的前程。这你放心,我可以给你面子,不会说是你抛弃了生病的妻子,寻花问柳,而是我主动要求离婚的。

又胡说了,等我忙过这几天带你去安贞医院看看。

李明亮,李处长,这么说你就甘心把你大好前程全搁进我这条破船上,然后在我的家中,与你的情妇过着没有廉耻的生活?当你们在我的房子里苟且时,想过我的感受吗?在你无视我的存在,拿出我们共同财产十万给你家时,是否跟我商量了一下?在你戴着两层避孕套要跟我做爱时,你有没有想过这是君子所为?你以为我瞎了,听不见了,就可以为所欲为,你低估了我的智商。林子静总算说出了闷在心里好几天的话。

丈夫慢条斯理地说,子静,我知道你的病让你产生了许多幻觉,相信我,一切都没有发生。至于钱,我爸胃癌,要做手术,说了怕让你生气,就自作主张了。孩子的事,我想通了,你要就要吧。我不再拦你了。

李明亮,我奉劝你不要两副面孔生活。

子静,你是病人,我不想让你再增加痛苦。

李明亮,我告诉你,躺在你跟前的女人毕竟还不是死人。顺便给你普及一下,就是一棵植物,它都是有感知的:你给它阳光,它就葳蕤;你给它浇水,它就茂盛。它会看,会闻,会触摸,有记忆,只要有心,你每时每刻都能感觉到它拔节的声音。植物尚且如此,何况人呢?我是残花败柳,无权强迫你爱我,既然没有爱了,假装就是欺骗,对我不公平,对你也不公平,从今天开始,我们分居。我给你时间找房子,十二月二十五日,你必须搬出我的房子,你要不离婚,我会向法院提出起诉。

子静,别发火,冷静,可能你吃的药过量了。李明亮心平气和地说。

滚,给我立马滚!

林子静把丈夫的被褥搬进了客房。

丈夫现在每天都按时回家,不时地关心林子静,一会儿问吃药了没有,一会儿又说要带着她到医院去复查。林子静一概不理。

简姐发现林子静跟丈夫分床后,问林子静原因。林子静只告诉她自己睡眠不好,需要安静。简姐叹息道,听我的话,如果你把我当姐的话,好好听劝。我这人,虽然没多少文化,但我知恩图报。你们给我的工资高,而且好多活你都干了,说实话,在你家,我过得很舒心。时间待得久了,就感觉你们跟我的家人一样。所以说话有些不当,也请你不要见外。李处长对你很好,院子里人都这么说,我也是整天亲眼所见。你看他经常让我给你做你爱吃的,还让我跟你多说话,说你敏感,自尊心强,他一个男人,粗心,让我对你多点耐心。我一个同学得病了,丈夫到医院去都不去。出院后,丈夫三天两头地喝酒,喝醉就打。女人还是很苦的。我已经同意了我丈夫复婚,他也不容易。一阵不见,就老了许多,长了不少白头发。对了,李处长也老了许多,昨天上班时,都没刮胡子,头发也乱蓬蓬的,你有空劝劝他。

林子静岔开话题,问,你姐的女儿回去再犯病了没?

多亏你让找的李主任,做了各种检查。对了,你说怪不怪,她在学校就哮喘,经常喘得休克。到北京,过敏源啥的都查了,指标正常。她告诉我,她妈要求她一定要当第一,现在一到学校就咳,只好在家里待着。

那肯定是神经紧张。

也许是。现在的孩子呀,真是越来越娇气,就像我儿子,学校今天收这钱,明天收那钱,也不知道咋有那么多的名堂。对了,林老师,李处长说你最爱吃清蒸鲤鱼,咱们晚上做好不好?

林子静点了点头。

六

欧阳露在外面把门敲得山响。进门边换睡衣边说,冻死我了,天下着大雪,开车路上挺滑的。子静,我可是拼着老命,给你送你最爱吃的包子来,这是我亲手包的,是你最爱吃的白菜粉条豆腐馅的,刚出锅,来,趁热吃。

那天欧阳露挂了电话以后,虽然隔几天还打电话,可都被林子静三言两语打发了。

可欧阳露这次能来,又让林子静心里宽慰了许多。下大雪,是简姐告诉她的,她站到窗前,都能感觉到外面有多冷。再好的朋友,你对别人已经没有多少用处了,人家冷落你,也是常情。生活了五六年的夫妻尚且如此,更何况朋友呢。在这样的大雪天,人家能来看你,还带着亲手包的包子,证明这个朋友还是值得交的。这样一释怀,她心里就快乐起来了,说,你事业如日中天,婚姻美满,大雪天,还想着我一个废人,让我感动得涕泪不尽。

别骂我了,子静,我一直想来看你,忙得都要翻筋斗了。戏排了一次又一次,好不容易上演了,只卖出二百张票。团里开会,有人建议,多加些床上戏,不能拘泥于白先勇的小说中尹雪艳跟所有男人的戏点到为此,而要把跟每个人的交往都加上床上戏,舞台布置要色情些。听说舞剧《潘金莲》尺度很大,票房就很高呀。只有适应时代,才有市场。还有要大力宣传,要请媒体、请名家写文章在网络上海吹。至于我的生活,更是忙得不行,我丈夫三天两头地出差,谁知道真出差还是假出差,这世界,我们真的无法信任谁了。你知道吧,他做的一件事,简直把我的肺都气炸了。快给我喝些水,渴死我了。

慢慢说,怎么了?

他竟然瞒着我,把他在三亚的房子过户给了他儿子。我比他小将近二十岁,嫁给他,不就图他对我好吗?他连套房子都舍不得给我,你说还指望以后靠他,痴人说梦。

你怎么知道的?

他放在柜子里,忘了锁。

现在你不是住着大房子吗?再说给的是他儿子,又不是给别的女人了。

他有的是钱,可在我身上小气得很。穿着打扮,他出,其他就别指望了。你知道团里现在也没钱,就让大家包些票,我让他买一百张,送送他的朋友或客户,也就两三万块的事,他都不干。他口口声声说自己做的都是几百万的大单,却连这些小钱都舍不得给我花,你说我能一心跟着他?图他那满身的赘肉,还是图他半死不活的在床上就老想睡觉?他娘的,他这么自私,我能专心地待他?

你有外遇了?

170

别提了,你知道咱们班那个在国家话剧院的白朗吧,你觉得他怎么样?我觉着吧,人长得还挺精神。毕业后,也没联系。前几天,他忽然打电话跟我说了半天的话,然后哭穷,说家里有病人要开刀,少七八万,我当时一激动,答应借给他五万。我约好跟他在一家饭店见面。饭店咱们去过,就是那家院子里有两棵大海棠树,外间阳光房,里间挂着电影海报的餐厅,蛮有情调的。我自己收拾得花红柳绿地等着他,那孙子穿着倒还人模狗样的,小嘴叭叭的,又会哄人,听着听着我就春心荡漾了。拿起菜单让他点。那孙子让我点,说,不过,我告诉你,动物内脏我不吃,葱、香菜、姜我也不吃。我把牙咬着,让怒气存到胸腔里,把菜单扔给他,让他自己点,我随意。菜点得全黑乎乎的,有个菜叫蚂蚁上树,我还没吃,就想吐了。吃了半天,都没吃出什么味。我硬着头皮没走,赔着笑死熬着,毕竟我对他旧情难忘嘛。我猜那孙子可能以为套牢我了,一会儿说我胖了,一会儿又说我的一个女朋友勾引了他的朋友。这都还罢了,我春心全死了,那孙子又吹他做了几百万的生意,人家答应这几天就还他钱,可是一直没还,所以手头才紧些,老婆又把家里的钱管得严,他钱多得是,否则不会向我张口。为啥?知道我也就是死工资,听说丈夫有钱,但怕我在家做不得主。

我已经忍无可忍,那孙子还装模作样地给人打电话,谈生意,我马上改变了主意,说借钱还真如你说的需跟我丈夫商量一下。那孙子倒还绅士,说,不用不用。我起身,他送我,我坚持不让,他打开车门,我只好坐了进去。心里又有股温情,想借他钱。结果那孙子又把我气得够呛,说,他家住的是四室一厅的房子,现在开的这个君威是新买的。问我家什么车,多大的房子?我狠狠地将了他一军,说,我家住在贫民窟,骑的是自行车。说着,跳下了车。

你没说你家的车是大宝,住的是别墅?

我跟那孙子说了还掉价,你说奇葩不?还有一件恶心的事,反正你是我的好朋友,我说了也不怕你笑话。我那个初恋,你知道不?就是从小青梅竹马的那个,那家伙不知在哪打听到我的电话,电话打了四五个,也勾起了我往日情怀,于是就一起吃了顿饭。他说他知道附近有家面馆,面条可好吃了,跟我老家的面条一样正宗,叫才门。天特热,才门饭店门面实在太小,找得我浑身都是汗,真怕在他面前失了美色。后来总算找到,他半天才到。那面条实在难吃,吃了两口我就搁下了筷子。

吃完了,他开着车,也不说去哪,我也不问,最后来到一栋楼前,看来是住宅区,一楼却开了家茶馆,他像是经常去,说有茶在那放着。说是茶室,却像个客厅,还有个简易的铁艺楼梯,上面有啥,我也没问。他诉说对我的思念,我也进入了恍惚状态,他说到楼上去看看。他在前边走,我在后面跟着,上去才发现是一张大床。他就抱住了我,我说我去洗一下。他说楼下服务员会发现,咱们速战速决。说着我还没来得及脱掉裙子,他就撩起了我的裙子,你知道我裙子是紧身式的,哎呀,子静呀,你不知道,我感觉多么羞辱。

我就是浑身带着脏迹跟他分了手。

林子静听得咯咯直笑,说,的确奇葩。

你看,跟你说话,就是这么畅快,不用掖不用藏,不像在单位,你感觉好像有不少朋友,可在关键时刻,就感觉没几个知心的。我想了,以后在你面前,我不装了,有什么说什么。你也一样,心里不痛快,跟我说说。我帮不了你大忙,但你说了心里就舒坦了对不对?我的罗曼史还没完呢,让我再喝口茶,你们家茶真好喝,铁观音吧?让我清清嗓子,再跟你接着说。第二天上午,我刚上班,那个青梅竹马就给我打电话,说他在商场买东西,少了三百块钱,让我打到他卡里。我没想那么多,就往银行走。到银行门口,他又催我,我生气了,不高兴地说,银行还没开门呢。

我打过钱后,他再也没跟我联系过,你帮我分析一下,他是真的没钱吗?

林子静说,他就少三百块钱?按你说的,他大小也算个白领吧。

是呀,事后我思量再三,想得头都快破了,才明白那个该死的王八蛋一定认为我不值他花的三百块钱,吃的那个破面,不到一百块,喝那个全是沫子的烂茶,上了那个不该上的破床,花了他三百块,他要了回去。

欧阳露说着,自己倒笑了,林子静也笑了,说,你说的这两个奇葩,真够绝的了,笑得我肚子都疼了。你做得好,离这些垃圾远些。快讲讲你还经历了什么事,我现在只有从你这里认识陌生的世界了。

算了算了,说得我都恶心了。对了,那个谁跟你联系了没?前不久同学聚会时,我见到了你的那个查磊,他出国回来了。他打开手机上的照片,给我看他在国外的别墅,还带着游泳池,他老婆挺年轻也挺漂亮。他问你的情况,我告诉了他,还告诉了他你的电话,他没联系你?

林子静不悦道,你为什么要告诉他我的情况?

你生气了?他对你很关心呀,一直说他心里仍是有你的,只是当时迫不得已。算了,不说他了,你最近怎么样?我看你丈夫对你还是挺照顾的。

林子静嘴张了几次,怎么也说不出丈夫的恶劣行径,主要是高傲的自己不愿在好朋友面前承认自己的失败,于是说,我不想拖累他了,离了算了。

子静我跟你说,我不算阅人无数,但也见过形形色色的男人,跟你说,你们家那位,还是不错的。昨天还给我打电话,让我来看你,陪你说说话。说你一个人在家,跟保姆又说不来,又不跟他好好说话。对了,你跟他怎么了?

林子静摇了摇头,说,露露,说出来不怕你笑话,他把女人带到家里来羞辱我。他们的浪声淫语,他要态度诚恳,我也就过去了,可他非说我脑子产生幻觉了,气得我砸了浴盆,他重新买了一个,你看是不是新的?

没错,还是我帮你挑的TOTO。男人,他妈的真不是个东西。

事做错了,算一时糊涂,尚可原谅,我都到这地步了,也不再较真了,越较真受伤的越是自己。可他死不认账,安了浴盆,毁掉证据,还说我脑子有问题,这种小人做法,更坚定了我跟他离婚的决心。他不同意,我只好跟他分居了。

子静,离婚可要慎重。在我看来,他矢口否认,虽说了假话,但从另一方面说,他是不想跟你离婚。你怎么不能从另一方面想,一日夫妻百日恩,他对你还有爱呢？如果他真不爱你,马上跟你离了,他立马就娶个更年轻的,你以后可怎么办？调查说,咱们国家百分之八十的家庭都是睁一只眼闭一只眼地生活着,你不是刚才也说了嘛,你不较真了。如果说,过去我对他有怀疑,这事反倒让我对他有了重新认识,李明亮,这男人不错,有担当。跟你说实话,换了你,你会怎么做？

我做事有自己的原则。我主意已定,谁劝也没用。不说他了,咱们去看电影吧。

看电影？

你要是怕影响你就当我没说。

说的什么话,走！

这是生病后林子静第一次在电影院看电影,她的人生还不至于绝望,虽然看不到人,看不到美丽的事物,但是她还是很高兴地听完了这部欧阳露推荐了无数遍的电影《血战钢锯岭》。

看完电影,两个好友又一起喝咖啡,一起聊电影中的事,对片中主人公的信仰很是佩服。欧阳露讲主人公嘴大得过分,还有他的女朋友简直漂亮极了,讲他爸爸短而紧的军服,逗得林子静哈哈大笑。

夜深了,林子静又拉着欧阳露到了自己家,让简姐回了家。她让欧阳露帮她查看了存款,心中有了数。

欧阳露把整个家角角落落打量了一遍后,说,你这个保姆不错,家里收拾得窗明几净,连书柜里的书随手抽出一本,都干干净净的。

跟林子静感觉的差不多,她对简姐再次产生了深深的依赖。

林子静说,露露,如果我死了,记得给我穿你知道的我那身最漂亮的黑色晚礼服,就是我领奖穿的那件。你给我化妆,让我干干净净地去。别告诉别人,你跟简姐就够了。别给我放哀乐,就放我演的话剧《永远的尹雪艳》,让我跟着我的声音一起消失。我的东西你有喜欢的就拿走。房子谁照顾到我最后,我就留给谁。如果简姐一直对我好,这房子、家具就留给她,当然这些事都需你来料理。如果我病了她也不管我了,你全权代我处理,安排好我的起居,我真怕有一天我躺在床上,满身都是脏,却无人理。还有,衣柜里我妈妈的衣服和照片,你到时随我一起烧了,我怕被别人扔了。林子静说着,哭了,边哭边说,我心里太苦了,只是怕李明亮担心,却被他认为我是青铜之身。露露呀,我现在才明白谁也不能陪你到最后,哪怕是最亲的人。

别胡说,你会好起来的。欧阳露带着哭腔。

林子静摇摇头,说,我这病好不了啦,趁着我还明白,我都给你一一交代清楚。我活到哪算哪,如果我听不到,也走不了,或者没有记忆了,你就给我吃安眠药,让我安乐死吧。一定记着,让我微笑着离去。

欧阳露听得抱住林子静,失声痛哭,边哭边说,再胡说,我真的不来看你了。还有,亲爱的,我想了一夜,我要告诉你,你不是尹雪艳,她只是作家塑造的一个角色,一个象征罢了。再说男人写女人能写到骨子里?记着,你就是你,遇水搭桥,遇山开路。别钻牛角尖,人有心理暗示。往好处想,活着就有希望。我上大学时,失恋了,你不是还跟我讲过鲁迅的《过客》吗?过客一直往前走,并不知道要到哪里去,并不知道前边是什么。孩子说是鲜花,老人说是坟墓,可他依然要向前去看个明白。我可能不能扶着你走,但我会像那个孩子,给你一块裹伤的布片。

林子静无语。

你听见了没?否则我会看不起你的。

林子静这次笑了,说,看不起我的人还没出生呢。

七

只要简姐在家,林子静就觉得即便身边只有她一个人,她的世界也春光明媚。

有天简姐接到她一个姐妹的电话,好像是那人要做手术,让简姐陪着她去。简姐说,我不能离开,雇主最近情绪不稳定,身边不能没有人。

她重要还是我重要?

都重要呀。妹子,等过阵子,等雇主身体好些了,我再去看你。

听到这话,林子静心里热热的。观察了十几天,简姐没有骗她,无论她是看不见,还是听不见,家里永远窗明几净,还有饭菜,做得林子静吃得心里很是舒畅。简姐回来一周后,她才说她现在能听见了。简姐高兴地说,是不是吃的那个进口药见效了?我知道那药名字,我再去买。

为这话,林子静又是大大地感动了。她只好说,也许是药的作用吧。

太高兴了,咱们庆贺下,你最爱吃饺子了,咱们吃素馅的,我这就去买菜。

她们坐在一起包饺子时,林子静说,简姐,你儿子是不是快毕业了?

是呀,再有半年就毕业了,我都急死了。

简姐,你知道我在这世上,除了一个对我漠不关心的父亲,还有一个整天骗我的丈夫外,就是你和好朋友欧阳露和我最亲近了。你跟我亲姐姐一样,你儿子他要是愿意,就叫我干妈吧,我来帮他找工作,我的朋友欧阳露,她老公管着一个大公司,我让她给你儿子介绍个好工作。

那太谢谢林老师了。

世上最难买的是真情,你是我在这个世界上最踏实的依靠,我们相帮着一起走。

两人说着,都流了泪。

父亲来看林子静,坐了半天不开口。林子静说,爸,是李明亮让你来劝我不要离婚吧?

父亲话不对题地说,静静呀,生活是很难的,我是带着安安,才感觉到的。你小时候是你妈带的,我只工作,家里大大小小的事都没操心过。你不知道,现在养一个孩子有多麻烦,需吃进口的奶粉,需上双语幼儿园,将来上重点小学、重点中学、重点大学,还有工作,都得花好多钱。小刘又没有收入来源,为了钱,整天跟我吵架,一会儿要买高档的车,一会儿要住大房子,跟同学比这比那的,搞得我这两年来,一本专业书都没有完整地看过。现在学校又实行淘汰制,三天两头地考试、竞聘,学生也不省心,净拿稀奇古怪的问题难为我。

林子静听了半天,心里明白了三分,父亲怕她是他的包袱。她说,爸,你放心,我每月有工资,这房子是我单位给我的商品房,我已付了全款,我的生活是没有什么可担忧的。简姐,人诚实,品质好,我还有一个最好的女朋友,她对我最好了。

那就好,那就好,我跟你妈那房子也小,你也看不上,再说小刘,还有孩子……

爸,我不会连累你的。

小静,我是说,你又病着,不要太要强了。你设身处地替李明亮想想,人家整整照顾你五年了。换一般男人,早就不管你了。

爸,我知道你的意思,我是活了今天没明天的,就凑合着过,是吧?你错了,我跟我妈妈一样,宁折不弯,我就是晚上死,下午也不会凑合。

父亲静静地看了林子静一会儿,最后说,那好吧,家里打电话来了,我先回去了。有空,给爸打电话。

父亲走了,林子静悲哀地感到,关于她的病情,父亲竟然一句都没有问。但她原谅了他,因为简姐的一句话。简姐说,你的父亲比第一次来时,头发又白了许多,穿的衣服好久都没有洗了。

要是我母亲地下有灵,不知有多伤心呢。简姐,你明天陪我去给我爸买身衣服,他也不容易,我有些理解他了。

这时,欧阳露打来电话,却说了一件奇怪的事,她说子静,你的浴缸右手边是不是有个碰掉漆的豆子大的圆点,新换的咋会就碰掉了漆?也就是说,子静,可能是你的幻觉,药吃多了,可能有副作用。好好跟李明亮过吧,他对你还是真心的,现在这种负责任的男人不是很多。你猜查磊跟我说你们是为啥分手吗?他说他有错,有功利之心,但不是你们当初分手的主要原因,即使不出国,他跟你也不会待长久,他跟你在一起太累了,你什么都要求完美。可光有阳光,没有阴影,世界也不见得就都美。太阳有黑子,我们每个人心里也有黑洞。再说,你心里一直都是敞亮的?子静,在寻常生活中,爱是包容,爱是忍耐。我是你最好的朋友,是为你好。好好跟李明亮过,他还是有责任心的。他不要孩子,不是你以为的那样。他怕孩子遗传你的病,将来苦的就是好几代人呀。他到过几大医院,据权威人士说,你这情况,要孩子没问题,他同意了,你却跟他分居了……

对方还没说完,林子静就收了电话。

电话又打来了,小姐,你别耍脾气好不好?我这可是长途。人家在外面演出,还想着你呢,你再挂我电话试试,看我能饶得了你?电话里的欧阳露好像感冒了,鼻子一吸一吸的。人家还有重要的事没说呢,跟你说,我怀孕了,我们家那位高兴得对我好得我都没法跟你说,这次演出,一直陪演。所以,我跟你说,真理并不全掌握在我们女人手里。我可跟你说,子静,才出来几天,我就梦见好几回你了。昨夜梦见你还在台上,真真的风华绝代。可再一看,又是我,回头你帮我解下这个梦吧。好了,话也说完了,我要上场了。

亲一下,来一下嘛。算了,我热脸不碰冷屁股了,见了你的面再算账。

一定是李明亮找她了,一定是李明亮收买了我的好朋友。林子静想着,叫道,简姐,你看看卫生间这浴缸是新安的,还是旧的?欧阳露摸着那豆大的地方,仍然相信那丑恶没有发生过。

林老师,我不认识是啥牌子,上面写着四个字母:T——O——T——O。新的。怎么了?

有个朋友问我。林子静回答得不动声色。

八

十二月二十五日,是林子静限定丈夫搬出的日子。

因为是周六,丈夫睡到十一点起来,发现林子静照例在厨房忙着,今天做饭时间比往日要长些。他到厨房门口看了一眼,林子静仍如往常一样,有条不紊地忙碌着。电饭煲里飘着米饭的清香,高压锅里传出鸡肉香,他想帮忙,人还没走到跟前,正在炒菜的林子静说,一会儿就好。

日子仍跟往日一样。

丈夫心满意足地坐回餐桌上,他想林子静当时只是气话,虽然他们分房住了,虽然林子静不主动跟他说话,但他说时,她也会应。而且洗衣做饭,还是照顾着他的。所以,他想随着时间的推移,她会慢慢地原谅他,他们会复合的。虽然他不再爱她,但是让他离开,他还是舍不得的。他出去后,会感到心里空荡荡的,是对林子静还有爱情，还是他已经习惯了她？或者还有别的因素，他说不清。

午餐比往日丰盛，凉拌的红萝卜丝、绿色的莴笋、西芹百合、红烧鸡翅、清蒸鲤鱼，破天荒还做了他最爱吃的红烧肉，林子静一直不让他吃肉，说对身体不好，今天却破例了。她对我还是有感情的，一抹得意浮在丈夫的唇角。

他说，谢谢，今天你收拾得这么漂亮，晚上别做饭了，咱们到外面去吃，好长时间没有跟你一起去喝咖啡了。

你忘了五年前的今天，你吻了我。自从我病后，你再也没有吻过我。

丈夫双手搓了一下脸，眼睛有点湿，说，对不起，我会好好待你的。

五年后的今天，也是我们的分手日。

丈夫愣了片刻，说，子静，你不要胡思乱想。

搬走吧，你知道我一旦决定的事决不会再改变。你不搬，那我只好让人把你的东西放到门外了，下午三点师傅会来换锁。

林子静，心高还要有资本，你都这样了，怎么还这么心高气傲？人争不过命的。

林子静凛然一笑，说，我演红了尹雪艳，她的精神已融进我的血肉里了，那就是永不会倒下，不，即便倒下，也要高傲地倒下。我从来就没有认输过，即便病成这个样子。我受不了的不是疾病，而是欺骗。我是属虎的，是上山虎，是出门找食的那只饿虎。世界只有在我面前消失，我还从来没有输给谁过。你带着别的女人，在我家,羞辱我,我无法承认这些事没发生过。还有你知道我最讨厌你什么吗?死不认错,虚伪,你的烦恼本可以与我一起分担的,可你以为我成废物了,不屑再说真话。你只要在我面前晃一天,我就整夜睡不着觉,好离好散吧。房子是我单位给我的福利房,我留下了,存款、车、家具,你随便拿。

丈夫拉住林子静的手,还要解释,林子静甩开他的手。她说,以后我不会再开口跟你说话了,你已经从我的世界里消失了。她说着,高傲地走进了自己的卧室。

张爱玲为了成全一段俗世的爱情,毁了一座城,而我,一个瞎子,却屏蔽了整个世界,我就是那个永远的尹雪艳!林子静这么想着,取下睡衣上的腰带。

手机忽然响起,她几乎是一把就抓起了它。是欧阳露。子静,查磊正在去你家的路上,他刚从别人处知道你生了病。他在电话里哭了,男人的哭我第一次听到,那滋味你听了就明白了。他整天缠着我要你电话,还说想请你吃饭。你没看见,你家的李处长头发白了不少,腰也驼了。我演出前,他拿着你们多年来的照片来找我,说他父亲去世了,单位减员,家事单位事压得他都喘不过气来,你那情况,他心里烦闷非但不能跟你说,还要每天强装欢笑,哄你开心。就这,他永远也不会放弃,要跟你共渡难关。我说这些,想告诉你的是,经受病痛的不只是你一个人,明白吗?得知他去看心理医生了,我才明白他床头为啥放着《病人心理学》。作为你的朋友和亲人,我们对你关爱不够,但我们一直在做,你要知道,我们第一次遇到你这样的亲人又得此病,相处没经验,但在摸索。相信我,珍爱生活。现在,你把窗子打开,探出鼻子,伸出耳朵,闻闻,听听,有人在病中呻吟,有人在顶着寒风盖楼、擦玻璃,有人比你还苦……多少人为生活,顶风冒雨,忙忙碌碌。再说,街上喷香的饭菜、不息的车流人声、新开的商场,这欢腾的人间烟火和四季美景,谁能舍得放弃?还有,我已经报请团里领导批准,要请你给我们新学员上课呢。你听着呢吗?你一定要听着,要有信心,以后我不会再迁就你。谁不是病人?得了病,难道就认为这世界都得病了?要想让我瞧得起,你就爬起来。听见没?在听吗?我刚下飞机,又想到你个狗东西,饭也没顾得上吃。你给我准备个面条,要油泼的,放上豆芽、小白菜,还有,再放些大蒜,还有红红的辣椒面,要倒花生油。大油吃了我怕长肉。还有烧好洗澡水,这次去的是山区,我浑身都发臭了。师傅,到花家地多长时间?四十分钟。子静,你听到了吧?四十分钟后,我就进门了,我要喝红茶。当然要你亲自沏。吃完香香的手工面,晚上咱好好聊聊我这几次演出的见闻,可有意思了。明天去看我彩排,你可给我把好脉,否则出了纰漏,我拿你是问。下周我要到人艺去演出,虽然还是《永远的尹雪艳》,可我已经领会到你演她的精髓了,也得到多方认可,这次进京演出还是严导大力推荐的。他说我现在的演出有了你的神韵,激动得我当众亲了他一下。他摸着脸半天反应不过来。细想我为什么有了进步,是因为我现在才真正理解了尹雪艳,理解了你。到首都演出,虽然"压力山大",但有你坐镇,我视观众如浮云。对方说着,哈哈大笑,又说,完后,我要请你吃大餐,世界上你最不能拒绝的就是海鲜,我都记着呢。呀,我手机快没电了,如果没声音了,你可别多心……

　　电话果然没声音了,林子静握着脖子上的腰带,一时犹豫起来。这时,她听到门响,随后是简姐的问话声,还有,一阵花香扑面而来……

她骑着小桶飞走了

　　美丽的法官,我发誓以下我说的全是事实。像我五十三岁的年纪,副教授身份,未来啥样,基本望到头了,没必要撒谎,对不对?如需赌咒,那我指天盟誓:如若口出假语,天谴雷轰。你说我贫?我贫了吗?我只是不想让你太严肃,你正襟危坐搞得我很紧张哟。在没有证据证明我有罪的情况下,咱们还是平等对话吧。所以,你不必严肃。人说什么话,要看对象。你的言行举止,直接决定着我回答问题的态度、深度和广度。你别皱眉,漂亮的女士皱眉可不好看。好,咱言归正题。你让讲讲出事经过?我没在场,不敢妄讲。对组织要坦白,对人要诚实,不得随意编造。特别是面对你这位美丽的法官,不诚实,良心何安?还是从我认为的关键节点讲起吧。不过,事先声明,对涉及的人,请保护为盼。无论是我的孩子,还是其他人,请均如此。谢谢!我给你鞠躬了。请给我一杯水,让我润润喉咙,当老师讲话多,喝水也就成了习惯。嗓子舒服了,我就慢慢地讲来。文学强调注重细节,作为一个教授文学的老师,我会努力地还原事实的枝叶,以此不辜负它的美,它让我赏心悦目。好,让我先从两个月前的一天晚上说起吧。

1

她说,一整瓶够了吧?

我握住她的手心写道:别胡来。

她说我心意已决,你走吧,明天九点回来,如果第一套方案失败,再进行第二套,手狠点,一了百了。

我左手松开她的手,拭完眼角的泪水,仍握紧她的手,写道:我不同意。

她说,你哪像个男人呀,还哭!有啥哭的?说着甩开我的胳膊,伏在床上抽泣起来,边哭边说,你这是害我呢,你懂不懂?你按我说的去做,我会感激你一辈子。记着,明天九点回来,如果第一套方案失败,马上进行第二套,然后通知皓皓。就你俩送我走,谁也别告诉。快走!我不动,她站了起来,推我,撞倒了梳妆台前的椅子。我一把把她抱起来,放到床上。她说,我知道,你不忍心。要不这样,她沉思了一会儿,叹息道,人生一场,不隆重也不好,咱来个告别仪式吧。她说着,手摸着床说,你去洗澡,我换下床单。真是,大晚上的,换什么床单?我心里如此想,没敢告诉她。她亲了我一下,说,去吧。她的脸微微泛红,在灯光下很是妩媚。

我以为她改变了主意,浑身好像卸下了重担。是谁,都要改变这个魔鬼主意的。我拿着浴衣进了卫生间。她去洗澡时,说,放下咱们最爱听的《蓝色多瑙河》。我说,我给你搓背。她说,不用。说着,关死了洗澡间的门。

床单竟然是新的,新买的衣服或床上用品,她都要先洗一遍。床单散发着碧浪洗衣液的茉莉花香味。床单铺得平平整整,左右两面,长度均等。为此,她一定费了很大的劲。她一直跟我说,凡事不要马虎,跟他们记者写稿一样,一个标点符号,用得不当,意思、语态就两样了。她本来会是一个很有发展前途的记者,可上帝大概觉得我们太幸运了,就狠狠地给我们来了这么一下。

她进来时,戴着墨镜,穿着件火红色的透明睡衣。客观地讲,她的身材还是那么苗条。我要靠近她,她说,今天你只管享受,我好好伺候你。她一摸我的下体,说,别戴那个,不需要。原谅我,当着你的面,说这些,让你脸红了。我说过,我不隐瞒任何我知道的细节,好,你不介意就好。那我接着说。

我没取,在她手心写道:安全。

她说不用。说着,轻轻取下来,摸了一张纸,包了起来,我接了过去。她伏在我的身上,先是轻轻,接着动作就越来越急促,越来越大面积地吻我。她那小嘴,真的,就像蜜蜂钻人身体里一样,搞得我浑身酥软。再细我就不好意思说了,你一定懂的,如果你有了男朋友或结了婚的话。这是十三年来,她第一次这么尽兴地采取主动的方式。我洗完回来,她还在床头坐着。我拉开被子,刚要躺下,她说,走吧,把门锁好,照我说的做,如果你还怜惜我的话。我在她手心慢慢写道:天晚了,再好好想想。

不,你快走,快走! 我不想见到你。她歇斯底里地大叫起来,然后一脚把我踹到了床下。我还在犹豫,她又喊,走,再不走,我就死给你看。她说着,头就往墙上撞,我一把抱住她。她说,走,走得远远的。我在她手心写道：若悔，找隔壁。她说，知道，你对我好，我记着呢，只有下辈子还了。记着我的话，找老婆别找那些小妖精，她们会把你吸干的。找个年纪相当的，会做饭的；你跟儿子太挑食，要找个花瓶，瘦了我儿子，我就是变成鬼也要找你跟妖精算账。说着，把我往大门口推。我死死抱住她，眼泪流个不停。她说，记着，我在你衣柜下面给咱孙子留了一笔钱，密码是咱儿子生日，那钱是我为一个企业写报告文学赚的，本想当小金库的，现在也用不上了。你那么优秀，不少小妖精牵挂着你，不用我担心。我最难放下的是儿子。记着，告诉他，我爱他。在哪，都爱。说着，把我推出了大门，啪地把门锁上了。

一出单元门，吸着满院的花香，我长长地出了口气，想着，也好，这样的确一了百了。十三年了，我从一个很有发展前途的系主任，成为单位一个可有可无的副教授，其中的憋屈实难诉与别人，这样做也算有个交代了。虽然我不在乎别人怎么看，可我毕竟生活在社会这个群体中。我打上车，想了半天，原有的朋友早已疏远，这时想不起一个能喝点酒诉说苦恼的朋友。不是我消极，你对别人越来越没用时，你在别人心目中自然就可有可无了。

方琳。我忽然想到了方琳。对，女的。方琳一听我要到她那儿去，便说太晚了，不太合适吧。我说，你说不合适那我就不去了。她说欢迎，热烈欢迎欧阳教授。

你别用那种眼光看我。你说让我讲讲我跟方琳是什么关系，这样好不好？还是让我按我的节奏来讲，适当时，我会进行补充，放心，我不会隐瞒任何一个情节。需要时，我会坦白一切。方琳单身,她特立独行。知道你们要找我谈话时,她说,如实说,一定要如实说。我说,那对你不好。她说,我不怕,我做的事从不怕人知道。她跟我在一个大学教书,我讲文学史,她讲创意写作。

方琳的家离我家不到半小时,我到时,她穿着睡衣,竟然也是红色的,只不过她的是和式的,就是系带子的那种,而我妻子穿的是袍子。她这个打扮,还是让我吃了一惊。真的,我们只一起看过一场电影,关系没有亲密到穿着睡衣相见的地步。当然,这怪我,晚上十点半了,到一个单身女士家去,人家有其他想法,也正常。越看那件红色的睡衣,我越紧张,说,你换上衣服吧。方琳好像不认识我似的看着我,突然像受到侮辱的兔子似的摔门进了卧室。我疾步上前敲门,她也不开。我说,你听我解释。半天,门才开,她坐在床上抽泣。我说,今天晚上,她也穿了这么一件红色的睡衣。方琳回头看着我,好像在思索着我话的真实含义。真的,所以我很受刺激。方琳这次好像信了,她说,你先出去,我一会儿就来。

我坐到餐桌前,桌上点着一支高高的红蜡烛,两个高脚杯里倒满了红酒,还有三个菜。都是我爱吃的菜,清炒豌豆尖、糖醋鲤鱼、红烧牛肉。还有一束黄玫瑰,显然是刚从花店买的,还带有轻微的压折。这正是我渴望了很久的,但现在我没心思坐下来。

方琳出来,换了一身素色运动装,说,我在家习惯了,你别误会。我说,怎么会呢?她端起酒来,说,来,祝贺你迈出了人生第一步。

我喝了一杯。

她给我夹菜,我吃。

她再给我夹一筷子,我又吃。

她说,你是不是一直让我给你夹一口,你吃一口?

我说,不饿,放在我盘子里了,不吃,又怕浪费,只好吃了。

她嫣然一笑,说,今天晚上怎么能出来了?你儿子在家?

我拿筷子的手哆嗦了一下,答非所问,如果她死了,你说好不好?

方琳显然愣了一下,然后拿筷子敲了我一下头,又胡说了,把你能的,好像生死能由得了你。

我说,你就回答假若如此,好不好?

我觉得嘛,她与其这样活着,还不如死了。当然,生命不是由我们决定的,这要看老天爷了。咱们怎么能剥夺一个生命活着的权利呢?那太残忍了。

如果是她自己的选择呢?

那我们得劝她,世界上还能有比死更可怕的东西吗?既然连死都不怕了,还怕活着?再说,如果我们做亲人的,知道了而不阻拦,那以后真出事了,后悔就是一辈子呀。

我拉起方琳的手心就要写字,指尖落到她手心里了,才想起把人搞错了,便说,谢谢,谢谢,我家里有急事。说完疾步奔出门,冲向电梯。方琳在后面说,你怎么了?怎么说走就走了?我说,回头再向你解释。

走进家,我轻轻开门,发现卧室的灯仍亮着,《蓝色多瑙河》还在我家昏暗的灯光下低吟着,她正坐在床前边流着泪边叠着自己的衣服。

桌头柜上放着一整瓶的安眠药,在台灯光下,鬼魅般地发出幽蓝的光。

她鼻子尖,我怕她闻到我身上的味道,就坐在主卫的马桶上,打开手机,隔着窗子,密切注视着她的举动。

她打开了我的衣柜。

我衣服少,在最里面的柜门内。因为与床头柜挨着,下面的柜门一般不开。她先挪开床头柜上的台灯,然后把最下面的柜门打开,坐在了地毯上。那是我夏天的衣服,基本上都是丝绸的,有些皱巴。她放在圈着的腿上,一件件地抚平叠好,然后把一个装着厚厚东西的大信封压在了最里面。就在她起身时,头磕到了墙上,可能撞疼了,她摸了好半天后,把床头柜搬回原处。就在这时,那个瓶子掉在了地上。她当然发现不了。她放好台灯,抹了一把泪,慢慢走进儿子的房间。我快步走进客卫,这儿正对着儿子的房间。她把儿子的柜子从上到下都整理了一番,然后摸起儿子的照片,伏在桌上大哭起来。我难过得不忍再听,捂着嘴,看她重回卧室,我悄声跟着。她忽然不动了,侧过身。我说过,她的鼻子很尖,我忙用手捂住嘴,晚上我们吃的是油泼面,她擀的面。她喜欢吃我用葱花、小白菜、蒜末、豆腐加辣椒面,用油泼成的面。她一定是闻到了大蒜味。她过去很挑剔,不吃大蒜,不吃羊肉,买回来的菜,能冲洗十遍,还要在水里再泡半小时。对了,还有洁癖。每次让我洗手,还要用洗手液。她走进卧室,我马上进入主卫。她又出来了,要干吗?卫生间太小,我一看她要进来,急得立即跳进浴缸,并立即拉上浴帘。她是来洗手的。我能闻到淡淡的洗手液的味道。然后,她走回卧室,手开始摸床头柜。她在找瓶子?对,一定是。我看着滚到墙角的瓶子,偷偷笑了一下,然后跷起二郎腿,打开百度输入"神经纤维瘤",然后按了搜索。

出来一大堆网页,我正要打开,听到一阵响声,疾步跑进卧室,台灯掉在了地上,电线绊倒了她。她伏在地上,双手摸索着。在柜子边、床前,在柜下、床底,胳膊伸出老长地摸索,手出来时,仍是白白净净的。我又要岔开话了,我说过,她特爱干净,每天能把家里的地拖好几遍。木地板和地毯接缝处,别人家都脏兮兮的,但我家永远是干净的。她坐在地毯上,喘了一会儿气,又开始找,这次,把范围扩大到了门边,对了,离瓶子不远了。

我站在卫生间门边,手捂着嘴,看着她快靠近瓶子了,很想抓起瓶子扔到垃圾桶,可我没有。美丽的法官,我是一个自私的男人,真的,那时我的心境非常复杂,我既想让她吃了药,又怕她吃了药。

拿到瓶子,她坐回床上,脱掉了常穿的睡衣,换上了一条黑色无袖齐领的连衣裙,从我那边床头摸起一瓶矿泉水,坐回她经常睡的左边,打开了药瓶。可她并没有吃,而是哭了。我看到她拿起了手机。她想打电话?我给她设置了一开机显示的就是我和儿子的手机号。我也多次教过她,如果家里没人,她只要按左下角,那是电话图案,再按左上角,第一是我,第二是儿子。这两个电话随便打,半小时内,我们肯定以最快的速度赶到她身边。还有,我每月给对门邻居大妈一百块钱,让她不时到家里,看我妻子需要什么。也让我妻子有事去敲邻居的门,寻求帮助。

她拨了一下电话，瞬间按掉，忽然抓起瓶子，把一瓶药倒在手心。就在往嘴里放时，我一把打翻了药。

欧阳明，你是个王八蛋，你说话不算话，你是个胆小鬼。她骂着，把被子盖过了头，然后说，欧阳明，快来，把我闷死。记得你给我讲的迈克尔·哈内克导演那个获奖影片《爱》吗？丈夫把瘫痪的妻子闷死了，就效此法。快，痛苦一下，就全解脱了。

我躺在她身边，由着她哭，由着她打我，抱着头，如死了般一动不动。

如果以后还发生这样的事，我还会如此做的。真的，毕竟我们生活了二十五年，跟小猫小狗相处久了都生情，更何况还是一个有血有肉的人。再说，你看过她的照片，人到中年了，她还颇有风姿，就是现在走在大街上，也是有回头率的。就在前几天，我带她到公园去转，方琳打电话了，我让她坐着别动，我一会儿就来。电话时间不短，约四十分钟吧，我回来时，发现一个小伙子坐在她旁边的椅子上，不停地说着什么，还不时地把手搭在她肩上。我当时就火了，一拳打在了那小伙子鼻子上。那小伙委屈地说，我啥也没干呀，她让我坐的。她不知内情，一只手扶着墨镜，笑得合不拢嘴，说，刚才坐在我跟前的那小伙子长得帅不帅？气得我好长时间都没理她。她拉住我的手，让我在她手心写字，让我说我没生气。我当然生气。她说谁会看上她一个废物呢？说着，哭了。我这才告诉她，我气消了。

2

你让我说说温泉事件?

提起此事,我恨不得打掉牙齿,说起来很丢脸,可是我必须回答你的问题,就顾不得男人的自尊了。

不少男人喜欢她,年轻时更多。说实话,为此我们吵过几十次。有一次,我们在郊区玩时,一个男人紧跟着我们走了好长时间,追到我们后,跟她搭讪。那人说了自己的名字,我不知道她是真不认识了,还是当着我的面不好说,反正不承认。

对方说,哎呀,你怎么忘了?一次开笔会,众人三五成群地去泡温泉。我看你不在,好半天都没情绪。我问跟你住一个屋的那个大眼睛的女孩,她叫啥我忘了,是东北的,还长了满脸的痘。我问她你在不在屋,她穿着都要撑得开裂的大码泳装,看了一下,说,我怎么知道?把我气个够呛。

我到你住的屋去找你。那个度假村,很大,曲径通幽,东拐西绕,一会儿上,一会儿下,全是数不清的台阶。再加上房间门上没贴名字,我找了半天,也没找着。心灰意懒往温泉走时,忽然看到一个穿泳装、身披度假村浴衣的人,身材很漂亮。特别是露在外面的小腿,特诱人,我忽然感觉那是你。我跑上前去,果然是你。

你脱了白色的浴衣下水时,我都要晕倒了,你的身材真是太性感了。

她说,你认错人了。她说着,拉着我就要走。我说,这不好,没礼貌,既然遇到老朋友,就一起喝杯茶吧。我让那人坐下,递给他一杯茶。

她很紧张,一直看着那男人,不说话。

那男人喝了茶,说,你不是柳宛如吗?我怎么会认错呢?她说,我近年来,生了孩子后记性不好,再说参加的会议太多,都忘了。对不起,给你介绍下,这是我爱人。

那男人不知是对我信任,还是对我妻子念念不忘,或者是对她报复,又说,你泳游得也很好,我一直就在边上坐着看,真是太美了。可你一点也没注意我,你们两个最漂亮的女人跟主办方一个主席在一起。那是个肥头大耳的男人,眼神色眯眯的。

她看了我一眼,说,你又胡说了。咱们走吧。

我摆了摆手说,让他把话说完。

男人朝我点了点头,说,那男人真不是个好东西,说他能浮在水面,让你俩也做一个。你笑了笑,说,不会。另外那个女人也说不会。那个猪头就说,好,那我教你们。你说不用不用,就朝我这边游来。我正欣喜,结果那个猪头叫你,让你看他如何教那个女人全身平躺在水面上。你只好又游回去了。

那猪头手扶着那女人的头,也不时摸下那女人的腹部,反正让她浮在了水面。那个贱女人笑得咯咯咯的。我明白这是那个猪头故意借教游泳想吃你们的豆腐。就在他又要教你时,我游了过来,说,来,我教你。当时那猪头脸就黑了,说,一边去。我说,我真教她,还有话要跟她说。可是你没有过来,还是跟着那猪头有说有笑,至于以后猪头如何教你的,我就不知道了,因为我怕听了心烦,游到一边去了。

听到这里,我哈哈大笑。她仍然皱着眉头,说,别听他说,真的,没有这回事。说着,她就扭身而去。那男人还在后面叫她,我说,朋友再见。他冷眼看了我一眼,说,谁是你朋友?气恼而去。

后来回到家,我问过她很多次,她都说,没有此事。我说,那为啥那个男人记得你的名字?她说,你老婆是名人呗。

我不相信她说的话,可这种事又没法说清。在她生病后,我闲着没事,打开电脑,看她参加会议拍的照片。平时我都不敢看,怕她说,她设了密码。现在她眼睛看不到了,把密码告诉我,让我删掉。就在删照片时,我看到了她去温泉笔会的照片。的确,有她跟那个脸上长痘的女孩的合影,也有一个肥头大耳男人的照片,那男人看着并不像不法分子,面目羞涩,但他跟我爱人一起在玻璃栈道拍的一张照片让我感觉那个男人说的话是真的。

我爱人胆很小的,我们去张家界,我再三劝说,她都不敢过玻璃栈道。可那张照片上,她不但站在能望见万丈深渊的玻璃栈道上,还笑得十分灿烂,而那个男人,正得意扬扬地搂着她的腰,在色眯眯地笑着。我二话没说,立马就把这张删了。再看,有许多她跟男人们的合影,有一般性的合影,也有比较亲昵的,有的是别人搂着她的,有的是她挽着别人的胳膊的。还有一张,让我非常生气,一夜没理她。她再三问我怎么了,我都不说话,离她远远的。她以为我出去了,满屋找我,其实我在阳台上站了很长时间。那是一张泳照。她跟四个男人在一起游泳,看图片,像是在三亚,那是四个只穿着泳裤的男人,抬着她往水里扔的情景。她穿着上下单分的泳衣,向日葵色的,上面类似胸罩,下面是一条三点式的泳裤,露出扁平的肚子,还有长长的大腿。我当然也把这张删了,最后她出外参会的照片,除了她本人的,凡是跟别人合影的,无论男人,还是女人,无论领导,还是名人,我统统删了。

后来,她叫我,都哭了,说她有话跟我说,我才从阳台回到卧室。

她说,我没有害过人,也没做过亏心事,从来没骗过别人的感情,我这几天一直在想,我到底做过什么错事,老天爷让我得了这个生不如死的病?说是遗传,我家祖辈没有人得过此病,好端端的,没来由地就得了。那么,就是报应,可我没干过坏事。上大学,进报社,家里没背景,都是靠自己的努力一步步走到今天的。我思来想去,只有一件事,可能老天爷惩罚我,今晚我就向你坦白了,兴许我说出来病就好了。对了,我说之前,你告诉我,你有没有背着我,有婚外恋?我那时还没跟方琳有实质性的接触,所以马上说,没有。她说,你能向我发毒誓吗?我说,当然,如果我撒谎,跟你得一样的病。她就信了,说了自己的婚外恋。

那也是一次笔会。你看,该死的笔会,我一直以为开笔会都是去向众人学习的,没想到笔会是一伙男女离家后到伊甸园的一次恣意放纵。

她刚一开口,就说,算了,算了,也没质的变化,不说了。

我当然不能答应,说,你说吧,我会原谅你,兴许你的病是心病,说了自然解开了。她只好又说了。

那次笔会,她喜欢上了一个男人。那男人在另外一个城市,对她特别好,爱唱歌、跳舞,跟她跳了一支又一支舞。她那次是第一次也是唯一一次除了对我之外对别人动心。她爱得不能自拔。会议结束后,那男人非要让她离婚。那时,她总看不上我,认为我就是一个穷教书的,也动了心。可是她最终没有离婚,因为她离不开儿子。她说,她偷偷哭了好几天。

我问,你们那个了吗?

她说有过。

我想起了那些照片,不知那个男人是谁,干什么的,长什么样,有些后悔把照片删了。我们一夜没有说话。后来,我说我原谅了她,可我怎么会真的原谅?我不但不信任她了,还对她有了深深的恨意,有时竟相信,她也许背叛了我好多次,但她只是说出了一个而已。再跟她行云雨之事时,我心里就充满了嫌恶。她对我做得越好,我越恶心,越感觉她可以对任何一个男人都如此淫荡。

就是那天后,我决定接受方琳对我的暗示。那是她得病五年后。所以,漂亮的法官,我告诫你,如果你有男朋友,或者朋友,请你无论如何别告诉他们你曾经的意乱情迷,只要他们没有抓到实据,一定不要承认,否则再好的夫妻关系也会掺了沙子。特别是男人,心眼其实并不像你们认为的那么大。可能女人会原谅男人的出轨,可男人,很难容忍妻子的出轨。没办法,这就是人性。你看看昆德拉的《搭车游戏》就是如此。一个纯洁的少女,就因为跟男朋友做了个扮陌生女孩搭过路司机车的游戏,就把好端端的感情毁了。其实她所有的风情只不过是从书本上学到的,唯一的实践,却让男朋友把她当作了跟任何男人都如此随意的妓女。每每看到那女孩可怜地说,亲爱的,是我呀,我呀,我心里就很为那女孩叫屈。对,作家是昆德拉,小说是个短篇,名字叫《搭车游戏》。不,我不是跟你套近乎,是又一次跑题,对不起,你问。

3

她为什么突然想自杀?具体日期?诱发动因?时间嘛,是八月二十三日晚,我离家时,是十点左右。回家时,十一点。诱发动因,肯定是病嘛。你想想,她那么心高气傲,怎么能忍受看不见也听不到这个残酷的事实?得病十三年了,怎么会忽然现在想死?你问的这个问题也是我百思不得其解的。我分析她怕是感觉没有希望了,还怕更糟的将来。这病叫多发性神经纤维瘤,多发性你是懂得的,这个神经纤维瘤,就是说,凡有神经的地方,都可能长。现在瘤子长在了视神经和听神经上,看不见听不到,以后有可能影响四肢,怕就走不成了。手术?当然做过,冒着生命危险,做了伽马刀手术,就因为这个手术,本来还能看到的右眼,彻底失明了。而且纤维瘤,你割一个,能长一串,就像土豆,挖一丛,出一堆。我没带她看病?你怎么会这么想?我自己的老婆,得了病,我不给看我还是人吗?况且我们的收入还是可以的,又有医疗保险。前五年,我带着她跑遍了全国各大医院,医生都一句话,这病没法治,世界性难题。又用各种偏方,我都病急乱投医了。就是她去世前,为了让瘤子不再增大,每天还在打针,一直坚持服中药,都是我煎的。半年复查一次。你也可以向邻居去询问,我们家常年飘着中药味,搞得我现在都没多少食欲,体重减了十公斤。还有疼痛。她头痛得经常撞墙,我有时没办法,怕她伤了自己,就把她用绳子捆起来,她骂我祖宗,骂我是希特勒,把我胳膊都咬破了,她嗓子都喊出了血,发炎了,说不出话来。往外抽脓时,都是血。我儿子看到了,说,爸爸,你别这么捆妈妈,她难受呀。可是要不捆,她就往墙上使劲撞,经常撞得头破身烂。前几天,她说腰疼得实在睡不下,一个人到厨房,非要拿菜刀割动脉。我把刀子收起来了,她在厨房待到两点,闹得我一夜没有睡着,只好给她服了安定。对了,就是从那时起,药量增大了。还有,在她痛得无法时,我会给她打止疼剂。针打得她满屁股都是针眼,打不下去了就输液,输得大腿都烂了,她受的苦我都没法跟你讲。

是我一个人照顾她的,儿子刚上班。再说,年轻人嘛,也没耐心。

她第一次自杀未遂后的周末,儿子回家了。他一进门,只叫了声爸,就开始换鞋脱衣。

我说,来,跟你妈说说话。你妈一直念叨你呢。

儿子朝沙发上看了一眼,好像没有听到我说的话,径直进了房间。

我爱人蜷缩在沙发一角,左手撑着腮。她问,是不是儿子回来了?她一定是感觉到了开大门带来的风声。

我在她手心写道:他去洗手了。

爱人立即大声叫,皓皓,来,坐妈这儿。说着,拍拍沙发。

儿子没动,我又叫了一声,他才气呼呼地出来说,谁动我的柜子了？衣服都放乱了。你看看，让你不要动，你偏要动，我在这个家里还有没有人身自由？

你妈昨天半夜给你收拾的，来，坐你妈身边。我黑着脸，冷冷地看着他的眼睛。

我妈？半夜？儿子一屁股坐到我跟他妈之间，沙发弹簧的反弹使爱人脸上露出了笑容。她右手伸得长长的，去搂儿子，儿子很不情愿地把手递过去。爱人说，怎么了？不高兴？说着，双手从头到身地抚摸儿子。

儿子像个木雕似的一动不动，眼睛望着电视上的球赛，一会儿急着骂这个是笨蛋，一会儿骂那个太屄，有时还气得跺脚。

你妈昨天晚上差点自杀了，要不是我发现，你在这世上就没妈了。咱们是她最亲的人，合力帮助她渡过难关。跟她说一会儿话，听话。我软硬兼施，儿子不情愿地拉住他母亲的手，在她手心里一笔一画地写。

啊，你要去看电影？好，是跟女朋友一起去吗？明天带回家来，让我们看看。我看不见，可我能感觉得到呀。每个人身上都有气息的，这个气息是清朗还是浑浊，与人品有一定的关系。

儿子嗯了一声，又像醒悟了似的，在她母亲手心画了一下，要站起来，被他母亲拉住了，说，跟我说说她的情况，多大了？干什么工作的？家是哪儿的？家里还有什么人？经济情况如何？儿子又快速地写了一下。爱人说，你写慢些，我没感觉到。儿子这次只画了一下，就挣开了他母亲的手，走出了大门，出门时跟我说，晚上不回家吃饭了。

你两三周回来一次,也不陪陪你妈?

怎么陪?我给她写字,她又不懂。她说的话我又不爱听,唠叨个没完。

你不会慢慢写?

等我晚上回来吧。

我挪到她身边,握住她的手,慢慢地写,她一字一句地重复:天气好,咱们到公园里呼吸新鲜空气。

妻子听话地点点头。她无助地靠在我身上,说,你是个好人,欧阳明,我这一辈子亏你的,下辈子一定还。

在公园里,她一会儿抬头闻树叶,一会儿俯身嗅花香,还不时用手摸着花,让我告诉她这是月季还是玫瑰。她说,好香呀,是粉色的,还是亮黄色的?我刚告诉她,她又双手抱着树说,这是松树吧,是白皮松,还是针叶松?树叶是黄的,还是绿的?这个三角的是枫叶,还是三角梅?她坐在椅子上,仰着脸晒着秋天的太阳,又说,你告诉我,天是不是润蓝的?云彩是不是一片片的像深浅不一的湖?如此问题,我当然可以说得具体而细微。

起初,我是乐意的。比如我带着她看电影。她是看不到,听不到,可她能感觉到高级电影厅纯毛地毯的柔软,能闻到爆米花的香味,能体会到电梯升降时那种升腾的感觉。我们到贵宾厅看电影时,我给她调整好座椅,她半躺着,问我能不能看到其他的情侣,有没有像我们这么老的情人。我让她自己摸着调整座椅,让她闻邻座女孩身上的香水味判断是什么牌子的。她鼻子贼尖,有时说,我感觉旁边是个小伙子。有时又说,我感觉他们有亲昵的举动,带得我椅子都在动。我充分发挥了我学文学的特长,给她讲面包、奶酪的形状、色泽、式样,让她尝各种滋味。比如说面包,从形状上,我给她讲长块的、圆柱体的、蘑菇形的、圆月形的、毛毛虫状的;按密度把它们分为干固的、奶油状的、膏状的、流质的、坚质的;按添加的材料把它们分为蜂蜜的、豆沙的、紫薯的、菠萝的、牛奶的、全麦的。还有,她最爱树,我让她摸法国梧桐长霉的朽木,让她用脸触白皮松的松针,让她去摸阳光下广玉兰叶脉的纹路、玫瑰花蕊上渗出的乳液、疙疙瘩瘩的桃树枝的干皮。

我们散步去得最多的就是离我们只有三百米的街心公园,里面有成片的树木,有松树、银杏、桃树、李树、海棠、紫薇等几十种树,有一片面积不大的欧洲式的草坪,那草坪修剪得特别漂亮。还有一条水面可容两条大船并行的小河,河的两岸长满了芦苇。因为环境好,有不少遛鸟的人把鸟笼挂在树上,自己打拳或打牌。经得鸟主人的同意,我妻子摸了小鸟,小鸟啄她手心时,她大笑,惊叫。她喜欢摸小鸟软和的翅膀下的羽毛,爱在石子路上走来走去,体会石头接触脚底的感觉,还喜欢用脸去体会微风下叶柄的抖动。有时,月季或玫瑰刺伤了她的手指,她不管手指,不停地说,月季的花瓣像天鹅绒,你摸。花苞像圆球,摸起来,那么结实。这都快到秋末了吧,还开花。她只要心情好,就不放弃用自己独特的方式去体会这个遗弃了她的世界。这是她最开心的时刻。她经常能在公园坐三四个小时。这时,我就一个人跑跑步,看看人打牌,或听一会儿附近树林里的人唱京剧。买房子时,转遍全城,她一下子就喜欢这里了,还曾开玩笑说,我俩都属于热爱自然的人,如果我走不动了,她就推着我来。现在我们还没老,我却照顾她了。

公园里一般都是我们院的大人、小孩,他们都很热情,有时我不在,他们也带着她到公园。我们去的次数多了,就有不少大人或小孩看着我们。有小孩说,你看,教授又给他瞎眼的妻子上课了。快来看呀,还用手写,怪好玩的。

随着时间的推移,我强迫自己一定要坚持住,我是她唯一可以依靠的人。她说手心痛,烦了,说她像林黛玉一样,眼泪哭干了。起初我骗她,说国外有治这病的办法了,不久就会传到国内。她听到后很高兴,又开始让我陪着她买衣服,到医院去复查,看瘤子长大没有。说实话,情况越来越不好,瘤子增大了不少,腰上的也长了。我没敢告诉她,慢慢地,可能是因为疼痛,或者因为我不再提起,她也不再问,有时,十天半月都不愿意去公园,过去她可是每天都要我带着她去散步的。我呢,也懒了,想说的话也不想说了。"久病床前无孝子",我虽还关心着她,可毕竟还有工作,单位要评职称(你看,我就因为没有发表论文,一直评不上正教授),同事间的明争暗斗,儿子的工作、谈女朋友及结婚装修房子,还有家里大大小小的事情,要操心的不少。还有,你想,让我把我们平常的话语一字字地写到她手上,还有接触的万物的形状、色泽、名称,还有人们对它们的喜好,一一写在她手心上,真的,可难为我了。你知道,文字很难抵达事物的本质。况且要用最简洁的语言来准确地描述自然的美,我总是词不达意。那时,我就想,她要能看见该多好呀。我最喜欢她描述眼中的万物了,她眼睛好着时,总喜欢读张爱玲的小说,说张的语言机智而有华彩,所以,她常常口出妙语。

比如我说,你怎么走得那么慢?她会说,因为我身后挂着降落伞呢。我说,你看那人真瘦。她看一眼,笑着说,瘦得像个薄片。所以,当我一笔一画地告诉她四季美色时,我就想流泪。她是那么热爱生活,老天爷为什么要剥夺她这普通人都有的权利呢?她老问我,你说有一天,我会不会再看到世界呢?能不能再听到声音呢?哪怕就好一只眼睛,或者就一只耳朵,行不行?如果这样,我将干尽一切好事,帮助我遇到的任何人。她说到做到,我们到公园的湖里放过生,也给希望工程捐过款。可一切还是老样子。十三年了呀。我前阵子还上网,查看此病有无治愈的办法。她说,只要把她的病治好,给我当牛做马都愿意。她不想死,想好好活着,等着我儿子娶媳妇,抱孙子。她还想好好地看电影、出国旅行呢。她说世界那么好,她怎么可能不去呢!你说,每当听到这话,你能不难过?真的,石头人都会流泪的。

不好意思,我的眼泪又出来了。谢谢,这纸巾真香,哦,优选,我爱人也喜欢这牌子,她说这是原木做的。

你说我敏感,在男人中不多见?是的,敏感的人适合搞艺术,但过起日子来,可就有些神经质了。比如我妻子,你让她吃药,本来是好心,她会说,你是不是嫌弃我了?我问她最近感觉怎么样,她会说,你是不是盼我早死,好娶年轻漂亮的进门?你为她好,她会认为你别有目的。你在她跟前吧,她说烦。你不在她跟前时,她又说你厌倦了她。所以有时我左右为难。

她问得最多的当然是她的病。

你说我的病还能治好吗?

能。

你骗我。

没。

你在敷衍我。你说我腿咋又痛了？会不会也长了该死的瘤子？

不会。

你对我不关心，你心里没有我。

咱明天去医院。

不去。你是不是厌倦我了？

没有。

你就是厌倦我了，就是，你必须说真话。你身上都有那些小妖精身上的香水味道。

你又多想了。

你就是骗我，反正我又聋又瞎。

这样的对话一天能说一百遍，无论白天还是黑夜。有时她半夜突然把我拽起来，她没时间概念，说，快，我不行了，我真的不想活了，疼死了。我给她按摩。我下手轻，她说我不用心；我下手重，她说我想害死她，好早些娶年轻姑娘进门。

每每这时，我承认，我真不想过了。可我扪心自问：能丢下她吗？假若得病的是我，我可能跟她的心境一样，还可能有过之无不及。她没有错，错的是老天爷。这么一想，我就释然了。你这话说得好，人都同情得病者，其实也应关心得病者家属的心理健康。这话说得好，谢谢，你太理解人了。做病人的家属十三年，我一直想把我心中无数次想放弃、想离家出走、崩溃得想自杀的真实心理如实描述出来,可我写一次撕一次,然后想,与其这样,还不如静静地抱着她,给她些许安慰。这时,她会安静得像只小猫,手摸着我的头发,能躺好半天。当然,她知道自己这样不好,每次发泄完了,她就会拿着扫把一遍遍地打扫房间,我家的地板一天有时能打扫三五遍。有时,她会跪在地上,在桌子底下、角落里摸着擦。我也没闲着,她擦到哪,我就给她在哪排除险情,一会儿挪插座,一会儿搬花盆。我不希望她打扫卫生时,我不在。我笑着说,我上班时,你休息;我下班时,你上班。的确,在我下班时,她上班。她一会儿说,我吃药了没?一会儿又说,你看看,家里怎么多出来一个怪东西?不是你的小妖精的吧?我看书、写论文,根本集中不了精力。我每次备课都是在学校。一个人没了眼睛,她再能干,都会出错的。比如,家里的东西不能随意动,动了,她就会被绊倒,会误吃。有次,儿子把他治腿痛的外用云南白药气雾剂顺手跟他妈妈用的口腔喷雾剂放在一起,我妻子误服了,气得她几天不理我,说是我故意害她的。你就是长八张嘴也说不清,况且对方还听不到。这样的例子太多了。有一次,她做饭,煤气开了,灶却没点着火,她不知道,我闻到煤气味,才制止了一场险情。所以,我就是家里的消防员,随时准备处理突发事件。

我跟她生活了二十多年,尚有厌烦之时,更何况年轻的儿子?

那天我儿子是晚上十二点回来的,喝了酒。他一回来,就开始踢椅子摔门,肯定是女朋友又给他气受了。我本想跟他好好谈谈,可一看他那个样子,想着明天是周日,等明天再说。

明天给儿子做他最喜欢吃的红烧排骨。妻子说。

好。

明天你跟儿子好好谈谈。要不,把我送到养老院去。

不行。我想起村里一个人把自己的傻弟弟送到养老院,第一个月去看,还能认识人,哭着要回家。第二个月去,已经不认识人了。

要不就让我死。我又想起村里一个人把自己得了小儿麻痹症的儿子扔到了沟里。

你把我领到大街上,让车撞了我,还能给你赔一笔钱,我也一了百了。

我在她手心写道:够了。

我把儿子叫到跟前,说,我跟你说,你不能这样,那是你妈,你不能这样。

儿子说,我知道,我理解,可我一辈子怎么办?这已经是第四个要跟我吹的了。

你才二十四岁,不急。

可我在家里一点意思也没有。

你已经是大人了,要跟爸爸一起担起重担。

爸,也许妈妈走了是最好的选择。你看她疼痛时,生不如死,她那么要强,你看她疼时的样子,就忍心?

不要胡说。生命对我们每个人来说只有一次,况且那是你妈。

与其生得没尊严,不如去死。

混账。我打了儿子一个耳光。儿子一气之下,走了。

我们的日子就这样,日复一日,年复一年,十三年就是这么过的。我有时好想跟人倾诉,可是你知道,我跟爱人的交流都须一个字一个字地写,太累了。再说,十三年她不上班,也不跟外界交往,社会上流行什么,她都一无所知。刚开始她还问,后来,啥都不关心了。

4

半个月前,她还自杀过一次。

那天本来很高兴。儿子在我的再三劝说下,带了一个终于喜欢他的女孩子到家里来了。女孩子长得嘛,还说得过去,眉目算得上清秀。话不多,爱人问了许多问题,问过家庭、工作情况后,还双手摸了半天女孩的五官,说,长得不错,皮肤也细腻。女孩说,谢谢阿姨。儿子忙跟她说,跟你说过多少遍了,我妈听不见,看不见,你给她写字。写手心里,写慢点。用拼音或汉字。女孩好像还没听懂的样子,怔怔地望着儿子。爱人把手就那么长长地伸着,儿子握过他妈妈的手,递给那女孩。女孩终于握住爱人的手,写起字来。她的手指甲染着银亮色的指甲油,很长,且尖利。一定划痛了爱人的手心,爱人的脸哆嗦了一下,但她说,好好好,晚上在家吃饭。

爱人还是握着那女孩的手,说着她当记者时的风光:省报首席记者,一次次的大事件、焦点新闻,获范长江新闻奖……这都是爱人常挂在嘴边的话,也是她人生最辉煌的篇章。可是女孩根本不在状态,她一直求救似的望着儿子。我说,好了,你们去玩吧,我跟你妈妈做饭。说着,我在爱人手心写了个"饭"字,爱人马上站了起来,说,好好好,我们去准备饭。

说到这里,我必须强调,我爱人是很自立的,做饭洗衣打扫卫生,她什么都能干。说我照顾她,莫如说是我陪着她,替她长只眼睛而已。

今天做红烧鱼、油焖对虾、清炒西蓝花,再做个汤如何?

我握了一下她的手。

她悄悄低语说,你仔细考察一下,我不怎么喜欢,她把我的手都弄痛了,刚一洗鱼,感觉火烧火燎的。你看看,是不是破了?

果然划掉一层皮。我让她歇着,我来洗。

真的,我不喜欢,我闻到她身上有股味儿,那味儿刺鼻得好像从下水道传出的。如果香水廉价,还可原谅,经济状况不好嘛。这也证明没有最基本的审美,这是一。二呢……我生怕她再说出其他难听的话来,便关上厨房门。爱人仍慢条斯理地切着菜说,她不会喜欢我的,你看她多狠,把我的手都弄烂了,没有爱心。这样的人要不得。她在,就没有我的活路呀。咱们总有老的一天,指望谁呀?

我轻拍了一下她的肩,制止她说下去。可今天她话真多,好长时间都没这么多话了。她笑了,说,咱儿子,一米八的个子,浓眉大眼,体重七十公斤,又在高校工作,一定能找到更好的。不过,这个女孩能到我们家来,也算品质不坏,咱就好好招待一番,让他们分手。

我捏了一把她美丽的肩。

爱人手脚麻利,我要给她倒油递盐,她一把推开我说,你看着就行,每次做饭都那么难吃。说着,熟练地开火,熟练地摸到灶台上第二个瓶子,倒橄榄油,放葱花、焯过水的西蓝花。她说,配一个彩椒,红绿有了,再加上白的葱花,一定好看。

我在她身后看着她,说实话,她还是很有魅力的。一米六八的个子,丰乳、翘屁股,还有五官生动的脸。当然,那眼睛现在戴着墨镜。我不由自主地摸了一下她的屁股。她打了我一下,说,快去洗高脚杯,咱们今天喝点红酒。

起初,爱人生病时,我给她碟子里夹满各种菜,被她生气地制止了,她说这样她都分不清是哪种滋味了。于是每次都是她自己夹菜。

她一般坐在餐桌靠里的位置。我坐上首,儿子坐她对面。这次呢,她让我跟儿子坐在她的对面,也就是说那个女孩坐在了她旁边。

她说,吃吧,不知合不合口味。说着,拿着公筷夹了一只对虾,动作虽慢,但还是准确地落在了女孩的盘子里。女孩吃了一口,不住地说,好吃,阿姨做的饭真好吃。我把此话告诉爱人,她高兴地说,好吃就多吃,我最喜欢做饭了,当然也是一个好吃的人。一个连饭都不爱做的女人,肯定不会生活。

儿子话也不少,一直说着单位的事,女孩不时也插几句。爱人可能是感觉到了,不再说话,吃得也少。她起身时滑了一下,好在我一把扶住了。原来是女孩把虾皮和鱼刺弄到了地上。

吃完饭,我看电视,爱人在瑜伽垫子上开始锻炼起来。她苗条的身体与她多年来坚持运动分不开。虽然她听不到音乐,但她凭着感觉,一套做下来,也需四十分钟。她常常说,我要是能听见,或有一只眼睛看见这个世界,该多好呀!那么美的云,那么香的花,还有我想看的那么多的书。每每她说到这些时,都要号啕大哭,然后一一历数她没害过人,没做过坏事,为什么老天爷让她得了这么个病,在她正是迷人的少妇时。她得病时,才三十五岁。

爱人洗完澡,问我,那个姑娘还没走?我望望儿子屋紧闭的门,告诉她,走了吧。

爱人说,我明明闻到那股味道了,让她走。说着,她就朝儿子屋走去。我快步上前,拦住她,把她拉回卧室,写了三遍。她才说,不行呀,再大他也不懂事,不能好赖不分呀,这么一个俗人,不配进我们家门。

我怕儿子听到,让她小声点。她却不,打开门,大叫儿子的名字,说,夜深了,送客。

儿子他们气恼地走了,一夜未归。

你说说,这样的女孩,能要吗?能要吗?

我安慰了她半天,就睡觉了,醒来时,发现她还没有睡,一个人在黑夜中坐着,满脸都是泪。儿子是第二天回来的,他们娘俩吵了一架,儿子就是喜欢那个姑娘,做妈的又坚决不同意。儿子说,你看不上人家,人家还瞧不起你这个又瞎又聋还挑剔的女人呢!好在,爱人听不到,可这伤了我的心。我说,你住口,不能这样说你妈。然后我又劝她,儿子大了,由他去吧。

她哭着点点头。谁知道,周一我还没下班,邻居老太太就给我打电话,说她去看我爱人时,才发现我爱人割腕了。幸亏发现及

213

时,抢救了过来。自这两次事件后,我不让儿子再气他妈,要他给他母亲一点时间,大家好好沟通。我呢,一下班就急着往家赶,尽量多陪她。

5

好,我直奔主题。我先说说事发那天,一点征兆都没有。我上班一般是中午回家。她得病前,我中午不回来,都在单位,一直到晚上下班才回。自从她病后,我每天中午都回家吃饭。她不让我做饭,嫌我做得不好吃。这么多年了,她可以独立生活,一点问题都没有。在家里,打扫卫生、洗衣服,她啥都不让我干。我就干些她不能干的,比如买菜、换水、交电费、带她去打针、给她熬中药、带她出去散步。说到做饭,我刚开始可担心了,每天回来,看着她做饭。看到她很熟练,也不放心,老怕她忘记关煤气呀,打翻开水锅呀,拿反了切菜刀呀,整天都乱想,所以我干脆不再开车,而是每天骑车回家,也算锻炼身体,你看我体型没走样,就是锻炼的结果。我的妻子也是,没病时,每天都要称体重,得病后,我也坚持给她看。她的身材你在照片上也看到了,保持得不错。我家离单位不远,就半个小时路程。每天在路上,是我最幸福的时刻,我看着人来人往,特别是看到健康的女性,特别是跟我爱人年纪一般大的,都会多看几眼。再看一个个男人,我总想,他们中会有几个人像我一样,爱人也得着病,心里充满了跟我一样的伤感?

那天中午她跟平时一样,情绪平稳,还跟我说真想到电影院走走。我说,周末我带你去,咱们晚上吃西餐。我告诉她我们常去的"雕刻时光"改成了"浪漫时光",现在品种更多了。我平时每两三周就带她到商场买衣服、到饭店吃饭。对了,她还爱游泳,我经常带着她到我们家门口不远的远望楼去游泳。我拉着她游,她不让,我就在一边保护着她,在全场她游得大家都叫好。当知道她身体成那样时,大家都很同情,也更钦佩她。她好虚荣,穿着漂亮,戴着墨镜,不让我在公众场合往她手心写字。我知道,她怕人知道她残疾。现在想起来,每到大商场买衣服,都很有意思。我给她挑中以后,让她去试,我要觉得她穿着好,就把她的手握一下;不好,就把她的手往下一放。我挑的衣服,她都喜欢。她说我就是她的眼睛。

到饭店,每次我都坐到她旁边,给她点好她爱吃的西点,然后就一直默默地坐着。她会告诉我她感觉到的世界。她说,餐厅里有绿植,有音乐,有成堆的年轻人,年轻人在电脑前写东西。她说的是她过去印象中的,还是她感觉到的?我不问,只由着她慢慢地讲。

谁知道我晚上回来时她已经吃了安眠药。吃得太多了,两瓶。我一直都不知道她怎么积攒了那么多药。她当时说睡不着,我就分别以好几个人的名义给她开了药。还是邻居告诉我的,下午我一直在单位给学生上课。对了,这是我从我的柜子里发现的,就是我跟你说的那个最下面的柜子,一个信袋里发现的,有日记、存折等,你看有什么可以参考的线索。

我不可能害她,但我有罪。真的,我请求你们逮捕我。事发后,我想了好多天,她之所以自杀,而且是三次,原因有:一、我对她照顾不周,没有很好地与她心灵沟通。两次自杀,说明她已精神崩溃,我竟以为只要陪着她,让她安全即可。我应该让她学盲文,应该让她跟朋友们交往。二、她一定觉察到我有婚外情了。三、儿子对她的冷漠。

她养的花花草草,她走过的草地,仍然在,它们在,她就在。我常常坐在草坪上,跟她说话,我想她听得到,天国,总有许多惊喜等待着我们吧。

书架前放着她喜爱的花瓶、茶碗,我怕她打扫时不小心碰碎了,想挪开,她说一切都不要动。她还笑着说,儿子小时,家里衣柜全是镜子,来的人都对她说要小心,会打破的。直到儿子长大,镜子还是完整如初。说她不至于还不如三四岁的孩子吧?你去我们家看看,书柜博古架上,她最珍爱的瓶瓶罐罐、花花草草,仍如往常一样洁净美丽。

她真的是一个完美主义者。

我提议找个保姆在家照顾她,她坚决反对,说家里有陌生人的气息,她会窒息。我说我提前退休,她也不让,她说一切都会正常运转的。为了这正常运转,她吃尽了苦头,腿上、胳膊肘上都有伤,可她从不告诉我。

她喜欢蓝色,她告诉我蓝色颜料最早来自稀有的青金石,之后古埃及人开始使用硅、黄铜、碱、青柠炼成埃及蓝,也是世界最早诞生的合成颜料。在古埃及,蓝色跟天空和神旨联系在一起。她说埃及艳后的眼睛是蓝色的,耶稣穿的是蓝袍,圣母像是蓝的,还有青花瓷、牛仔裤、她最爱的星空,皆是以蓝色为主。她喜欢蓝色的衣服,说能闻见大海的味道。她说,我听觉和视觉没了,可我的触觉、味觉和嗅觉都还好。我还会说话,会走路,还不是废物。

什么?你是问方琳?我的婚外恋?这个话题挺难堪的,那么,让我想想,其实,我都已经这样了,也没什么可以隐瞒的。自从那次后,我有一阵没有跟方琳联系了,后来有一天,她情绪不好,我安慰了她,不知怎么就发生了关系。跟你说实话,我很害怕看我妻子的眼睛,那眼睛特别吓人,它们离你那么近,却看不到你,更别说有激情了。整整十三年,我没出过一次差,更没旅行过。所以我渴望跟一个正常的女性在一起喝喝茶,听听音乐会,看看电影。起初源于孤独,你想我整天面对着一些孩子,除了给他们讲讲文学史,讲讲人生道理外,我的孤独、难过,也需要向人倾诉。我不是贬低方琳,而是的确刚开始是这样的初衷。后来,她就变成了我精神上的安慰者。不是狡辩,当然也有美好的性爱,我不否认。所以,会不会在跟妻子做爱时,有时敷衍,而她又恰好感觉到了,想到了死?这也是有可能的。

每次事后,我都洗得干干净净才回家,生怕她发现。她的鼻子真的比小狗的鼻子还灵。有一次,我感觉她好像发现了什么,她说,我知道你有喜欢的女人,反正我是个废人,你没抛弃我,我就知足了。她说得轻松,我听得却胆战心惊。半夜她常常哭醒,打我,骂我,咒我不得好死,然后又给我道歉。每次,我都发誓不再理方琳。可过一阵,我又禁不住孤独,于是又去跟她待一会儿。我一般出去不超过两个小时,我生怕她想喝水,恰好矿泉水壶里没水了,或她忘关煤气,或一时想不开。我藏了刀、剪子,因为她拿它们自杀过。我还害怕她拿碗片割腕、怕她从阳台上跳下去。可我怎么忘了安眠药呢？我每次只给她一片呀，是她积攒的，还是别人给的，我不得而知。

爱人走时，我儿子没哭，他表现得很是冷淡。爱人遗体被送到太平间后，第二天要火化，我跟他一起去布置告别现场，我们还吵了一架。

他不让通知朋友和亲戚。其实在这个城市，我们除了朋友，没有亲人。爱人家在外地，父母去世了，有个哥哥，在农村种地，来去也不方便。我告诉他了，他说，家里苹果刚熟，要摘苹果，要联系人买，时机耽误不得。朋友嘛，我有些，但我起初就跟你说过，来往也不多。爱人过去有不少朋友，得病后，常来常往的也就三两个，后来来往得更少了。可我学生、同事多，他们都知道我爱人的情况，再说，爱人毕竟曾是省报著名报人，在我们这个城市，还是有一定的声誉。所以，我不想让她走得太冷清。儿子说，你应遵照妈妈的想法，让她安静地走。我起初以为儿子怕麻烦，所以生了他的气，说，如果你嫌烦，不去好了。儿子这时忽然哭了。得知他妈妈去世，他没有哭，可这时为这么一件事，哭个不停。我没理他，还是决定通知爱人的单位和我的同事们。儿子最后没再反对，说，那灵堂由他来布置。我看着他哭红了眼睛，便依了他。

儿子没像一般人那样在爱人遗体旁放那些该死的纸花，而是放了一圈鲜花。花是他挑的，百合。音乐本来我想放哀乐，儿子坚持要放《蓝色多瑙河》。看到他不生气了，我也依了他。

我给爱人穿的是她最喜欢的驼色羊绒大衣,白色高领羊绒毛衣,她喜欢的黑色西裤。

来了二三百人,我没想到爱人离开工作岗位十三年了,人缘还这么好。随灵车走时,我知道儿子害怕,让他随同事车后来。儿子却抢我之先坐到灵车上,一再地跟殡仪馆的人商量,能否第一炉烧了,说加钱都行,只要第一炉。因为他妈妈爱干净。

在等待骨灰时,儿子跟我说,我并非不爱妈妈,如果我们痛哭,妈妈会高兴吗?她在天堂没有了痛苦,看着咱们一家人高高兴兴地生活着,她一定也是快乐的。

我有时生我儿子的气,可我理解他。他十五岁时,他妈妈得了病,他的学习成绩从年级第一名成了最后一名。性格也从原来的充满爱心而又阳光变得自卑而敏感,生怕同学笑他。不让同学到家里来,也不去同学家,在学校独来独往。初中上的是市重点中学,后来只上了一所普通的高中。能在我供职的大学找到一份行政工作,还是学校照顾的。

他妈走了后,我做饭,他也不好好吃,总说难吃。有一天,他想吃饺子,我和馅,他包。这是我第一次自己动手包饺子。爱人在时,她不让我插手。虽然看爱人做了很多次,可真要做,还是手生。和面,倒水,感觉面多,又加水,面又成软的了,再倒面。结果,面和多了。做饺子时,剁了半天肉,我胳膊都酸了,有些肉还是一串串的。儿子包得也烂糟糟的。饺子上沾着白菜不说,底也破了。儿子说是我皮擀得太薄。我嫌他放的馅多,没包住。一直折腾了两个小时,我们终于吃上了平常大家最爱吃的白菜大肉水饺。可是饺子一点都不好吃,很多馅都流进了汤里,皮又厚,吃得索然无味。儿子忽然说,我妈包的饺子好吃,再也吃不到她包的饺子了。他说着,哭了。我的眼角也湿了。我们父子俩吃完这顿难吃的饺子,又把汤也喝净,也算听了爱人的话,她说吃饺子喝面汤,原汤化原食。

她在时,不觉得,她才走了一周,我就发现家里四处充满了灰尘,更别说桌下、床底。我才知道没有她,日子一天天好难打发。昨天下雨,好冷呀,屋子里还没供暖,如果我爱人在,她就会给我怀里塞个热水袋。我坐在没有她的冰凉的被窝里,读着白居易那首《夜雨》,心更像浸在了寒冰里:

> 我有所念人,隔在远远乡。
> 我有所感事,结在深深肠。
> 乡远去不得,无日不瞻望。
> 肠解深不得,无夕不思量。
> 况此残灯夜,独宿在空堂。
> 秋天殊未晓,风雨正苍苍,
> 不学头陀法,前心安可忘。

6

我跟方琳接触多了,单位不少人都认为是我给妻子吃了安眠药,还有人说是我跟方琳的事逼死了我爱人,议论纷纷。我估计你们这次来调查,就是有人告发的吧?我大概能猜出是谁,不过我不想追究,各人有各人的目的,还是与人为善吧。大学里,学文学的女学生多,你问我有没有女学生喜欢我,当然有了,不过,我对女孩子只欣赏,从没想占有,主要是有代沟,你看,我是一个老派人,还是跟自己年纪差不多的女人更对路子,比如说方琳,就很会关心人,又能谈得来。

我跟方琳在一起,我儿子没有反对。看我一个人每天孤零零地过日子,他还劝我说,爸爸,你跟方阿姨结婚吧,你们就在家里住。你看你头上都有白发了,该过几年舒心日子了。

终于我不再喝中药,不再陪妻子散步,也不再在她手心一遍遍地写字。我过起了单身汉的日子。跟方琳一起看电影,一起听音乐会,有时,也住在她家里。但我从来没有把她带到我家里来。为什么?跟你说实话,我总感觉妻子一直在,在家里的每个角落。看到精致的花瓶,我想起了她;看到她读过的书,我也想起了她;看到一柜子的衣服,我又想起了她。方琳没提出过到我家。她家房子小,两室一厅,但很温馨。她跟爱人离了婚,也没孩子,又跟我在一个单位,我们很能聊得来。有几天我过得很高兴,可常常在晚上,我睡着时,会忽然拉着她的手写字。她一下子恐惧地推开了我。

我们相处不到一月,她说,咱们还是分手吧。你的心里只有你的妻子,你还活在她的世界里,有时让我很恐惧。

我不怪方琳,她陪了我五年,没有她我不知还能不能有爱心照顾我的妻子,还能不能跟妻子过下去。

你应该看了我妻子留的本子,我没看,它是封着的,因为它不是写给我的,我拆了,就是不道德,侵犯个人隐私。写了什么,我当然有兴趣,但如果你不告诉我,我无权过问。我想每个人都有自己的秘密,我们应当尊重她。

你说她所写的不能证明她想自杀,她一会儿想死,一会儿又不想死,因为被害人看不见,是摸着写的,有的地方三五十个字都重叠在了一起,根本看不清内容。有些地方又空了很多,还有墨汁涂黑的地方,但无论怎么说,我们还没有充分的证据来证明被害人是自杀的。

说到她写字,我怕她遗忘了字,会跟我失去唯一的联系,我给她买了本子,还给她买了一把小米尺,让她左手扶尺子,右手写字,就不会串行了,估计尺子掉到什么地方去了。

我明白,你要调查我儿子、方琳、邻居,我反对也不起作用,尽管调查,最后给我事实即可。你认为是我喂我妻子吃的药,可我一直在学校。你可以找我的学生、我们大院门卫等人调查。如果说是我中午回家作的案,但我邻居三点去我家时,我妻子还在家拖地呢。

她是我的妻子,害死她,我一个人活着有什么意义?再说,我下得了手吗?我们应该相信人,社会现在缺乏的就是彼此信任。你想,如果不信任,那么我怀疑是我邻居所为,因为她有我家钥匙。她有什么动机?或者她伙同家人或外面的人,想抢劫我们家?可我家什么都没丢。那么会不会还有另外的可能?比如有小偷进来?我家住在十层,除了蜘蛛人,一般没人能上得来。可如果是我妻子开的门呢?这个可能是有的,我妻子经常告诉我她能听到各种声音,比如有人敲门,陌生人呼叫她,鬼魂看着她。那么她在幻觉下,会不会开了门,恰好此时小偷进来呢?可又不可能了,我家的存折放哪我妻子不知道,小偷害了她没用呀。

我倒觉得,她的亲人和朋友间接地害了她。她哥哥一直跟我们来往密切,因为他家在农村,前几年生活紧张,我们没少救济他。买果树苗的钱还是她给的。自从她病后,她哥哥连个电话都没打过。去世后,也没来。还有跟她要好的朋友、同事起初还来看她,后来,就一个个都不来了。这些人里包括她最好的闺密或者情人。我亲耳听到她最好的伙伴建议我把她送到养老院去,说,凭我的条件,完全可以找到更好的。这个更好的她没明说,可是从她经常给我打电话,约我看电影的举动看,她对我是有好感的。那么这些暗流,我妻子有没有发现,或者察觉到呢?所以,如果说我妻子自杀有客观因素,他们也要负间接责任。当然我清楚,我是她最亲的人,她最后拒绝跟我交流,一定是对我失望了,我责任最大。放在任何时候,我都毫不否认。最近,电视剧《好大一家人》反响很热烈,与我跟爱人的故事有惊人的相似。我跟男主人公一样,精心地照顾着妻子十三年,可他那妻子是植物人,没反应,又有一个自私又开明的丈母娘,还遇上一位漂亮的开豪车住大房开服装店的女老板。他结婚,带着一家老小住在人家家里,小日子过得不错。即便妻子醒过来了,他已娶了漂亮又富有的老女老板,谁奈他何?况且离婚再娶还是丈母娘的主意。可那是电视剧,咱老百姓的日子,还得脚踏实地地过,不是吗?

你怀疑我儿子,那更不可能,他在外地出差,这有同事可以做证。可有没有可能他偷跑回来做了案后再回去？显然更不可能。但就像你说的，他有作案的动机，因为他妈妈不同意他的婚事，还有，他曾经表达过妈妈与其痛苦地活着，不如安静地死去。可这仍然不能确定他就一定害死了他妈妈。他要进大门，进单元门，进家门，门卫、邻居，或者院中任何一个人，都有可能发现。对了，还有我们院子和楼道里都有监控，你可以调出来查看。

你说方琳？那更是笑话。她如果有此意，我妻子第一次自杀，她就不会阻拦。还有，她根本连我家在哪都不知道。还有，她怎么进我家的门？如果我俩串通的，那更是没边了，我们已经好了，还用得着害我妻子吗？况且她没有那么爱我。

最后我想说的是，人是复杂的。我是教文学的，文学是人学，对吧？所以，人的秘密我还是多少了解一些的。

《看不见的城市》你看过不？有看不见的城市，就有看不见的人生，一个人为自己讲述自己的故事，随着心情的不同，人生阶段的不同，对同一件事他也会给出不同的答案。比如，你坐在我对面，专心地听时，我讲述时心情就极为振奋，尽量不遗漏任何一个我认为有价值的细节；但当你出现倦怠情绪时，我的语速就会变快，想着尽快地结束谈话。读书需要好的读者。海明威的《白象似的群山》不知你读了没，不过你不是学文学的，但看些小说还是很有意思的。《白象似的群山》海明威写了不到五页字，恐怕也就四五千字，可是著名作家昆德拉解读就写了十页字，这就是好小说的魅力，也是优秀的读者的需要性。所以，我说了这么多，源于你是一个优秀的听众。影响人情绪的因素可能是伟大的思想或者行动,也可能只是一个小小的眼神或者手势。不管是什么,事物其实都是受偶然性左右的。比如我妻子得病,就是偶然;我跟你认识,也是偶然。可就是因为这些偶然,就会发生质的变化。人生充满了不确定性。比如今天是你找我了解情况,你提的问题很感性,因为你是一个敏感的女性,你注意我的表情、衣饰,我布满血丝的眼睛,以及我讲话时的语速,相信我跟你说的是真话。可换成另外的人,就两样了。比如那个自以为自己掌握着天下真理的秃头法官,他看我时,那眼神就像刀子,还有他不停地把两边的头发往光光的头皮上盖。秃头不要紧,老天爷给的嘛,我受不了的是他不停地抠头皮,头屑四处乱飞,落得满肩膀都是,让我恶心。还有那个长着一张像开棺材铺的脸的中年女人,我不是以貌取人,关键是她一看到我,就好像我欠她的账,满脸的不耐烦,不停地敲着桌子,还东张西望个不停。一开口,就认定我害死了自己的妻子,让我说为什么忘恩负义。也许她因自己的遭际,就认定天下的男人没一个好人。这些偏颇之人,我怎么可能跟他们交心?即便他们用手中的权力动刑,我也会一言不发。他们竟认定我是做贼心虚,我不辩解,只闭眼拒听,如我妻子,屏蔽这个忽视她的世界。

以完美和无限的星空为蓝图的城市永远不可能建成,就如理想的爱人,同样找不到。坚决与你离婚的人可能并不是当初坚决要和你结婚的人。

我妻子嫉妒那些能看见和听见的人,当然更妒忌那些她自认为是我的小妖精的学生。她说某某某偷情,某某某贪污公款,某某某卖假药当人贩子干伤天害理的事,为啥老天没报应他们。有时,她还说真想让我也得这样的病,这样我们就可以一起去死。这些想法我都能理解,我们不能因为人内心有自私的想法,就剥夺她活着的权利,对不对?我妻子太敏感,脑子里一定有各种思绪,特别是去世前,她说话很少,也不让我跟她说话,我不知道她都想些什么。有时,她就一直不停地写,就是写在你拿的那个日记本里。日记本我记得,还带着一把小黄锁。

我们结婚二十多年,我了解她,特别是深深地了解生病后绝望的她。可是自从她走后,我一遍又一遍地问自己,我真的了解她吗?了解她所有的需求吗?我有没有在她激情饱满时,表现出麻木、冷漠,使她伤心乃至绝望?可怪我吗?试问,如果你的丈夫和男朋友得了此病,你会照顾他十三年吗?你不会如我一样盼着他解脱吗?十三年来,咱们的国家和我们生活的这个城市发生了多大的变化,我家呢,儿子上了大学,有了女朋友。我个人也从一个年富力强的老师渐入中年。虽然我每天都跟她讲,但是毕竟太有限。

文学史我可以从春秋战国一直讲到当代,可我很难给你讲清楚我妻子对生活的迷恋,更难画出她内心真实的轨迹。

同样一个人,有些人看到她的美,有些人可能看到她的自私,还有人可能看到她的温情。因为这是注视者的情绪,或者是因注视者的变化,及他对她的态度而变化。我妻子得病十三年,在最不幸的境况下,还顽强地活下去,我就认为她是美的,短暂的一生也不算虚度。

我爱我的妻子,如果她不得病该多好。而美丽的你,不知哪,跟她神似。长相？不对，也许是眼睛，对了，一定是眼睛。包法利夫人的眼睛在阴影下是黑色的，在阳光下是棕色的，所以我被她征服了。而我妻子得病前眼睛跟你的一样，或者说跟包法利夫人的一样，都让人心荡神移。你看，我的职业病又犯了，好像我还站在讲台上。好了，说了这么多，我看你也累了，我也说完了。女人不要太累，我最见不得女人受累。不是我贫，算怜香惜玉吧。学文学的人嘛，不敏感，怎么在语词中穿行？

我能想起的都说了，你们把我关起来吧，最好让我去跟她做伴。反正我现在也廓然无累了，儿子结了婚，我在哪，都一个人。不过，我有事干，我要整理她留下的文稿，有多一半都是她摸着本子写的，这也许是我真正走进她内心世界的最好的通道。

不觉间，我一口气给你讲了整整五个小时，天已黄昏，你也该下班了。最后，我再告诉你一件事，这事我谁都没告诉：我爱人走后，我家的小桶好端端地突然破裂了。我前面说过，我爱人有洁癖，经常提着水桶拖地。得病后，我怕她提着大桶不方便，就买了一只上面有蓝精灵的小桶让她提着，慢慢拖。现在小桶不在了，我相信是爱人骑着它飞走了。你信吗，漂亮的法官？

补记：
　　省知名女记者柳宛如案再度引起关注

　　本报讯　罗青报道　近期，本已定案的知名女记者柳宛如自杀案再次引起各方关注。

三个月前，省报知名记者柳宛如死在家中，有关部门多方调查取证，确认柳宛如生病多年，系自杀，是长期病痛所致。近期，省人民出版社出版了她丈夫收集整理的她的作品集《我心依旧》，序言是她儿子写的，详述母亲生病的种种细节，情真意切，甚是感人。可前不久，柳宛如的丈夫某大学教授欧阳明与负责本案的法官林雨蒙突然成双入对出入公众视野，两个人的亲昵行为使平息许久的此案再掀波澜。相关详情有关部门正在调查中。

则为你如花美眷

一

我真正了解舅舅,始于刘清扬。刘清扬是舅舅的下属,现跟我就读于同一所大学,我读的是文学系,她读的是戏剧系。

在这之前,我们共居一层楼。为了统一管理,校方把所有女生都安排在四层。一天遇见七八次,但是我们不会说话,甚至我们都不会主动看对方一眼。我不知道她叫什么,私下给她起了个绰号,叫"水磨腔"。这绰号的由来是她每天晚上边冲澡边旁若无人地唱那咿咿呀呀的昆曲,惹得大家都很烦她。我们女生夏天都懒得到澡堂去洗澡,每晚睡前,大家陆续提着暖瓶拿着水盆排队冲凉。洗漱间不大,左右两排各有四个龙头。六七个人冲澡就把水房挤满了,搞得要到里面上卫生间的人常常不是身上沾了水,就是头发湿漉漉的。没办法,地方小呀。我的宿舍跟洗漱间是对门,我又住在上铺,隔着门上窗户的玻璃看,洗漱间发生的一切尽收眼底。

"水磨腔"先引起我注意的不是她的唱腔,而是她的目中无人。她每天不是冲澡,是洗澡,洗得那个慢呀,我们两三个人都冲完了,她还在洗,跟谁都不说话。别人等得不耐烦了,故意敲脸盆跺脚,她都置若罔闻,照旧洗澡如绣花。她边洗边练台词,人多,人少,你喝彩冷笑,皆与她毫不相干。这就虐惨了我们文学系的女生,你正写东西,对方一会儿哭一会儿笑,一会儿南音一会儿北腔,你说你还能安心写下去吗?

这不,又开始了:

>是水沉香
>
>烧得前生断续
>
>灯花喜无他
>
>后夜有无
>
>记一对儿守教三十许
>
>盟和誓看成虚
>
>他丝鞭陌上多奇女
>
>你红粉楼中一念奴
>
>关心事
>
>省可的翠绡封泪
>
>锦字寄书
>
>……

写不下去,你就不得不去注意那个烦你的人,恨不能把她的嘴摁在龙头的喷头上,让她闭嘴!

"水磨腔"身高足有一米六九。皮肤白皙。一对乳房高挺,可能是我们众女生中的超大胸了。这性感,更惹我烦。还有,最让我烦的是她瞧不起我们文学系的女生,不,准确地说,她瞧不起我。有一天,我是被她的缠绵之曲所吸引,看冲澡的没几个人,就提着水瓶,进了洗漱间,边洗边时不时偷觑她几下,想着说不上啥时她就成了我笔下的人物。

　　正悄悄打量着,没防备,她突然间主动跟我说话。她说,你是文学系的吧?我心里一阵暗喜,说,你怎么知道?她不屑地说,全楼只有你们文学系的女生最无趣,况且你又是她们中唯一不化妆的。女人怎么能不化妆呢?这话生生惹恼了我,你听听,她说的什么鬼话?言下之意就是不化妆的女人就不是女人。她的话充满了对我的蔑视,于是我决定从此不再跟她啰唆。但是她仍要练台词,仍然每天晚上逼着我在上铺不得不看她性感的身材。可是我又不能把她怎么的,她又没有违反部队的三大条令,也没有违反学院规定。于是在她洗澡时,我就故意把龙头开到最大,让哗哗的凉水溅到她身上,她呢,一看到我就总是冷笑。大家都见怪不怪,反正自古女人间的事是说不清道不明的。更何况文学系的女生多愁善感,敏感多疑,性格又内敛,而戏剧系的女生则好像活在舞台上,生活和舞台两两不分,穿着军装走在方队里,也时不时媚视烟行,衬得我们文学系的女生更是灰头灰脸像管家婆。为此,两系女生水火不容,经常不是你看我不顺眼,就是我给你白眼,搞得校方常常把两个系的班主任叫去猛训,最后总算达成协议:楚河汉界,各守一边。

　　我以为我们同学两年就如此水火不容了,偏偏舅舅到我们学校来看我,舅舅屁股还没坐稳,就说,戏剧系的刘清扬是我们单位的,你叫过来,咱们一起去吃饭。于是我就不能再把那个整天边洗澡边练台词的大胸女孩叫"水磨腔"了。按说吃顿饭,大家再见面,彼此颔首致意,礼节上也说得过去。可是自从跟刘清扬吃饭以后,她三天两头就往我宿舍里跑,今天送盒巧克力,明天送条围巾。搞得我同屋的同学纷纷说,你是不是给那个戏痴当吹鼓手了?当吹鼓手,这在我们文学系一点都不稀奇。我们文学系的才子才女们能在各大报刊上写一篇篇的锦绣文章,戏剧系、音乐系、舞蹈系的帅哥靓女要想出名,必请我们吃饭——你请我吃饭,我就能把你写红。无论多么蹩脚的演员,只要能站在金光闪闪的舞台上,面对千人,面不改色,我们就能把他或她写得风生水起,引得一些影视界的人来我们学校选演员。虽然是些配角,可谁能说今天的配角就不是明天的主角呢?况且能上我们这所全国知名的艺术学院,没有几把刷子,别说上学,估计连校门都进不了,两个威严如雕像的哨兵钢盔一戴,腰袋皮盒里你不管他别的是什么,反正他指定不会让你进门的。我们除了负责写,还给拍照。那些戏剧系的女孩子,穿上军装,化了妆,一个个漂亮得赛过中央戏剧学院和北京电影学院的女孩子。为啥?军装呀!那一身军装,真的神了,胜过霓裳羽衣。再说,她们冬练三九、夏练三伏地走队列,拔正步,跑五公里,那挺拔的身材,能不赛过全国名校校花?再说,作家们要求不高,写篇文章,对方请你吃顿饭,虽然都是家常菜,花个百八十块的,可是人要的就是个尊重,对吧?再说,戏剧系的演员们不但给你提供了创作素材,让你赏了心,悦了目,稿费还是你自己的,何乐而不为?文学系最幸福的时刻,就是每天第二节课后休息时间。这时,系里的通讯员会拿着一大堆的信件和汇款单到教室来分发。大家最好奇的是,谁今天拿的稿费单最多。所以,天长日久,一直没有拿到稿费单的人就很没面子。所以我们一度为了写稿子几乎跑遍全城的各个角落,写名人或写即将成名的人,还有为将来有可能成名的人写专访。这些人基本上属于一稿多投型,他们盯的基本上是全国的大小报纸。也有一部分人盯的是全国的妇女和青年刊物,比如《知音》《家庭》之类的。还有一种,如我者,不屑于流俗,走的是纯文学的路子,眼盯着全国各大文学刊物,梦想有一天能成为著名作家。走通俗路的,有了大哥大,有了电脑,再接着又有了小巧的手机;搞纯文学的,虽然穷得买不起电脑,但看着大刊上自己的名字还是蛮骄傲的。

总之一句话,文学系的学员们,个个都靠着满腹文章走天下。

且慢,那为啥戏剧系女生跟文学系女生不对付呢?这里面门道还不少,比如说,漂亮的佳人们不用去找吹鼓手,因为那些才子一望见漂亮的妹妹腿都软了,哪个不是主动去捧角呢?再说他们一个个,其文笔,其殷勤,其周到更是赛过胡兰成。试想,高傲如张爱玲者,见到此人,都要低到尘埃里,那么,这些急于出名的佳人,焉能不低眉顺眼,为悦己者容?焉能再看上我们这些同性之人?

她又给我送了一套绣花的紫色内衣,这引起了我的警觉,我想这个女孩必有所求,凭她的姿色,绝不是让我为其写文章,地球人都能猜出她的居心。舅舅是她的领导,我是舅舅最疼爱的外甥女。她带我去看演出,给我讲昆曲,讲梅兰芳跟孟小冬,讲尚小云,讲北昆南昆,讲台词,讲形体,让我感觉自己过去的日子过得实在太潦草了,明白了女人过日子当如唱昆曲,枝枝叶叶都关乎情态。穿衣不敢随便就穿,吃饭也不敢再大鱼大肉地尽性子过瘾了。

相处时间久了,女人之间的小秘密就说开了。当我问她有没有男朋友时,她说,喜欢一个人,不过,那人有家,年龄比她大许多。刘清扬说这事时,是在请我吃饭的饭桌上。我们坐在一个安静的小饭店里,点的是鱼香肉丝之类的家常菜。饭吃得差不多了,我随口问她结婚了没。刘清扬说还没,但有喜欢的人。刘清扬跟我同岁,此时我儿子已三岁。我说抓紧吧,二十七八,离三十这个单身女人的悬崖很近了。

你认为我是坏女人吧?喜欢上了有家室的男人?

只要是真正的爱情,其他都不是问题。

她一把拉住我的手说,我就知道你不是那种老封建,真不愧是作家,思想开通。

我赞成不赞成,都不相干。

她笑着说,那可不一定。我每天都想他,所以就加倍地学习,这样就没时间去想他了。

那那个男人肯定很优秀了?

当然,你一定会喜欢他。他下次来了,我让他请你吃饭。她说。我笑笑,说,你就不怕我抢走?现在最常见的就是闺密抢男朋友。她说你不可能抢走他的。这话伤了我的自尊,我讥笑说,你认为我没你有魅力?不是。她说,原因你以后会知道的。我撇撇嘴,说,人狂妄是因为他永远站在山底,看不到山顶的风光。她笑着摇摇头,说,我肯定不是那意思,等我闲了给你慢慢讲我们的故事。

后来,我知道她确实不是那意思。但那已经是后话了。

二

有一天,刘清扬忽然问我,你想知道我喜欢的那个人是干什么的不?我说,你喜欢世界上任何一个男人都不奇怪……以后的话我就不说了。刘清扬说,我喜欢你舅舅。我笑着说,喜欢我舅舅的人多了。舅舅人到中年,头不秃,还没一根白发。肚子平坦,跟他每天晚上走十公里有很大关系。相貌坐稳了,大略女人就有好感了。舅舅官拜正局级,单位一把手。此两条已经够吸引女人的了吧,还有顶顶重要的是,舅舅不近女色,我从来没有听说他有什么花花绿绿的事,不知他心里怎么想的,反正至少在众人心目中,他是一个坐怀不乱的君子。女人们是喜欢他的长相还是职务带来的便利,甚或他不近女色更增加了他的神秘,我就不清楚了。

你舅舅也喜欢我,你别拿眼睛翻我。刘清扬说到这时,紧紧盯住我的眼睛。我冷笑着说,开什么玩笑?你以为这是在舞台上?我舅舅那人,就是全世界男人都有外遇了,他也不会有。他跟女人说话脸就红,不会哄不会奉承,除了工作,还是工作,了无情趣。刘清扬看了我一眼,然后从包里掏东西,掏出钱包。我以为她要跟我抢着埋单,忙说不用不用,我来埋单。结果她从钱包里取出的是一张照片,照片上是十八岁的舅舅,黑白色的相片,脸上所有的瑕疵全被遮掩了。一张青涩的脸蛋,衣领上露着一点口罩绳,衬衣领多出外衣那么一厘米,简直帅呆了。我看着照片,思忖该说些什么。

刘清扬笑着说,你舅舅说,他小时候经常爬树,蹭烂了裤裆,害得你姥姥半夜还给他补裤子。

我想把照片扔到桌上,又一想,不能把舅舅扔在大庭广众之下,于是把照片装在口袋里,一口气跑出了好几站路。

我越跑越生舅舅的气。平常很少跟我说话的他,此等糗事都敢说给一个不相干的女人听,看来他跟这个叫刘清扬的女人关系非同小可。我坐在车上,脑子一片混乱。舅舅,真的还是那个在我心目中神圣的舅舅吗?

我第一次见穿军装的舅舅是在五六岁时,那时我还没上学,农村孩子上学都得到八岁。我是被敲大门的声音吵醒的。妈坐在油灯下缝衣服,爹跟我都睡着了。叫醒了爹,妈说这么晚了,谁会来呢?爹说别理他,这时叫门没啥好事。农村人没时间概念,反正那时只凭听鸡叫估摸时间,所以我的确不知道几点。这时我忽然听到门外有人叫,姐,是我,我是明亮呀。妈一听这话,忽地跳下炕,才发现光着腿,忙提着棉裤边往上套边说,他爹,你快起来,我当兵的弟回来了。

爹穿衣服,我也要爬起来,爹说,睡你的。我就重新钻进被窝,冬天炕烧得烫屁股,可真要起来,还是贼冷,棉袄往身上套时,袖筒都是冰的。妈每天早上在我起床前,都在热炕上给我暖热棉衣棉裤。

果然是戴着五角星红领章的舅舅,他一坐在炕边就从绿色的提包里掏东西,掏糖,递烟,一直就没停。妈提起电水壶给他倒水,才发现壶里没水了。舅舅说,姐,你坐,我跟你和姐夫说会儿话就回家。这次是出差,时间太紧,只好晚上来看你们。舅是妈最小的弟弟。妈一直拉着他的手,又是高兴,又是流泪,半天说不出话来。舅舅话不多,说完了最基本的,就端坐在炕边不言语了。妈问一句他答一句。从他们说话中,我知道舅舅已经成干部了。妈说当了干部就好了,姐给你介绍对象。舅舅脸就红了,说,不急,不急,我先干事,再成家。

妈,我要起来,我要起来!我喊着,就要爬起来。妈按住了我,在我屁股上就是一巴掌。

舅舅好像这时才发现了我,拿了一块水果糖剥开,递到我嘴里,我趁机掀起被子,坐到他腿上。妈一看我只穿着红裹肚,忙扯了被子给我裹到身上。舅舅笨拙地抱着我。舅舅的衣服是冰的,亮闪闪的黑纽扣挺硌人,但手是热的,不一会儿我就不冷了。我摸着他帽子上的五角星,让他不要回家,明天跟我到村里玩,让瞧不起我的小宁知道我有一个当解放军的舅舅。舅舅笑着说,好呀,你安心睡。我说,舅舅,我要你这个五角星,冬子(电影《闪闪的红星》中的主人公)他爸就给他了一颗五角星。妈朝我手打了一下,说,你看这娃多瓜,舅舅把五角星给你了他戴啥呢?舅舅帽子上没了五角星他就不是解放军了。我大声哭了起来。舅舅说,等我回去给你寄副新的,领章、帽徽全都有。我紧紧地攥着舅舅帽子上的五角星,妈使劲要从我手中掰开,我就咬她的手指头。舅舅笑了,说,好吧,五角星送你了。说着,他就从帽子上给我把五角星摘了下来。

第二天我醒来时,舅舅不见了,我疑是梦,忙捏裹肚的口袋,昨天梦里我把五角星装在里面了,生怕妈妈偷偷拿走,我睡觉时,手紧紧攥着裹肚哩。裹肚里硬硬的,五个角我都能摸到。我掏出还带着体温的五角星,脸没洗就急着要给小伙伴去显摆。妈拉住我的胳膊说,你个死女子,你把舅舅的五角星拿了,舅舅没有五角星,相亲还能成吗?你要了它顶啥用呢?我才不管舅舅相什么亲呢,唱着"红星闪闪放光彩,红星灿灿暖胸怀。红星是咱工农的心,党的光辉照万代",跑出了家门。事实正如母亲说的,五角星在我手里真没多大用,我不能像伙伴刘二娃那样别在帽子上,到处显摆。女娃娃戴了帽子,大家都会叫她假小子的,这难听话我可不爱听。我曾经把五角星戴在风雪帽上,可是五角星朝天闪着,没有在帽子上风光,人要不注意,都看不到。我就别在口袋上,一会儿掏毽子,一会儿掏沙包,没几天,五角星就不知去向了。舅舅走后没多久,真给我寄了一副新崭崭的领章、帽徽,可我还没看够,又不见了。多年后,我参了军,到姐姐家,发现了一个绿色塑料盒里放着副新的领章、帽徽,多年前的往事才涌上心头。好在这时我已经成了真正的少尉排长,属于自己的领章、帽徽比那时的还好看,已经不稀罕它们了。

再见到舅舅,是我高中毕业。没考上学,前途无望,我瞒着家人,给舅舅拍了张电报,说要当兵。

我一路都想象着舅舅接我的情景。可是一直到火车上只留下我一个人时,才确信舅舅没有来。那么只有一个理由,他没有收到电报。

我提着两个大行李包走出火车站,已经累得站不住了。从前一天上车到现在,我一直没吃没喝。为什么没吃饭?怕上厕所,怕上厕所行李丢了。我在车上也不敢跟任何人说话,怕有坏人知道我一个人远行,暗害我。

出站时,有个老头想帮我,我看到他的眼神有些斜视,担心他心存不善,坚决地拒绝了,自己提着东西跑一般地逃出他的视线。走出火车站,看到存行李处,我果断地把东西寄存了,然后一路问着来到舅舅的部队。竟然很好找,问了三个人,人家说是不是那个爱说陕西话的红脸蛋?我答是,不出两分钟,英俊的舅舅就站到了我面前。

果然是没收到电报。舅舅给我下了打着鸡蛋的挂面,我一口气吃了三大碗,边吃边说我要当兵,当女兵。舅舅让我休息会儿,等他下班后再商量我的前途问题。我没想到舅舅坚决不让我当兵:当兵不可能,再说现在当兵没知识也不行,部队不再从战士中直接提干,必须上军校。你既然不想念书了,就在城里学缝纫,将来回到家里,也有一门手艺,好养活自己。出来散散心,逛逛城里,就收心好好过日子。舅舅原话就是这么说的。

我不学缝纫,我要当兵。当不成兵,我给人家当保姆总行吧?

还是回家好好复习考大学。咱转到重点高中,舅给你想办法,只有学习好,才能有工作。干保姆没前途,不长远。舅舅说完,根本不听我的解释,就出门了。

我又缠着一向对我很好的舅妈帮我做舅舅的工作。舅妈说话细声细气的,虽然多年没见,但她还是像我初次见她的那样,漂亮又有魅力。她说,你跟你舅时间长了,就知道他是啥脾气了。他那人特倔,你别急,咱们慢慢想办法。

舅舅家住的是三居室的楼房,楼外还有一间平房,堆放杂物。舅妈虽是城里人,但会过日子,在平房前让她父亲——一个退休的老工人垒了个鸡窝,养了两只老母鸡,每天我们都能吃到新鲜的鸡蛋。舅妈甚是钟爱那两只鸡,我跟着她到菜市场捡了好几次菜叶喂鸡。

有天早上,我去喂鸡时,发现一只鸡死了。舅妈认定是黄鼠狼咬死的,理由是鸡脖子上有伤,想杀了鸡做红烧鸡块。舅舅认为鸡得了暴病,或者中毒了,鸡肉绝对不能吃,坚决要扔。夫妻俩为此事争了半天,互不相让。结果,舅舅就采取了极端的办法,他不再吃舅妈做的饭,也不让我跟表妹吃舅妈做的饭,让我们等着他每天下班后给我们做饭,回家也不跟舅妈说话。他说到做到,我看着他那被晒得黑红的脸,更不敢不听。舅舅做饭只会下挂面,吃了第二顿,我跟表妹就开始不停地拉肚子,只有他一人吃得津津有味。舅妈妥协了,把鸡扔了,舅舅虽然吃舅妈做的饭了,但是仍然跟舅妈不说一句话。我劝了舅舅好几次,他都说,让你舅妈给我道歉。舅妈不道歉,两人就继续冷战。

此事让我充分领教了舅舅的说一不二,他决定了的事再说也是白说。

舅舅在家,除了每天晚上把三个屋子的窗帘拉上外,其他家务活一概不干。吃饭时,舅妈不递筷子,他就坐在桌前不动。吃完饭,面前放着的椅子他也不收,双腿一迈就过去了。要么到办公室去加班,要么就一个人坐在书房关着门,不是看书,就是写东西,很少跟我们说话。表妹淘气,时不时把舅舅书房的门打开,关上,再打开。舅舅不耐烦地边挥手边训斥,走!一边玩去!说着,起来又是给老虎脸,又是伸巴掌做打状,表妹跑了,他从里面锁上门。表妹看门锁上了,大声哭,舅舅只好打开门,重新坐回书桌前。

表妹有时爬到他身上,一会儿抢他手中的书,一会儿撕他的肩章,他也不恼,由着女儿把肩章取下来再安上,他也不放下手中的书,一手扶着女儿,一手举着书,仍在津津有味地看。有一次,表妹把他正写的东西抢到手里一把撕了,他双眼圆睁,表妹吓哭了,他却很无辜地说,你撕了我明天的讲话稿,我没打你,更没罚你写字,怎么你还有理了?还哭鼻子?表妹仍然大哭不止,舅舅手足无措,忽然说,爸给你当马,你骑着如何?说着,真的趴在地上。表妹破涕为笑,骑到舅舅身上不停地喊着"驾!驾!驾!",边打着他的背边催着他往前爬。不苟言笑的舅舅,此时开心得像个小孩,边往前爬边不停地说,下马,老家到了。

舅妈悄悄对我说,你舅就那样,不会教育孩子,要么黑着脸吓孩子,要么就这么宠着孩子,说了多少次,他就是听不进去。

我要走了,舅妈在吃饭时提出上街给我买些带回家的东西。舅舅不说话。舅妈又说了一遍,舅舅这时伸出了两个手指头,两遍了!舅妈说,不是我啰唆,你就说你去不去吧?

舅舅把碗一放,站起来,从面前的椅子上跨过去,说,十分钟后出发。

在车站,舅妈说去大什字百货商场吧,那儿东西全。

舅舅问我喜欢啥。

我答,书。

舅舅说,好,让你舅妈一个人去百货商场,我们去书店。说着,拉着我就走。舅妈说,你们不去,我买啥合适?

你定。舅舅难得一笑,就扭过头上车了。

公交车开动了,我望着孤零零的舅妈,说,舅舅,你不该这样霸道,干啥事要跟舅妈商量。

舅舅看了看我,说,我一进商场就头疼,你舅妈会买东西,她办事我放心。

舅,你不能这样大男子主义。

舅舅不管我再说什么,一直到下车,也没跟我说一句话。

到了全市最大的新华书店,他说,你尽管挑,舅给你买。

我挑了二十多本世界名著,放到舅坐着的座位跟前,说,多不多?

舅舅翻了翻,说,名著,有眼光,全套买下来吧。说着,他望了望四周,有个大纸箱,说,去把挑好的书装到箱里,挑好叫我。说完,他低头看起一本他自己带的书来。

全套买下来,装了两个大箱子。本来舅舅说要请我到外面吃饭,结果连打车的钱都不够了。舅舅肩膀上扛着一只大纸箱,左手跟我抬着另一只大纸箱,倒了两次公交车,回到家时,他的右手已经磨出泡了,却很高兴地说,你能读懂世界名著,不简单。

舅舅给我买了书,舅妈给我里里外外买了新衣服,还给家里每人捎了礼物。

要走了,我感觉心里好像还有啥事没有办。

我坐到书桌前,望着客厅里的边看电视边织毛衣的舅妈,再看另一间书房里看书的舅舅,我想起我有责任在走之前让他们和好。可是无论说啥话都没用,我忽然想,何不给他俩分别写封信?我想起那年舅舅带着新婚的舅妈回家的件件往事,立即拿起了钢笔。

现在我已经想不起信里的具体内容了,但是我记得列举了许多名人夫妻之间如何互相理解、相亲相爱的例子,比如鲁迅与许广平、周恩来与邓颖超,而且还现学现卖地摘抄了舅舅家里那本《诗经》里的一段:"生死契阔,与子成说。执子之手,与子偕老。"

信是第二天我走时,悄悄放到舅舅家客厅的茶几上的。坐在火车上,我想象着舅舅、舅妈看到我的信后,一定会恩恩爱爱地过日子。可惜,我太天真,后来舅妈给我打电话说,你舅看到你的信后,说,小屁孩,啥都不懂还想教训人。说完,信都没看完,就扔进了垃圾筐里。大我十六岁的舅舅,当然认为我是个孩子了,只是我想不通,连孩子都懂的道理,当了团职干部的舅舅咋就听不进去呢?

三

从那次小聚后,我尽量躲着刘清扬,我不知道是我不信她说的话,还是怕这是真的。我们文学系课少,每天只要不出去,我就待在图书馆里,一直到晚上熄灯再回宿舍。我想反正最多再坚持半年,我们就毕业了,以后我们谁也不认识谁。

一个人要真找你,你跑也跑不掉的,更何况就在一层楼上住着。刘清扬见我,总主动跟我说话,我都借口有事,应付两句,匆匆走开。

军校不让打电话,那时大哥大贵得吓人,学校大门口有个传达室,里面有五个小电话间,每天都有学员排队打电话。因为快毕业了,我一直担心分配问题,于是就给舅舅打电话。好不容易轮到我进电话里间,打了半天,电话总是占线。再看长长的队,我不想走,就厚着脸皮站在旁边等同学打完再打。这时我发现刘清扬在靠里面的电话间里哭,边哭边说,我要回去呀,破省市有什么好待的?我想她一定是给舅舅打电话,就想走,可心又被牵着,站到一旁,冷冷地看着她。

我看着表,她打了足足有四十分钟的电话,她一出来,就让我进去打。我跟舅舅说了自己的事后,很想问他刚才跟谁通话了,却怎么也开不了口。我进校时,刘清扬就在不远处等着我,说,我要回去,我要跟你舅舅在一起。

我没说话,继续走。

她挡住我的去路,说,我跟你舅舅说,让他找人把你留在省城,反正他给我联系好单位,我也会让给你的。

我冷笑一声,说,谢谢,不用!

刘清扬拉住我的手,说,你不用这样,我说的是真话,我跟你舅舅是真心相爱的。

松手!

刘清扬一直跟在我后面,快到宿舍门口了,说,你舅舅明天要过来开会,到时,咱们一起出去玩。

我没说话。我不想理她,但我想见舅舅,我有许多话要问舅舅。

晚上我到小姨家去玩。小姨父在市政府基建处当处长,小姨在市妇联工作,当办公室主任。他们家经常人来人往,今天是周末,当我走进家门时,难得的是小姨父没有应酬,跟小姨在一起看电视剧《武则天》。小姨父躺在沙发上,看着电视说真没意思。小姨则兴致勃勃地说,多好看呀,你看,你们男人多风光,多少女人都为你们吃醋。

小姨父不屑地说,这都是你们女人的心态。说着,他闭上眼睛,拿着一个小榔头边敲头边问我学习如何。

我说,别提了。现在我们学校一到周末,校门口就停了一长排小车,全是接戏剧系、音乐系女孩的。大周末在图书馆待着的十有八九是我们文学系的女孩。为啥?我们姿色平平嘛。

小姨父说,我从你的话里感觉你好像对其他系女生有偏见呀。

本来就是嘛,戏剧系、音乐系的女孩漂亮呀,她们要出碟带,要上角色,又买大哥大,肯定得跟有钱的大款来往了。

对了,你舅舅他单位那个刘清扬就是戏剧系的吧?

是呀。

你不要瞧不起她们。你看那刘清扬人还没进门,一阵香气就先扑面而来。女孩子嘛,当然要可人。

小姨父话还没说完,小姨就把一个靠垫砸在了他身上,说,你们男人没一个好东西。

小姨父委屈地说,这是哪跟哪呀,我不是在教小曼打扮嘛!一个女孩子,要像人家刘清扬学习。你看同是棉服,刘清扬穿得腰是腰,身条是身条。小曼,你身材还是不错的,怎么穿得这么臃肿?我们是你的亲人,当然希望你通过四年的学习,无论学识还是穿着打扮都更有长进。

小姨看了小姨父一眼,说,你姨父说得对,多向同学学习。对了,你舅明天就来了,你跟他去看看名园,你不是一直都想去看名园吗?

人家肯定有人同行,我不去。

小姨白了我一眼,说,别人是别人,你是他亲人,听小姨的话,去!

果然,除了司机,刘清扬也在。舅舅让我坐副驾驶位上,他说他坐后面舒服。刘清扬说,一般领导都坐后面,对不对,领导?我白了她一眼。舅舅说,小刘,给大家唱个歌吧。刘清扬真的唱起来了,舅舅用脚打着拍子,让我生气。我说唱得不咋的。舅舅说,小曼呀,要向小刘学习。小刘是个好同志,不光会演戏,唱歌还得了全国大奖呢。你们搞文学的人要多接触人,多学别人的长处。

怎么跟小姨父一个腔调?男人呀!

十二月,还是挺冷的。舅舅披着军大衣,却穿着一条绛色的条绒裤,非常不搭。但一头浓密的自然卷头发,还有奔放式的"V"领几何图案的毛衫还是给他增色不少。他话极少,只要开口,必说,小刘在小桥边拍张照吧,你看,你往那一站,翠湖立马生辉。走到静湖边,又说,小刘,在这来张吧,你看游逛的人,有谁像你穿得这样别致？刘清扬高领白色毛衫上套着一条绛紫色的连身碎花裙裤,妆化得极浓艳,香水浓郁的味道不时随风袭来,让我的鼻子很不舒服。相比较而言,我穿得就太随意了:牛仔裤,宽大的套头衫。更让我生气的是,刘清扬当着我的面,当着司机的面,在照相时,要挽舅舅的胳膊,舅舅马上用双手紧紧拉住中长的军大衣衣襟,紧紧裹住肚子,生怕她把他的双手拽出来似的。

我仔细观察,舅舅除了让刘清扬不时地照相、唱歌,倒再没别的举动。刘清扬照相时,往他跟前站,他还离开一点。

我想再深入地了解舅舅,当着刘清扬的面,我说,最近我们班有个女孩喜欢上了一个有妇之夫,你们说这做法合乎道德不?

刘清扬说,那正常呀,真正的爱是没有边界的。

舅舅望着远处,没有回答。

我说,舅舅你说呢?

舅舅说,我没有想过这个问题。

你得想想了。刘清扬停住了脚步。

舅舅,你喜欢刘清扬不?

刘清扬是个好同志,戏演得好,歌也唱得好。

舅舅!你说实话,你喜欢刘清扬不?

舅舅看着我,说,我已经回答了。

再问就没有了下文。

刘清扬只沉默了一会儿,好像生了气的样子。但不一会儿,她就又活泼了,话也多了,笑着说,你看你舅多无趣,从来没有笑过。

舅舅看了她一眼,嘴咧了咧,没有发出声音。

你舅舅是不是就一直这么不爱说话?

差不多吧,从我见到他,他好像就这样子。

领导,你太无趣了,为什么不笑一笑呀?笑一笑呀,对,笑很简单的,一笑,你就年轻多了。说着,自己倒哈哈大笑起来。

我想着舅舅会不高兴,舅舅看了刘清扬一眼,低着头只管走路,任她打趣着。

点菜时,舅舅说,这样,咱们发扬民主,小刘点三个,小曼点三个,小杨(司机)点三个,我随意。他说时笑眯眯的,像个慈善的圣诞老爷爷。

回到家,小姨问我发现什么情况没。我知道她问的是什么,故意打马虎眼。小姨看小姨父在看我们,悄悄把我拉到客房,说,你舅舅跟小刘没什么吧?

没什么呀,他们一个单位的嘛。

小姨关住了门,说,我感觉他们关系不正常。咱们得对你舅舅负责,他到关键时刻了,这时候可不能出任何问题。还有你舅妈人非常好,娃都快上大学了,你舅不能那样呀,要不,你姥姥会被气死的。

有什么不正常?

你舅舅上次来开会,到我家住了两天,那个刘清扬来看过他。

这很正常,舅舅是她的领导,她能不来吗?

可是她还带来一束花,一束玫瑰。你觉得这正常吗?

人家是来看你的嘛。

小姨说,反正我凭女人的直觉,感觉那女人喜欢你舅舅,你舅舅呢,至少也不反感她。对了,你跟小姨说实话,刘清扬跟你同学,她肯定跟你说什么了。咱们是你舅舅最亲的人,如果你舅舅走到悬崖边了,咱们这些做亲人的不把他拉住,还配叫亲人吗?

我嘴张了张,又把想说的话咽了回去,说出来的是,她啥也没有跟我说。

小姨把我的军装整了整,说,咱农村人出来闯天下不容易,你舅在戈壁滩上的导弹部队,可以说是提着脑袋干事业。他怎么能在女人这条船上翻了呢?不管那个女人跟你说什么了,你都要保持清醒的头脑,里外分得清。不但要保护自己的亲人,还要帮助她做好工作。无论他们有没有事,都要让她放弃纠缠你舅舅。你舅舅的前途可不能毁在她手里,否则我饶不了她。你看她那狐容媚态,连你姨父都动心了。我跟你舅舅说了,以后不要把那狐狸精带到家里来了。你们年龄相当,你的话,她兴许会听,你要多劝劝她。不管他们到什么程度了,都必须终止。否则,只会两败俱伤。如果她就此罢手,兴许我们还会帮她,否则你让她等着瞧,会是什么下场。小姨恶狠狠的表情,我可从来没见过。听了她的话,我心里怕怕的,也不想问,只能在她那双大眼睛的注视下,频频点头。

四

我跟刘清扬来往得越来越密切了。她不找我,我也会主动去找她。我想了好几夜,小姨的话是对的,作为舅舅的亲人,我们要保护他。作为受舅妈恩惠多年的我,也有义务帮舅妈。我上小学时,舅舅带着城里的舅妈到我们家里来,那真是像唱大戏,惹得村里的小伙伴们都挤到我们家门口赖着不走。为啥?想吃舅舅从城里带回来的水果糖呗。那时农村穷,连核桃和枣这些农村里的寻常之物,大人都得锁进柜子里,等着过年才拿出来给我们小孩吃。到商店买的水果糖,那更是稀罕之物!再说我们家兄妹有六个呢,别人吃了,我们就没的吃了。小伙伴鬼鬼祟祟地从大门里一步三回头地溜进来,在我家堂屋门边伸一下头看一下,等舅舅、舅妈看他们,又马上缩回去。舅舅就坐不住了,要给他们糖。我一把把糖夺过来,把小伙伴们往外推。当然有时也给一两个人吃,那要看他们是否会说好听的话。比如小宁就会说好听的话,她会到学校里替我宣传当军官的舅舅,让他爸当校长的刘二娃不能再小瞧我们家。

穿着漂亮的舅妈一点儿都不嫌弃我,不是给我擦鼻涕,就是给我梳头。她还检查我的作业本,看到我的算术本有红叉,就拿舅舅的一支戴着铜帽的钢笔给我在纸上讲错在了哪里。舅妈讲的内容我并没有听懂,因为我所有的注意力全被那钢笔吸引住了,我缠着舅妈让我下午上课时带着钢笔去,不用说又是想去跟小伙伴们显摆显摆。

舅妈很痛快地答应了,说,你拿好,别丢了。

那当然,我右手紧紧攥着钢笔,生怕一不小心就丢了。到了学校,大家像看《上甘岭》上那只苹果一样,传着看钢笔。傍晚回到家,舅舅要钢笔时,我翻遍了书包、口袋也没找着钢笔。上了高中的姐姐在一边偷笑,我一口咬定钢笔是姐姐拿走了。我是家里最小的,爹宠我,让姐姐拿出来。姐姐说她没拿,爹就骂她死女子,不知疼爱妹妹。姐姐不干了,那时她已经十八岁了,正是好面子的年纪,又是当着当军官的舅舅和城里漂亮的舅妈的面训她,她就大哭起来。就是在这时,舅舅一巴掌扇到了我脸上,我的脸一刹那一片红紫。舅舅打我时,说了一句话,让我至今记忆犹新,他说,我最讨厌说谎的人。事实证明我的确是说谎了,最后钢笔是在我家的麦囤里发现的,那时舅舅舅妈已经走了,我挨了打,最终钢笔还是被强势的姐姐拿走了。妈说,你姐姐是高中生了,需要钢笔,你还是小学生,用铅笔就够了。妈妈果真到大队供销社里给我买了两支花铅笔,铅笔头上还带着橡皮。第二天上学时,妈妈还给我穿了一件带泡泡袖的粉红色的连衣裙,那可让我在全校出尽了风头。那裙子,不用说是舅舅给我买的。舅舅说,是舅妈亲自到商场里给我挑的,当然姐姐也有,姐姐有一件水粉色的短袖的确良衬衣。漂亮的舅妈给我们兄妹六个都买了礼物。四个哥哥每人都是一件新崭崭的两口袋的的确良上衣,这明显不是舅舅单位发的,舅舅穿着四个口袋的军装。舅舅望着舅妈说,都是她价拨的。当时我是不懂价拨的,我只知道我们爱死舅舅舅妈了,盼着他们来。他们来了,妈就会蒸白面馒头,会擀肉臊子长面,我们每个人都会收到自己最喜欢的礼物。而且家里好几天,都散不去苹果和水果糖散发出的香气。

　　后来,姐姐穿的毛衣,是舅妈织的。四哥上大学时用的被子,从洋红色的大团牡丹图案的绸缎被面到纯棉布里子均是舅妈从城里寄来的。还有在村里人因为连续四年干旱没粮吃时,我们家还能有一袋子白面吃,都是因为我们有一个当军官的舅舅,他让我们世世代代当农民的家庭,第一次跟村里最有钱的人平起平坐。一句话,有了当军官的舅舅,我们家在村子里挺起了腰杆。家里没钱了,妈就会说,我给我弟弟写信吧。每次舅舅接到信,都会给我们五十、一百块地寄。如果没有一个懂理的舅妈,舅舅的支援肯定不会那么顺利,所以我们怎么可能让贤惠的舅妈跟我们成为路人?怎么能让即将当将军的舅舅,永远戴着大校的肩章,甚至会因此断送前程?况且大哥、二哥和我都当了兵,我们即使不能背靠大树乘凉,至少有这么一棵大树枝繁叶茂地在远方向我们招着手,我们也有前进的标杆呀。

帮舅舅、舅妈是肯定的,怎么帮?我经过深思熟虑,决定先要弄清敌方的虚实,好重点击破。

刘清扬一看我对她突然亲热了起来,兴奋得不行,周末只要宿舍没人,就叫我过去,用酒精炉给我做饭吃。

她们宿舍跟我们宿舍一样,有两张高低床、四张书桌,但是呈现出的风情,迥然两样。我们的书桌上,堆满了书,和半夜写作累了要煮的方便面,再就是一张张写了几行字揉成团的稿纸,和笔记本电脑或四通打字机。她们桌上放满了高高低低或黑或白的化妆品瓶子,一进屋子,闻到的不是我们的方便面味,而是浓浓的脂粉味。那脂粉味,说实话,好醉人。床头跟我们一样安着小台灯,可是床上放着的不是时装,就是零食,不是点心、巧克力,就是我没有见过的热带水果,刘清扬跟我说了三四遍,我才记住了,叫杧果。我扫视一遍,正想表示羡慕时,脑子一闪,及时收住了到嘴边的话语,做出一副见过世面的样子,淡漠地坐下了。

刘清扬用一只钢精小锅,煮了白菜豆腐和粉丝。吃时,点了几滴香油和辣油,比食堂里好吃百倍。我吃得撑得扫地都蹲不下去了。吃完饭,刘清扬打开衣柜,让我看,里面有好几套绣着花边的胸罩,有羞死人的内裤,还有好几千块的皮大衣。她仔细地告诉我内衣是爱慕牌,香水是 CD 的,化妆品是雅诗兰黛的。她说内衣一定要透气、吸汗、矫形、衬托身体。应时、应情、应季的内衣,舒适,美观,能营造氛围,改变形体等。

还给我看数不清的碟片,《西厢记》《牡丹亭》《长恨歌》等昆曲,这一切都让我自惭形秽。我认为这一切肯定都是舅舅给她买的,而我连台黑白色的笔记本电脑都没有。人家都用上大哥大了,我才刚配上寻呼机,还不是汉显的,是那个麻烦死人的数字机。每次别人呼我,我还得查那个把数字翻译成汉字的小本子。这么一想,我更坚定了与她为敌的念头。我甚至想,这一切的一切本该属于我。这么一想,我看的热望陡减,随口附和两句,就告辞出来。

后来,刘清扬再叫我去她宿舍,我就不去了,虽然我心里还是想去。

我不知我为什么想去,我想起了一个小说里讲的妖精厉害的不是杀人,是让你迷失自己。刘清扬不是妖精,但是迷住了我。想见她又怕见她,她给我一个陌生的世界,她的化妆品,她数不清的台词表演,她的香水、脂粉味,都给我打开了生活的另一扇窗。这窗口让我陌生,也让我好奇。

终于,刘清扬再一次请我到外面去吃饭时,我又去了。

给我讲讲你舅舅。

于是我讲起了我眼里的舅舅,众人面前沉默,对姥姥、姥爷的孝顺,小时背着我上学,我当兵时去看我,给我生活费,当然还有那一巴掌。

刘清扬听后笑得前俯后仰,不住地说,笑死我了,笑死我了,他竟然还打人。你只知道他在你面前的一面,却不知道他在单位,他在我眼里的另一面。他在单位,干起工作来,雷厉风行,霸道,说一不二,大家从来没有见到他有笑脸。他在女人面前,总是给自己竖起一道屏障,谁也不理,但是被我攻破了。

对了,一起吹风,一起坐着。看着坐在旁边的他的脸,默默地想他在想什么,这样的事你除了和丈夫外,和其他男人一起经历过吗?

我一时不知怎么说。说有,对自己影响不好;说没有,面子上说不过去。于是我说,有怎么样,没有又怎么样?

她说,你有了,就能跟你们家里其他人对我们的看法不一样了,你就会理解。

我问,你怎么攻破那道屏障的?

那时,我刚毕业分到单位,在一次聚会时,我认识了你舅舅。他长得很帅,但从不主动跟女干部说话。我给他敬酒,手无意识地与他碰了一下,他脸马上红了。我注意到,他耳垂特大。听人说,耳垂大的人有福气。也是,他这么年轻,就是我们单位的一把手了。他说话不多,但句句切中要害;酒喝得实在,无论是谁敬,都来个底朝天,结果喝到最后把自己的表都给别人了。还有一次,喝多了,就一曲接一曲地唱你们家乡的秦腔戏,还挺有那么股味道的。

我舅舅会唱戏?

当然了,听了好几次,我就记住了他唱得脸红脖子粗的戏,叫《二进宫》,他最喜欢的是兵部杨侍郎的唱词。说着,她真的嗓子粗起来,唱得除了秦味不足,味道还是有的:

> 听一言吓得我不敢抬头望
> 臣不是灭纣的姜子牙
> 臣不是托孤的驾海金梁
> 臣不愿在朝荣华享
> 臣不愿在朝为侍郎
> 臣愿学钟子期打柴山上
> 臣愿学俞伯牙告老还乡
> ……

你舅舅唱得脸红脖子粗,太可爱了,笑死我了。每次只要看到他为工作上的事发愁,我就拉着他的手说,再来段"臣不是"。他脸上马上就多云转晴,开始闭着眼睛,长长地出口气,把裤子往上一提,就开始"臣不是"。我说,你这不是,那不是,你是什么?你猜他咋说?我摇摇头,她笑着说,打死你也不信,他说,臣是你老汉。

老汉是我们农村女人对丈夫的称呼。我撇撇嘴,不信。

后来,我跟他一起到部队演出,正好他旁边的位置空着,我刚一落座,他马上往里挪了几厘米。我说领导警惕性蛮高呀。他又不好意思地往外坐了坐。我发现他眼睛清澈,说话也实在,不像个领导。几次接触后,我心里老是控制不住地想了解他。而且他从来不看其他女人,这样的男人比较可靠,轻易不动心,动心了就很难再改变。

我感冒了,他把大衣给我穿上,我很感动。在一起,他老给我说他小时候看过的秦腔戏,说他们弟兄三个,他大哥爱哭,村里人就叫他刘备;他二哥爱发脾气,大家就叫他张飞;他呢,爱脸红,大家就叫他关羽。后来,我们就好上了。他穿的衣服老土,裤子腰上都是衣服架子撑出来的痕迹,不是红配蓝,就是白配黑,特俗。他说他妻子是个好人,顾家、贤惠,但没有情趣,两人在一起,像白开水似的。他整天就在办公室待着,只有半夜才回家,睡在小孩子的屋子里。后来,我们的事他告诉了他妻子,并提出离婚。他妻子把他住的门上的玻璃都砸了,他回家时满床都是玻璃碴儿。他实在不想过了,他妻子说等孩子上了大学就离婚。孩子上大学了,他要离婚,老母亲知道了,说他若要离婚,就死给他看。他只好作罢。

你是在背台词吧?

他曾带着我到苏州玩了一周,却骗他妻子说回老家看你姥姥了。

不可能。

要不要我拿我们的合影给你看?我这有好多张呢。你舅不让我留,是我偷他的。

照片有什么呀?跟异性合影太正常了。

她叹了一声,再也无语。

我跟刘清扬分手后,往舅舅家打电话,舅舅不在,我试探地问舅妈,是否知道刘清扬这个人,人怎么样。

舅妈说,她到省城上学了,跟你是同学吧?你离那女人远些,她是个神经病,老说你舅对她好,那是她幻想的。幸亏去上学了。你舅对我挺好的,我们话不多,但我们感情还是挺好的。你舅出差,必给我买礼物。过去,不愿跟我出去,现在出去也爱带着我跟孩子,现在知道顾家了。对了,是不是刘清扬跟你说什么了?你给舅妈说说。

她说你们分床睡,你还把门上窗户玻璃打碎了,玻璃掉到床上了。

瞎说。家一直没搬,你看床离窗子这么远,玻璃怎么可能掉到床上?你又不是没到我家来过。确实是,我仔细回忆,舅舅家房子窗子和床中间还隔着书桌。

她脑子有问题,大家都这么说,听说失恋后,精神上受了刺激。

我不知道她们谁说的是真的。我问舅舅他与小刘到底是什么关系,舅舅说,小刘是个好姑娘,歌唱得好,工作还是很扎实的。典型的领导对部下的评价。

我说,舅舅你喜欢唱秦腔戏,给我来一段。

舅舅说,瞎说什么?我怎么会唱戏?刘清扬误解了,我只不过有时是关心她一下,能到戈壁滩工作的女干部都不容易,我作为领导关心每个干部是应当的。你有空可以到我的部队来看看,像这样的例子,每个干部能给你讲出一大筐。

我问姥姥,姥姥说舅舅从来也没跟她说过离婚之类的事。说完,姥姥突然说,你不要瞎想离婚什么的,那叫不学好,咱们家怎么可能出那样的人?那叫丧德,叫辱没先人。

你们戏剧系女生怎么比我们文学系的作家还爱幻想,爱把舞台跟生活混在一起?

刘清扬冷笑一声,说,你问你舅舅好了。还有,你们如果不同意,我要做出什么事来,到那时你们后悔就晚了。

你吓唬谁呢?!我表面上面不改色,心里可是怦怦怦地跳个不停。世界上最可怕的不是发生的事,而是未发生的事。发生了的事情,无论怎么样,你知道敌人在何方,他用的是什么武器。最可怕的是没发生的事,你不知道敌人是谁,他来自何处,他将从哪儿出击。

五

省城下起了有史以来最大的雪,全院学员都在自己的卫生区里扫雪。我往戏剧系扫雪的女孩堆里看了八次,刘清扬皆不在。

我们跟戏剧系吃饭在一个食堂,我也好几天不见她来吃饭了。难道……我一下子腿都软了。她是不是像痴情的女人那样,自杀了?比如音乐系一个女孩,失恋了,从四楼生生跳了下去,血流了一地。她会不会撞了车?有一次,她跟我吃完饭过马路时说,我与其这样苦熬着,还不如撞死算了。或者,她像报纸上、网上流传的那样,写信告舅舅,或者把他们的事情放到网上?我越想越害怕,几次到宿舍找她,同室的人都说她不在。

我感觉天真的要塌了。

晚上,听到戏剧系女孩说要去看演出,我注意地看着她们,没见她。等到八点,我又去敲门,这次她在宿舍里,我好似头上乌云散尽,浑身轻松。

我问,你怎么了?发烧了?

刘清扬躺在下铺,脸黄黄的,说,你舅舅知道怎么回事。

我一时语塞,生怕她说出让我害怕的事来,就说,那你好好养病,我走了。

她说,你别告诉你舅我病了的事,我已经把麻烦处理完了,我不想让他分心。

这话听得我一下子泪流满面,我是一个不轻易流泪的人。不由得坐在她对面。我说,你等着,我去让楼下传达室的张大妈给你做些好吃的。张大妈跟她女儿在传达室为我们服务。她们除了帮忙叫人、登记,还把楼梯夹角的一个小房子当作厨房,除给她们自己做饭外,偶尔还会做些饺子、煮些馄饨之类的东西卖给我们。还别说,生意挺红火的,食堂的饭吃烦了,我们就会花几块钱到张大妈处买二两饺子,打打牙祭。

我说着就要走,她说,别,到周末吧,你去买些鸡蛋、挂面。那时我就好多了,给你做好吃的。

你干吗要这么对我好?不值得的。我说着,眼泪又流下来,说,你怎么这么不爱惜自己?真是个笨蛋,笨蛋,笨死了。我不知道我这话是什么意思,却就这么骂着,抱着她哭了。

她说,好了好了,我没什么事。你给我放些昆曲碟片听听,马上要毕业了,我还要准备作业呢。

你有衣服要洗吗?我去给你洗衣服。水这么凉,你千万不要动凉水。

没有。

说什么鬼话呢?我说着,从床底下拉出脸盆,一向爱干净的她,却堆了一脸盆的衣服。

别,千万别,衣服很脏的,明天我去洗。

有什么脏不脏的,你对我那么好。我说着,就端着脸盆要往外走。

她一下子坐起来,说,你不能这样,你这样我会难过的。

眼看着你病着,不帮你,我才会难过的。快,躺下。我说着,把她扶着躺下。看她左手捂着肚子,只得不停地问她喝水不,喝些水就好了。她轻轻地摇着头,右手握着我的手,说,我知道咱们很亲的,真的,比一家人还亲。

别说废话。晚饭吃了没?怎么没见你到食堂吃饭?

她们帮我打回来了。

再热的饭,从食堂端回来也凉了。凉饭吃了,胃能受得了吗?这么冷的天。对了,我宿舍还有方便面,我给你煮碗热面吃。不过,酒精炉子我不敢点火,你来点。上次你记得吧,我一点火,差点把桌子都烧没了。

我吃了,别忙活了,陪我说说话,我就好受多了。

喝点水,你看你嘴唇都干了。我拿起水瓶,才发现里面没有多少水了,就要去打水。她说锅炉房还在食堂跟前呢,别去了,晚上

260

雪又冻上了,路上滑。

我说,不去,你怎么洗脚?你那么爱干净,不洗脚一夜都睡不着。

那你穿上大衣。我随手穿上她搭在椅子上的军大衣出门了,感觉屁股后面湿湿的,才发现上面有泥,一定是她今天去看病时,摔倒了。

我回来时,她闭着眼睛,头上冒着汗,我边替她擦边说,你为什么不让我陪你去呢?万一摔伤了你怎么在舞台上臭美?脸上长个痘都要急半天,要是胳肢窝下架个拐,说不定早不想活了。

她扑哧笑了,又哎哟了一声。我说,怎么了?

她摆摆手,皱着的眉头慢慢舒展开了。对了,我给你讲个故事,是我自己的。有个男人呀,对我真好。我有一次到部队演出,穿着高跟鞋,没法上山,你猜怎么着?他背着我上去的。就是在那个暖暖的背上,我第一次爱上了他。你知道我从小没了爸,我妈见生了第三个还是女孩后,就把我送了人,从此以后再也没了联系。我养父对我好,我养母就不干了,三天两头逼着问我是不是养父对我有什么不轨的行为,搞得我跟养父都不敢说话。后来,我长到十一岁,我养母生了儿子,就把我送到了姥姥家,我一直在姥姥家长大,没有父,没有母,所以这个男人对我那么好,我就一下子喜欢上了他。那个男人就是你舅。

你再说,我就回去了。

你真的不怕我做出什么事来?

你好好想想,你若爱他,就要为他着想。鱼死网破了,对谁最有利？你是聪明人。如果确有此事，我们一家念你好，你喜欢的那个人还能帮你。否则他身败名裂了，你也遍体伤痕。

不等她说完，我端起她的脏衣服和大衣走出屋。我把大衣洗干净后，摊到暖气片上，明天早上上课，她肯定要穿呢。

第二天一大早，我把军大衣送到她宿舍时，她已化完妆了，正在穿军装。一看到大衣，她眼睛里有泪光在闪，接大衣时握住了我的手，宿舍里还有人，我们谁也没说话，但都明白对方要说什么。

我宿舍的同学老问我跟戏剧系的那个戏痴是什么关系，我说，她是我表姐。她呢，告诉她的同学们，我是她远方的表妹。

六

春天来了，刘清扬说舅舅又要来开会，五点到她实习的地方，让我也一起去吃饭。她说她做的糖醋排骨可好吃了。我们食堂饭难吃，再说我也想舅舅了，我想我要当面问问他，他们到底怎么回事。比如我一定要问清他们到底是什么关系，进展到何种程度了，然后好对症下药。这次机会难得。每次电话里，他只问我学习能跟得上不，钱够花不，有什么困难没。然后三言两语就把我打发掉了，根本不管我想跟他说什么。即使跟以往一样，问不出所以然来，只要仔细地观察他，就一定能知道刘清扬说的是不是真话。这么一想我就同意了。

我先上网查了如何说服人。网上说：找到对方问题所在，站在对方立场思考问题，分析对方思想薄弱点加以劝导，这样说服对方的可能性更高一些。既然是她不想做的,那么就要劝她去做。每个人都有自己的价值观以及道德行为标准,也就是原则,如果此事大大违背她的处世原则,那么就没必要让她去做了。如果不违背她的原则,就要具体分析应该怎么劝服她。说服他人无非是从正反两方面着手,一则分析此事有何价值,行此事的必要性;二则反面分析,如果不做或者做不好,都有什么弊端或者损失。具体语言上不要表现出自己的意愿,要让她感觉你只是建议,选择权在她自己,以免产生抵触情绪,只需要陈述利害关系即可……同时,我又把最喜欢的《三国演义》第四十三回《诸葛亮舌战群儒》反复看了三遍,从中领会其策略,准备好好跟她一论雌雄。比如先从她的角度,替她分析,动之以情,然后消除防范,以情感化,最后语势磅礴,一举灭之。比如我说,你喜欢他,他也喜欢你,你们想走到一起,那么如何让他的夫人同意呢?夫人你没法做工作,人家不理你。那么他夫人听谁的话,能否做得通工作?这样的人你没有。还有他的兄弟姐妹,他的亲人,显而易见,没有一个人支持你。无论是你还是他,都是孤立的。那么现在咱们再看第二个解决办法,那就是他是那个不爱江山爱美人的英国王子,为爱能舍弃王位,这样他只要心死了,也能离成。关键是你能使他放弃他的官位吗?他能离开孩子,能不怕老母亲反对吗?最主要的是,他是一个视事业为生命的人,他能为你放弃即将到来的位置吗?再比方,他都放弃了,那么以后他真的跟你结婚了,他没有了事业,他还是那个男人不?而你呢,他没有位置了,你马上面临的就是去向问题,你到哪?你是艺术家,当然在省城最有发展空间了,可是他都没职位了,还有人帮你不？还有他的前妻会放过你吗？那么再看第三个解决办法了，就是放弃他，先看他的反应。如果他不再找你，那么基本上说明他不是不爱你，只是他希望不影响他的工作和家庭条件下才可以，证明他的爱是有条件的。你放弃了，他还会帮你，你仍有美好的前途。

同时，还要仔细地分析她的家庭，姥姥年纪大了，只有很少的退休金，还指望她呢，她倒了，这个家不是所有的指望都没了吗？然后以好朋友的身份，站在她的立场上，帮她分析长远和近期目标，还通过影视作品，通过我读的上万本书为例，准备了一大堆要说服她的话。

刘清扬实习的单位在郊区，院子很大，清静阔朗。她住单身宿舍，好在宿舍有卫生间。刘清扬用一块塑料布把卫生间跟洗漱间分开来。洗漱间墙上摆满了盆盆罐罐，洗脸池边放着高压锅，里面果然散发着喷香的肉味。

房子铺着地毯，茶几上放着炒好的菜，我不知道那么小的空间，刘清扬是如何摆布的。反正四菜一汤，已经齐了，还有瓶红酒，未开封。桌上有束玫瑰，开得正艳，轻柔的音乐时断时续。刘清扬说，咱们开始吧。

我说，等等我舅。

刘清扬说，他已经走了，单位临时有事，没办法，领导干部嘛，就那样，身不由己。

我望着未开封的酒，未动的菜，还有平展展的床，我确信她要么真的得了幻想症，要么就是故意说假话，便没有说话。

哎,那玫瑰就是他送给我的,你看,美不?

我真的认为我舅没有来,他从机场打车到这儿至少需一个半小时,来一个半小时坐了不到半小时,连口饭没吃就走了,说不过去。可是我不会说破的,戏剧系的女孩是场面上的人,比不得我们文学系的,她们死要面子。她们就生活在舞台上,要光彩照人的。

你对我跟你舅舅的事怎么看?

我觉得我舅舅可能对你的关心只限于你是他部下的关系,你误解了。

切!刘清扬说着,突然哭了,说,我为你舅舅打过一个孩子,就是你照顾我的那次。

那不可能是我舅舅的。

刘清扬说,那就没办法了。那天天太冷,我一个人去的医院,我想死的心都有了。那孩子我不知道是男孩还是女孩,他本该叫我妈妈的,我本该带着他去画画,去唱歌,去踢足球,可是他还没来到这世界就没了。算了,说这些你也不想听。你说我们要是真心相爱,你支持不?

我说,作为好朋友,我客观地跟你讲,即便你爱的那个人爱你,他有家,有事业,也不可能离婚。因为男人都是一心干事业的,且不说他现在正是关键时刻,即使不是,他也不会的,他是孝子,爱父母;他是好父亲,舍不得孩子。

那我等到他退休。

就你?他退休了,没有职务了,你还喜欢他?再说,你可能是受到刺激,多是幻想所致,去看看医生吧。无论怎么样,我不可能支持你的。即使我赞赏真正的爱情,但我也不会那样去做。一个好端端的家,不能因为一个自私的人而毁了。如果你真爱那个人,请主动放弃。成全别人,就成全了自己。

我一直把你当好朋友看的,只有你,也只有你,我才敢在你面前说真话。我在姥姥跟前不能说,怕她操心。跟好朋友不能说,怕他们坏我的事。可是你却不信,我只能长叹一声。我们是真爱呀。

真爱可能,但是任何事都不是没有制约的。我把准备好的所有的话语一股脑儿地全说给她听,可是没等我说完,她就摆摆手说,算了,别给我整那些大道理了。我给你讲个事,前几天看电视,日本有三个科学家得了诺贝尔奖。颁奖会上,记者现场采访了两个获奖者,问有何感想。依习惯,我想他会说,感谢国家栽培,感谢领导支持,感谢父母教诲,感谢妻子理解,等等,结果获奖者抱着奖牌回答说:"这玩意儿挺沉。"另一个获奖者说:"它是金属的。"刘清扬说着,冷笑道,你不会不知道我说的是啥意思吧?

我无语,要走。她说,你别走,我不为难你了。我只有一个请求,你能为我写一部戏不?就算是对我们感情的一种留存。虽然你没有帮我,但是我知道你理解这份情感。这样,我这一生就满足了。

我松了一口气,说,对这个戏,你有什么要求,尽管说。

同学们都在排演,有演小品的,有演话剧的,有拍电视剧的,我却想唱昆曲,只有昆曲才最适合我。昆曲无声不歌,无动不舞,词曲警人,余香满口。昆曲的舞台,才是凡人的世界,才有七情六欲流露。昆曲里多的是才子佳人,总是以情为生。譬如《水浒传》里,女人不是面目模糊的英雄,就是十恶不赦的淫妇。到了昆曲《水浒记》里,却是那么风情万种,催人泪下。《借茶》一折,阎惜娇出场唱的是"我惜春无计,春光暗移,惜花良苦,花期渐逾"。可叹的是她嫁了个不解风情的宋江。这时,她遇上了挑逗得她春心荡漾的张三郎,感情油然而生。即便因他被宋江杀了,化鬼也要带他去团圆。面对鬼魂,张三郎害怕,他逃避,恐惧。但是当对方讲起过去的恋情,他竟忘记对方是鬼,甘愿为情赴死。《百花记》中,百花公主身为公主,不知情而爱上了自己的仇敌,赠剑许以终身,最终断送了家族的前途。其他剧种的戏大多讲的是仇敌最终利用她的感情,达到了政治目的,但你看新改编的昆曲就是让仇敌放弃自己的政治生涯,而是以爱情为重,甘愿为她而死。在《紫钗记》里,全剧几乎全是霍小玉与李益的爱情,从相识、离别到团圆,推动剧情发展的外因,只在主人公的对话中透露。唱昆曲我有童子功,这几年一直观看北昆、南昆的各种演出。要融古今于一体,规模是两三个小时,具体时间你自己决定。以古装的架子,写今人的情感。既要写出古人的那种诗意、痴情,又要写出当今人心的幽暗、复杂,还要有美的语言。不要概念化地写一个人,要写出活生生的人。全剧尽量保持情感戏,如《紫钗梦》,几乎全是男女主人公的戏,外在的可一笔带过,或用人物对话引出。我要你为我量身订制大段大段的唱词,我要你写出名段如那《长亭送别》《灞桥折柳》《游园惊梦》《思凡》《二进宫》……我要你写出一个女人被爱折磨的一生。这种情,最动人也。凭我对你的了解,你完全可以写得浓到极致,而且要加上时尚的元素。你看青春版的《牡丹亭》不就火了?

从那以后,她经常请我吃饭或喝茶,询问进度。当初稿写好后,她反复地谈她的想法,比我这个编剧还上心。她说,你知道吗?这戏就是我的命,我已经快三十岁了,我要留住青春,这部戏就是我的青春。最后她改了八稿,整整用了半年时间,我感觉她改得太好了。

我喜欢那样的日子,我们两个坐在房间里。席子是凉爽的,人的衣裳和手也是凉爽的,而在这凉爽里又分明感觉到人体的暖意。面前的表情有种柔和的寂寞,房间里的空气是潮润而明净的。她说那些戏剧,什么《夜明珠》《碧玉簪》《紫金钗》《双头凤》《火焰驹》《斩黄袍》《龙凤呈祥》《锁麟囊》《二进宫》《夜奔》《思凡》,那些让人产生旖旎情思而我没见过的,却使我心里化开了一股情意,这情意充满了我对古典戏剧的热爱,充满了我对才子佳人、花好月圆的向往,我把所有的感觉全写进了本子里。

戏成功演出后,我把演出录像给舅舅寄了去,他看了后给我打了电话,只说了一句话,这是你和刘清扬最好的作品。

正在这时,我的寻呼机响了,我一看,是小姨,让我回电。

七

在断断续续的哭声中,小姨告诉我,小姨父手机上竟然有刘清扬的电话。

我说,她肯定是想让姨父跟你做工作呀。

没有你想的那么简单。小姨说,晚上你到家门口的美容店吧,小姨请你做皮肤护理。

几天不见,小姨眼圈都黑了,本来不爱打扮的她竟然也烫了发。我进去时,她的脸上已经被美容小姐涂了黑黑的面膜,我一时没认出来。她示意我躺在她旁边的床上,说,咱们女人不对自己好,谁会对你好呢?来,试试这个新的面膜。我准备定期做皮肤护理,再不像以前那么傻了,给谁省呀?总不能留着让狐狸精花吧。

我说,小姨父对你不挺好的吗?

切,小姨说着,看美容小姐拉门走了,说,你知道我昨天下班,回到家看到啥了?

看到啥了?

我闻到了女人来家里的气息,沙发上有香水味。而且我断定是刘清扬。那香水味,还有杯边的口红印。

小姨,你厉害呀,观察得这么细。

女人,凭第六感觉吧。我问你姨父,哪个女人来过?他惊异地说,你怎么知道?

我冷笑道,你尾巴一翘我就知道你放了什么屁。老实交代。

你姨父说是刘清扬,来找他给我做工作,同意与你舅舅的事。说当时哭得不行。你姨父怕跟刘清扬在外面见面影响不好,就让她到家里。你姨父还说,想想我要是害怕,能让她到家里来?为什么没告诉你,怕你胡想。我跟你目标一致的,是做说服工作呀。

对呀,小姨,这很正常呀。她想见你你却不见,她就想通过姨父做你的工作吧?

可我凭女人的直觉,觉得你姨父也喜欢她,他只要见到她,眼睛就发光,说话就带笑。你说这女人要脸不要脸?我叫你来,就是让你暗示她,我们家不欢迎她。

小姨,你想多了。

你姨父他把当官看得很重,否则女人勾引,他说不定早就上钩了。这种女人,真可憎,比那野草还多,真是斩不完,除不尽。明天,你把刘清扬叫上,我请你们吃饭。

你千万不要适得其反。

放心,我会好好待她的,我要让她永远地从咱们家,从你舅舅眼前消失。

刘清扬一听说小姨要见她,兴奋得不行。我当然要装好人了,我说,我跟小姨做了好多次工作,小姨才答应见你的。

我去叫刘清扬时,她的床上堆了一大堆衣服,还是觉得心里没有底气儿,一会儿说,你小姨是机关干部,我得穿正装。一会儿又说,不行,穿正装显得我太老气,她更不喜欢我了。我说,那你就跟平时一样,打扮得妩媚些吧。那更不行,你还是作家,怎么不了解女人呢?特别是像你小姨那种中年女人,最怕打扮得妖艳的女人,我那样去,基本上就是自投罗网了。你小姨是我们爱情的最关键处,我要力争给她留下最好的印象。我听你舅舅说了,他最爱你妈妈,但是最听你小姨的话。最后,刘清扬穿了一件白色的连衣裙,妆也化得清淡。

一路上,她一会儿问小姨有什么爱好,一会儿问小姨的性格。我却六神无主,怕小姨质问刘清扬跟小姨父单独在家里见面的事。小姨请我们吃的是海鲜,她对刘清扬很是亲热,解释说,自己一直很忙,今天总算抽开了身子见面。吃完饭,她让我先走,她要请刘清扬帮她去商场挑选衣服。

这样也好,我立即逃了出来。

我不知小姨跟刘清扬到底说了什么,从此,刘清扬不再跟我说话,我也不会主动跟她说话。即使迎面碰上,她也马上扭过去,我则无视而行。

学校门口的电话亭里没了她的身影,对了,她有了大哥大。食堂里,也见不到她来吃饭。有人说,她谈对象了,找了一个很大的官。也有人说,她出去唱堂会了。

她让人捎给我一个信封,里面装有五千块钱。我想,她这是要与我两清,她无情,我无义,从此,我们两清了,而我那么想跟她在一起。舅舅喜欢她,姨父喜欢她,难道我一个同性,也喜欢她?刘清扬到底为什么吸引我们一家人?小姨嘴上恨她,却买了一条跟她一样的裙子。这个女人,到底凭什么,搅得我们家天翻地覆?她在时,我烦她,恨不能让她永远消失,可是她真消失了,我却如此惆怅。

天气渐暖,在水房冲澡时,她仍然跟往常一样唱她心爱的昆曲。

这不,你听听:

从今后玉容寂寞梨花朵,胭脂浅淡樱桃颗,这相思何时是可?昏邓邓黑海来深,白茫茫陆地来厚,碧悠悠青天来阔;太行山般高仰望,东洋海般深思渴,毒害的怎么。(云)俺娘呵,

（唱）将颤巍巍双头花蕊搓,香馥馥同心缕带割,长挽挽连理琼枝挫。白头娘不负荷,青春女成耽搁,将俺那锦片也似前程蹬脱。俺娘把甜名儿落空了他,虚名儿误赚了我。

……

听着《西厢记》中崔莺莺的唱词,我知道她在埋怨我,那曲调比骂我打我还难受千倍。

我边听边流泪,怕人发现,忙扭头脸朝向墙。我更加生小姨的气,她给我打了好几次电话,我都推说毕业近了,事多。我曾问小姨用何良策使刘清扬跟我们家再也没了瓜葛。小姨笑着说,用女人的老办法。

我仍不解,小姨说,你不要再问了,反正问题已经解决了,她不会再找咱们家任何人了。

我费尽口舌,都劝不动刘清扬,小姨到底用的什么锦囊妙计,让刘清扬全身而退?她学的是《茶花女》里的阿尔芒的父亲的言行?用的王熙凤的调包计?或者周瑜的美人计?还是花重金,买通了黑社会?我呢,充当了什么角色?帮凶?杀人犯?还是无情无义之小人则个?我绞尽脑汁,调动自己二十五年的生活经历,想遍看过的所有图书和影视剧,也解不开这谜。

看来,小姨这个女人,不一般!

八

刘清扬唱的昆曲《则为你如花美眷》,得了梅花奖。毕业后,她顺利地进了她梦想的省城剧团。

从此,我再也没了她的消息。

五年后的大年三十,我到姥姥家,提了副军的舅舅恰也回来休假。舅舅一个人回的家,他说姥爷不在了,他只要有假,就一定要陪姥姥过年。舅舅还说,舅妈身体不好,回老家对她身体不好,孩子在农村也待不习惯,舅妈还得给孩子做饭。

舅舅话很少,不像跟刘清扬在一起时,老是有话说,没话也找话。姥姥问一句他答一句,不说话时就翻手机,手机上全是他的战友、部下的拜年信息。我的手机也一直"喔喔"叫个不停。忽然间一个电话响了,我一看是刘清扬,我故意说现在跟舅舅在姥姥家。说我们过年吃的啥,舅舅喝了多少酒,明天要去什么地方,连我给姥姥洗头的事都一并说了。刘清扬说,我结婚了,跟爱人在美国他的别墅里,正在游泳池边喝着茶,忽然间想你了,就给你打个电话。我说,舅舅在旁边,你跟他说两句。舅舅已经伸手来接手机,她却说不用了,说还想跟姥姥说两句。姥姥一把抢过手机。姥姥大略知道刘清扬这个人的。不等刘清扬说完,姥姥就说,闺女,好好过日子。我示意姥姥我还要说话,姥姥却挂了。我想也许她还会打电话过来,可她没有打来。

舅舅继续看手机,我跟姥姥继续看着电视,我们都各怀心思,看的啥内容,我们都不在意,反正春晚总是热热闹闹红红火火的。

舅舅睡了,我还在看电视。舅舅的外裤在炕边搭着,掉到了地上,我拾起来时,发现舅舅的皮带的里面还有一条小拉锁,我好奇地打开,却是一张叠成条状的纸,理智让我不要看,情感却催着我

打开了它:

明亮呀:

我们认识五年了,在这1800多天里,我不知有多少喜悦和苦处。现在我有事情告诉你,请你不要忘记。第一件事,你曾有一个儿子,不过他没活成。第二件,你将来,要记得我是如何对你的。第三件,你有35张照片在我处,从3岁到47岁,每个时期的,均有。10张我们在一起的合影,是我的最爱。我要保存至死。我们的事除了你我,大家都不信,但我信,这些照片做证。不过,你放心,我不会把它们当作炸你的弹药。第四件,答应我,别再喝过量的酒,你的胃不好。第五件,我爱你不是因为你有权。此后,与你分手,我绝不会再打扰你的生活。

时间,是五年前的六月三日,也就是小姨见刘清扬后的第二天刘清扬寄给舅舅的。

……

哎,同学,水都凉了,你怎么还没洗完?

我扭头一看,戏剧系那个可恶的"水磨腔"推了我一下,把我从沉思中惊醒,这不是刘清扬吗?我惊喜地叫道,清扬!她扭头看着我说,谁是清扬?我叫柳萌。

你不是C基地的?

我是高中生考的戏剧系。

天,我记错了。你唱的是不是昆曲《紫钗记》中的唱词?

是呀,听说你写小说很厉害的,看来还懂戏。能不能帮我写一个本子,钱不是问题,两三个小时的长度,我先付你两万。

可以,但是你得答应我一件事,教我化妆,教我怎么把围巾系得那么好看。

好呀,今天晚上晚饭后,你到我宿舍来。

柳萌走了,我清醒了一下脑子,走出水房,这时楼下传达室的大妈在喇叭里喊:文学系的李小曼,你舅在楼下等你。

我跑出水房,跑过音乐系女生的宿舍,穿过戏剧系女生宿舍的门,在楼下碰上正在楼道集合的舞蹈系小妹妹,她们最大不超过十二岁,穿着最小号的军装,说不尽的可爱。我盯着她们看了好久,说不准我下一部小说的主角,就在她们中间。

穿着将军服的舅舅不苟言笑地站在宿舍门口的一棵银杏树下,我望了望四周,他旁边没有一个女人。我跑上去,拉住舅舅的手。他立即松开了,说,多大了,咋还像个小孩子?舅舅,你能不能变得有趣些?我说着,挽住了他的胳膊。

黄金时代

> 朝雾初升,落叶飘零
> 让我们把美酒满斟!
>
> ——台俄多尔·斯托姆

1

人家在过年,刘清扬却在较劲,不是跟人,是词。一想起它,她就心生惆怅。妩媚风流已离她远去,再回首,冠盖不往来,面目亦可憎。想到此,她就想骂人,身边却没一个人可骂。儿子在部队,管理挺严,打电话,十有八九没人接。即便接到,也是:妈,我在查哨。妈,我在开会。妈,我是排长,你别动不动就给我打电话,手下还有几十号人盯着呢,咱得做表率,是不?爱人正在他老家医院的重症监护室外,隔着门上一块吹开纸的玻璃不时瞧里面昏迷不醒的公公几眼,作为公婆眼中懂事理的儿媳,此时,她当然不该让他分心。刚看小百花的《梁山伯与祝英台》,她就想起了恋人小纳博来,怕触景生情,干脆关了电脑。

眼前闪出闺密周——那双小眼睛来,她远在美国。想到现在美利坚是清晨,不会打扰闺密休息,便给她发了条微信:最近好吗?亲?一发信息,发现还需验证。先没反应过来,以为写错闺密名字了。不对呀,二十年的好朋友的名字能写错?再一想,刘清扬肺就气炸了。去年闺密的朋友圈屏蔽了她,看到有同学转她的动态,才知道伤心事,理直气壮地质问闺密,闺密说看你很忙,就不打扰了,有啥事可以发微信。现在,微信也发不成了,证明刘清扬彻底不是她的朋友了。

此时窗外,满院彩灯闪烁,写着"欢庆春节"的大红灯笼,挂在大门和单元门两边。电视上全是一张张普天同庆的脸,每张笑脸都写满幸福。虽不让放炮,但鞭炮声不绝,家家灯火通明,笑声喧朗,只有刘清扬一个人坐在昏暗的台灯下悲哀。

手机终于响了,她不敢再看。千万别是电信公司祝福新年快乐的,它的快乐是让你选择继续包半年还是全年的流量。要不就是陌生电话在热情的女士或姐的呼唤声中,让你贷款或买房。

响了三声,刘清扬再一看,是儿子。她由着电话响了两分钟,才懒洋洋地接通。妈,你怎么了?她鼻子一酸,说,你个狗东西,你说妈怎么了?儿子在电话里嘻嘻一笑,说,妈,别那么神经质嘛,我刚替战士站哨回来,累得都直不起腰来了。我知道你没急事,是不是又"文艺"了?发思古之幽情,爸不在,没人配合你,想拿儿子开练?

你个狗东西,胡说什么呢?谁"文艺",你才"文艺"?你跟你爸都"文艺"!

好了,老妈,不跟你开玩笑了,要没啥事,我眯一会儿啊。明天还要跑五公里呢,你不是让我要好好加强体能训练吗?听老妈的话,进步快。祝你过年好!你的心胸比大河还要宽阔,别像到了更年期,逮谁就训。

这话更让她生气,还我儿子呢,当妈的心思都看不透,白养了二十二年。什么更年期,这世界上,我最痛恨的就是这个词,还把这个词往一个生气勃勃的妈妈身上套,真是没眼色。你个狗东西,别仗着自己还年轻,就瞧不起你妈,现在我还在黄金时代呢!跑五公里,不比你差,不信,你回来咱俩比比。

儿子哈哈大笑着说,好,黄金时代,我休息了。

她能听出他话里的揶揄,为了证明,她坐在了电脑前,想写下"没人打扰随心所欲的黄金时代"。可是一个字也写不出来。

坐了一会儿,感觉昏暗也让人害怕,连自己的影子都让她紧张。她打开家里所有的灯。经过儿子屋前,他的黑色羽绒服挂在椅子上,猛一看,好像他坐在桌前,她吓了一跳,以为他偷跑回家了,在屋里跟她开玩笑。她把羽绒服拿到卫生间,拿着刷子边刷边说,讨厌,真讨厌,这个狗东西。

洗完羽绒服,洗床单,洗沙发罩,反正大过年的,又是半夜,没人来。

时间过得真慢,一夜她都在折腾。折腾完洗衣机,折腾衣柜。最后再折腾音响,满屋子都是音乐,往日如仙乐般的《春江花月夜》,夜半怎么听,都觉毛骨悚然。

好不容易挨到天亮,她拿起工资卡,准备好好去享受快乐的单身生活。

一个女人,不用给儿子检查作业,不用带他上钢琴课、奥数班,不用给丈夫做饭、洗臭袜子,难得清闲,此时,当然是她的黄金时代了。

对了,跟她较劲的就是这个词:黄金时代!她心想:这几天我要好好挥霍,反正有的是钱,刚发了工资;有的是时间,没人在你身边指手画脚。

哈哈!没有物质做外援,仅凭年轻,怎么能称得上是黄金时代?

2

离家不远就是花卉市场。四周全是人,蹬三轮车的,拉平板车的,当然还有买花者。看着一个个青年男女,抱着花左搂右抱,才想起,今天不但是大年初一,还是情人节。

市场门口停着一辆大车,上面插满了开得正盛的百合、郁金香、杜鹃、美人蕉等。在北方一片光秃秃的寂寥景致中,这些美丽的花忽然仪态万方地出现,这对她这个爱花的人来说,比哥伦布发现了新大陆还兴奋。她斜插过去,拿着花又闻又看,终于挑中一束郁金香和一束黄色玫瑰。正要掏钱,旁边有个少妇朝她挤了挤眼说,花市里面还有更新鲜漂亮、价钱更便宜的花呢。刘清扬一听,放回花。卖花的是个留小胡子的青年人,他站在车把边,骂了句脏话,就把刘清扬退回的花恨恨地插到花瓶里。

少妇为她,遭了诅咒,刘清扬感觉对不起她,急着去追她,没料想额头在咚的响声中,撕裂般地痛。

对不起!真的对不起!一个老头站在了她面前。她摸着发痛的部位,好半天才在泪水中知道是他的三轮车车斗的顶部撞的她。

走到前面的少妇反身回来,摸着刘清扬右眉峰附近说,呀,肿了。你这人怎么骑车的?往人身上撞?

老头双腿并拢,站得笔直,双手垂下,腰弯得更低,仍在说对不起,对不起。

得让他留个电话!少妇扯着刘清扬的衣襟,给她使眼色。

老头穿着一身发白的军棉袄,满脸褶子,感觉年纪跟她去世的父亲差不多。大过年的,留了电话又有什么用?刘清扬摇了摇手,说,你走吧。

老头又鞠一躬,骑上车子还没忘记说,姑娘,过年好!祝你好运!

少妇说,没事吧?刘清扬说没事。再看市场里人来人往,脚下成片的烂叶,一摊摊泥水,便打消了买花的念头。

揉着发痛的右额,走向大街,不远处的新彩云巨幕电影院门口大红的字甚是耀眼。她目不斜视地走进去,还是年轻人多,男男女女一个个光艳得如同从影视剧中走出来的。有女孩一手握冰淇淋,一手在电脑上取票。刘清扬折腾了半天也不会,请教他们。有位姑娘说,大妈,你告诉我验证码和订单号,我来帮你取。

大妈要是会在网上订,还找你?刘清扬气鼓鼓地走到服务台前买票,问一张票多少钱。一个脸窄得跟麻雀样的姑娘,头也不抬地指指身旁的电子屏幕。竟然比网上贵两倍多。

为什么网上那么便宜？

不买就走。

为什么网上那么便宜？

窄脸姑娘不理刘清扬，站到一边跟另一个卖爆米花的小伙子聊天去了，话题是昨夜的春晚，对一个演员的女儿疑似同性恋深表诧异。

刘清扬又走到她跟前，还是那句话，为什么网上那么便宜？

窄脸姑娘嘴里嚷了句什么，刘清扬没听清。小伙子笑着朝窄脸姑娘打了一下，说，别理她，闲得无聊来找事的吧？

小伙骂了一句难听的，窄脸姑娘对小伙说，算了，别跟她计较，大过年的，一个人看电影，怕是离婚了，又没孩子。

你才离婚了，你才没孩子。

小伙子要冲出来，刘清扬感觉有些害怕，准备离开，这时，来了个穿黑色西装扎领带的领导模样的人。窄脸姑娘又说了句，看电影嫌钱贵，她以为这是到市场买大白菜呀。刘清扬说，你净胡扯，我不看电影跑电影院来听你啰唆？一时赌气，便说来张马上演的。窄脸姑娘没动，领导模样的人给刘清扬在电脑上买了票。电影叫《妖猫传》，一听这名字她就不喜欢，如果今天放的是文艺片，三倍的钱她也毫不心疼。

电影看了一半，刘清扬就出来了，故意走到窄脸姑娘跟前，可她头也不抬，说，看什么电影？

刘清扬忍着气，半天才说，我买了你的全价票，但电影不好看。

我明知道不好看,还买,只是想给你证明我不是没钱。祝你过年好。在窄脸姑娘睁着三角眼满脸不解时,刘清扬傲然迈出电影院。想吃碗面条或米粉,但路边所有的小吃店都写着:春节放假,正月十六正常营业。

今天才初一。

3

去商场,一般顶层就有美食城。离家八百米是翠微商场,两站路是双安商场,刘清扬喜欢更远的当代商城,比其他两个东西卖得都贵。反正有的是钱。这把年纪了,不花钱还待动不了的时候?一想起那个窄脸服务员,她就想花钱,然后提着一大堆衣服在那人面前出口恶气。

这么一想,她立马打车到了当代商城。

看衣服,能忘记世上所有的忧伤。谁说的,不知道,她猜肯定是女人,而且是一个人过年的女人,或者满肚子都装着气的女人。

先解决肚子问题。

麻辣香锅,平常她全家最爱吃,可一想一个人吃不完,又往里走。东方饺子王,一想起胖圆圆的饺子,不忍看,又走过去。吉野家,一个人都没有。最后还是退回到东方饺子王,里面人不少,大多是一家三口、六口的,老人孩子一大堆。

东方饺子王环境清爽,比她上大学时常去的校门口的鸿毛饺子馆好多了,当然时代变了。工作间一个个头戴白帽的服务员站着一排包饺子,让她心生温暖。想着若小纳博在,不知又要发何感想。他也爱吃饺子,还喜欢往蘸饺子的料里放些虾皮,放完,说,尝一下。她一尝,还真好吃。他说,以后咱们结婚了,我每天给你做好吃的。你手脚太笨不说,关键对做饭不上心,人家给你什么,你就吃什么,不知道把它往美味整。

现在,东方饺子王就很美味,小桌上有蒜水、辣椒油、老陈醋、六月神酱油。刘清扬要了一份西葫芦鸡蛋馅的,一看就十二个,立马又要了一份韭菜鸡蛋馅的。这几天她除了吃方便面、面包,第一次吃这么香的饭,可等韭菜鸡蛋饺子端上来时,才发现自己吃不下了。

这时饭店走进来一个女人,穿着白大褂,上口袋上写着某某中医院。看年纪跟自己差不多,刘清扬朝她笑笑,女医生就坐在了她对面。

女医生看了半天菜单,点了份西葫芦鸡蛋馅的饺子。刘清扬说,过年好。

女医生说,过年好。我今天值班。

刘清扬由衷地说,当医生好。因为两个人坐着,刘清扬感觉周围人的眼神也不怜悯她了,便热情地让女医生先尝尝她的饺子。女医生摇了摇头说,想开点。

刘清扬愣了一下,反问道,想开点什么?

我意思是你想开些,一个人待着别闷着,给我讲讲,心里的气就没了。如果我没猜错,你怕是到更年期了。

原来医生把她当成了病人,这医生也够敬业的,吃饭时都不忘悬壶济世。刘清扬一时不知道说什么好,盼着这时手机响,哪怕是让贷款的,或者让增加流量的,好借口离开,可电话却静悄悄的。

女性在咱们这个年纪都容易产生消极心理,一定要想开点,要让自己振作起来。更年期不可怕,可怕的是自己内心的绝望。

刘清扬一听到"更年期",心里很排斥,便说自己一切很正常。女医生看着她说,那你是不是得抑郁症了?你回答几个问题。刘清扬想抬脚就走,可一想不能让她感觉到自己害怕了,便机械地点点头。

女医生拿起一支笔,掏出一张纸,竟然是一张问卷表,让刘清扬填:

1. 你对以往感兴趣的事情,还有兴趣吗?

2. 你能哈哈大笑,并看到事物好的一面吗?

3. 经常感到愉快吗?

4. 对自己的仪表失去兴趣吗?

5. 对一切都乐观地向前看吗?

6. 情绪经常低落吗?

7. 能欣赏一本好书或听好的广播、看好的电视节目吗?

刘清扬看完,哈哈大笑,像开机关枪一样说道,我很健康。我对什么都感兴趣。我对自己的仪表很满意。我一直都向前看。还有,我爱看电影和书,也爱散步和游泳,还需要测什么?

女医生拿回纸,还没说话,手机响了,好像是有病人了。女医生连一份饺子都没吃完,就边擦嘴边走了。走时,还没忘在桌上放张名片,说她是某某中医院的主任医师,治抑郁症有十年的经验了。得了抑郁症不要怕,但要及时治,严重了就没治了,跳楼呀,杀人呀,什么事都干得出来,希望刘清扬有空找她。

找你个辣椒,真是想钱想疯了,刘清扬生气地把名片撕碎了。出了饺子馆,忽想起下顿还没吃的,便反身回去买了两份饺子,明天中午的饭算解决了。

4

跟爱人逛商场,逛一会儿他不是喊腰疼,就说腿疼。每次买衣服,刘清扬都匆匆忙忙的。总想有时间要好好转转,细细地赏。那些衣服多漂亮,那些碗、茶具多别致。可现在身后没人催了,有大把的时间,奇怪的是杯子也不别致了,衣服虽多,自己喜欢的也就那么几件。没有爱人的评判,真让你自己做主时,反倒举棋不定了。

左思右想,不能空着手回去。忽记起一次开笔会,看到一个小姑娘穿着短款皮衣,很青春,便三层楼全转了个遍,最后挑选了一件斜拉链白色皮衣,看着别致。生怕自己穿不上去,谢天谢地,L号穿着感觉不错,按营业员的话说至少年轻二十岁。少二十岁,我不就正在大学校园里跟小纳博学骑自行车吗?她一高兴,就决定买。九千八百五十块,这在平时,会感觉有些贵,可一想,大过年的,怎么也得好好待自己。刷卡时,营业员就在刘清扬要输密码时,忽然把卡扔回柜面,说,钱不够。搞清楚呀,我里面刚发了工资呀,一万三千块。

服务员低着头说,你不相信,去楼下自动取款机好好看看。下一位!

千真万确,卡里只有两千块。

难道爱人取走了?不对呀,她把身上的现钱都给了他,他说足够了。刘清扬打电话,不知爱人在重症监护室外面睡着了,还是到手术室签字了,反正电话没人接。她知道没有十万火急的事,他都会接电话的,特别是在他看来一个离了他寸步难行的笨妻子,只会在纸上驰骋,在现实生活中,动手能力,连小学生都不如。

她再上楼想给收银员说声对不起,没想到收银员一看到刘清扬,就说,大妈,没关系,下次来时多带些钱。

刘清扬恨不能扇她个耳光,可知识分子的修养让自己沉住气说,姑娘,你多大了?根据刘清扬目测,她至少三十七八岁了。一个三十七八岁的女人叫一个四十五岁的女人大妈,妥当吗?

收银员看了刘清扬一眼,说,你问这个干什么?

那么你能不能告诉我你妈多大了?

我妈六十了。

那么我像你妈吗?刘清扬说着,瞪了收银员一眼,直奔电梯。

没承想,撞到一个人身上,还是一个男人。

俺的娘呀,真是你呀。我不是做梦吧?清扬。

一听"娘",她又想朝对方挥大巴掌,可不对,他知道我名字,再定睛一看,天呀,刚才还想着他呢,他就忽然冒出来了。

她讪讪地放下准备打人的手,惊叫道,怎么是你呀,小纳博,真的是你?

二十年了,脾气也没改,动不动还想打我。小声点,人家都在看着我们呢。

你怎么在这?

我刚调回来,这不,陪着老婆买衣服。你不知道你们女人有多麻烦,试了一件又一件,总是嫌人家做工不好,色泽不正。不满意你试它干吗?真是,每次都这样。烦得我在这儿坐着歇歇。

她嘻嘻笑道,小纳博,没想到你也会陪老婆买衣服,记得在学校时,你可是不进商场的。

小纳博笑得很不好意思,说,加个微信,好联系。你过得好吗?怎么一个人逛?

我爱人回老家了,也不知啥时回来。儿子在单位,回不来。我现在是快乐的单身汉,想干什么就干什么。

他正要说话,有女声叫他,他说,我走了。他说完,自己先疾步走了。她很想跟到他身后,看看那个做了他妻子的女人长什么样子,可又怕惹出不必要的麻烦。女人嘛,都是醋葫芦。小纳博虽然对不起她,但总的来说,他还是位好同志。他对她的好让她经常梦见他。她暗想,他一会儿说不定会溜出来再跟我聊天呢?这么一想,她放弃了看女装,到男装部转,在电脑城转,这些地方平时她不会去的,这是他的最爱,可他一直没来。她最后还不死心,又挨个转女装部,全转完,也没找着他,只好打车回家。

这次打的车好破,下车时,门怎么也打不开。司机很不高兴,说这是新车。刘清扬说,新车怎么就打不开门?

因为你不会开车门。

一个破桑塔纳,我还不会开门?她想说她家的是宝马,可她不会那么俗气。再说人家说你有宝马,为什么不开?那不就被将了一军吗?别说宝马,刘清扬连自行车都不敢一个人骑着上街。上大学时,都是小纳博骑车带她,后来警察逮住罚了几次款,他就下决心教她学骑车。在操场他一手扶着他那个四处都响的破自行车,一手拉着她的手,给她讲如何控制方向,如何掌握平衡。听得刘清扬耳根都发麻了,还云里雾里的。她说,别说了,车子给我。她上到车上,他在车后推着。她骑在车上,看着两边的树木哗哗地甩在了身后,感觉自己好像飞起来了,好爽,蹬得更快了。慢点,大小姐,我已经累得喘不过气来了。她让他松开,说自己会骑自行车了。他说,腰直起来,左转,左转!一看前面,有墙,她大叫道,怎么转?话还没说完,就一头撞了上去,鼻子立马流出了血。他则揉着腿说,估计腿都跑断了。第二天他又叫她去学骑车子,这一次,她摔了三次,总算学会了如何转弯、躲迎面来的人与车。可是一直到毕业,她也没学会如何踩着踏板上车,所以目前上车,她还是左脚踩在脚踏板的固定轴上,然后右腿直接从车座上跨过去。过马路,也不敢骑,跳下车,推着车跑。他说跳下车太危险,说她是世界上最笨的女人,他倒了八辈子霉,偏偏遇上了她。她伤了自尊,不再理他。他一会儿站在她宿舍下学猫叫,一会儿又学狗叫。她无奈,再出去玩,还是坐他的自行车。没人时,就腾地跳上去坐一会儿。他一说有警察,她立马跳下去。这样大家都累,就改坐公交了。他说以后有钱了,就买车,给她当专车司机。他说得没错,像她这样笨脑子的女人永远也学不会开车。但他不讲信用,现在给她开车的是爱人。至于小纳博给谁开,他没告诉她,她也懒得问。

爱人能干,孩子三岁时,她就到外面去学习了。两年,全是他一个人带孩子。他在她出去学习四个月后把自己和孩子养胖七八斤。他走了,她电卡找不到、车开不了,甚至连个银行卡都没法用。小纳博说得没错,她就是天下最笨的女人。

回到家,她换上睡衣,洗了把脸,往镜子里一瞧,立时犯晕:镜子里的女人披头散发,眼睛像兔子眼,眼球上全是血丝,眼袋深得能吊个大铜铃,额头撞得像被人打了一拳,牙缝里沾满了韭菜叶,满嘴都是大蒜味。身上穿条肥大的牛仔裤,鞋尖磨得发了白。手里提着两袋饺子,可不就是个大妈吗?

在别人面前当大妈没啥,可不该在初恋跟前露出这副惨相,想想人家为什么不打电话?顿时释然。确切地说,片刻的释然后,就涌来黑夜般的绝望。

爱人打来电话,问,啥事?刚才在会诊。

她恶狠狠地问,我工资卡上怎么只有那么点钱?

爱人说,存到网上银行了,两千块钱还不够你过年呀,你都要干啥?冰箱里荤的素的塞满了,想吃什么,自己动手。

我要杀人!她说着,扔了电话。

5

初二,儿子回来,平时本应八点就到家,现在他爸接不了他,只好坐地铁、倒公交,到家已经十点多了。

多了一个人,死气沉沉的家立马生动起来了,椅子拉动的响声、洗澡声、唱歌声,刘清扬感觉心里被这些声音丰盈了,听不进的歌曲现在又是仙乐了,网上的电影也部部都变得精彩了。

到吃饭时间了,她一个人可以凑合,可儿子十天半月才回来一次,大过年的,当然不能对付,就到饭店。儿子晚上五点前就得返队,他们就在家附近的峨眉酒家要了三个菜。两个人吃饭就是跟一个人吃饭不一样,说着话,菜好像也香了。

这时,微信忽然嘀地响了,她一看,脑子发蒙,心跳加速。小纳博这时来微信,一条接一条。想必在外面,说话方便。

妈,你的意见呢?

啊,什么意见?

我刚跟你说我带那个老士官的事,他不是不服我这个新排长吗?我是不是给他点下马威,让他知道我这个新排长也有两下子?

这个嘛,不能这么做。她嘴上应付着儿子,心里却思考着如何报复小纳博使她多日空等待,不能轻,亦不能重。不及时回,还是直接责怪他?

妈,你怎么那么忙呀?跟你说话都不在状态。我不在,你老说想我想我的,人家好不容易请了假,街都不逛了,同学约都不见,专门回来陪你,倒了三次车呀,一会儿还要归队,你就这么对待你的亲生儿子呀?

不忙呀。她说着,放下手机,短信仍在嘀嘀嘀。忍了一会儿,她又拿起了手机,对方一会儿送花,一会儿又发了个想你的视频。她回复,正忙着,有空吧。立马给儿子夹菜赔不是,并保证不再看手机。

儿子说,妈,你很忙,我就放心了。

儿子走了,她想小纳博若再约,跟他去干啥?看电影,打扮得漂漂亮亮的挽着他的胳膊到那个窄脸女人面前买张全价的电影票;去大观园,听说红楼十二钗今天游园。看看二十一世纪的十二钗像不像心目中的黛玉、宝钗。再到藕香榭看会儿桃花,虽然是假的,但总比没有好。况且沁芳桥、稻香村之类,足够聊的了。对了,也可以到大学校园里走走,找找那儿曾有的笑声和足迹。

一直到第二天上午,可小纳博一条短信也没来。她想没及时回他的短信,得赔个礼。小纳博这个外号,是有由来的。那是文学系开学后召开的第一次讨论会。有位女生发言,她说她听人说有部流氓小说,写一个四十多岁的大学教授害死了妻子,和他的继女——一个十二三岁的女孩乱伦的故事。她说这样的小说真下流,文学作品应当塑造人物美好心灵的,一个大学教授娶个寡妇,是为了占有该女人的孩子,这不是道德败坏吗?

这时,一个其貌不扬的男生站了起来,说,文学道德跟伦理道德不一样,如果你细细看了《洛丽塔》,就会被文中迷人的描述折服。说着,他背道:

> 肥大的男孩式白色短裤、纤细的腰肢、杏黄色的小腹、白色的胸衣——它的带子从她的脖子上绕过去,在身后打成一个悬摆的结,裸露了她一喘一喘年轻的、迷人的杏黄色肩胛骨,裸露出她处于青春发育期的那些美丽娇嫩的玉骨,裸露出

她线条流畅、越来越细的后背。她的帽子有个白顶。她的球拍可小小地花我一笔钱。白痴,三倍的白痴!我可以将她拍摄下来!此刻我就可以让她在我痛苦和绝望的放映室里出现在我的眼前!

……
你读这样的文字难道能无动于衷?我们先不说主人公的行为是否道德,一个流氓如此细腻多情,怕只有纳博科夫这样的大作家才能写出人性之美。

讨论会一结束,我想叫住他,却不知他的名字,一急就叫道,小纳博!站住,我要跟你好好谈谈。

他笑着说,好呀,你给我起的这名字我收下了。

想到这里,她给他发了一条短信:还记得防水布事件吗?

他回道:哈哈,你还记得?

她说当然。那时她读《洛丽塔》,没看懂防水布,向小纳博请教,才知那个拐跑洛丽塔的剧作家在男主人公亨伯特跟洛丽塔妈妈游泳时就出现了,只是洛丽塔妈妈以为是手表的反光。

他发了个很大众化的笑脸。

什么意思?连个字都不想写?不想说话了?她一腔热血,如泰坦尼克号忽遇冰山,马上沉没于冰冷的大海中。

转出转进,突然门响了,她心中一喜,难道是他?他怎么知道我家的?她极快地照了一下镜子,连刚才还干涸的声调都感觉温润了许多。她说,谁呀?说着,打开门。门外站着隔壁的老太太,她热情地说,你家电表亮红灯了,我提醒你一下,该买电了。老太太脚下跟着她的小狗,狗从老太太腿下钻出来,想往刘清扬家里挤。

谢谢。进来坐一会儿吧,就我一个人。

老太太摆摆手,说,家里来了一大堆人,孙子外孙,一个个都喊着要吃我的拿手菜,爸爸妈妈整天懒得给他们做,不是进饭店,就是吃肯德基,那洋玩意,哪有我做的大包子好吃?!我今天一口气给他们做了豆腐粉条包子、猪肉大葱包子、胡萝卜鸡蛋包子,五六种包子。你猜我那个小孙子吃了几个?老太太不等刘清扬回答,笑眯眯地举起三个指头晃了晃,然后摆摆手,说,走,回家,花花!花花很不情愿地被赶着进去了,里面笑声一片。大门当的一声,把热闹关进了门后,瞬间,刘清扬的世界复归寂静。

说到包子,她的肚子立马就叫了。老太太也真是,一定知道她孤家寡人一个,一定闻到她整天煮方便面的味道,故意馋她呢。刘清扬平素对老太太印象不错,老把她当亲人看待。她虽有儿有女,但儿女也就是逢年过节才来,平常都是她一个人,一会儿遛狗,一会儿去买菜。刘清扬只要一开门,那边狗就叫,老太太就出来边骂狗边跟她说话。看老太太孤单,刘清扬就叫她进家喝杯茶。老太太爱喝浓浓的茶,也爱说闲话,比如儿媳花钱大手大脚,女婿没本事,老想来啃老。花花呢,则在刘清扬家这儿闻闻,那儿嗅嗅,搞得刘清扬很不舒服,但并不生老人的气。对老人,刘清扬一向宽容,认为他们是老小孩。况且一个三十多岁就失去了丈夫的女人,把两个孩子带大,是多么不容易。

刘清扬从冰箱里拿出一份买的饺子,发现东方饺子王就是比鸿毛饺子馆贴心,餐盒里的饺子包得漂亮,里面放着一小袋香醋和一小袋辣椒油,还准备了一次性筷子。烧水,把汁倒进小碟,香味已飘了出来。取饺子下锅时,她才发现饭店给的是速冻水饺。现在冻饺子融化了,粘在了餐盒上,她取一个,烂一片。她把香醋和辣椒油倒进四处飘着韭菜和鸡蛋的碗里,权且当作吃了次酸汤水饺,可是汤不酸,饺子也没味道。酸汤水饺只有爱人做的才好吃,特别是那汤里放了葱花、紫菜、虾皮,好吃得很。

现在大过年的,她吃着烂成渣的饺子,吃一口,流一串眼泪。晚上躺下了,她忽想起另一盒饺子,立马将它放到了冷冻室。

正在这时,又有敲门声,刘清扬兴奋地打开,仍是老太太,她手里端着一盘包得精美的包子,老太太说各种口味的都有,刚从锅里拿出来的。刘清扬眼睛一热,一时说不出话来。

6

初三,刘清扬决定去公园跑步。打了半天车,没见到空车。也是,人家司机也回家过年了。听人说用滴滴打车方便,她下载了半天也没成功,忽然就不想去了。

中午,吃了包子,真好吃。晚饭,觉得大过年的,不能亏待自己,计划给自己炒个青椒肉丝。切肉,嫌油手;炒菜,怕烟熏。不禁去想,爱人是怎么做到的?一天天,一年年。翻看盐,是含碘的?辣椒油,过期了。开了口的香肠,也有了味道。忙活完,味道也不香,还得洗油腻的锅。

初四,爬上跳下,把家里一万多册书一本本拿出来擦灰展页,打发完一天。

初五晚,坐在沙发上发呆,才发现家里所有的花都蔫了。她走过去,一层落叶,返回来,又是一层落叶。看着晃动的叶子,是自己刚才碰的,还是外面风吹的?她小心绕过花,叶子不掉了,但手一碰,又掉下来了一小片,她判断缺水了。为了省麻烦,想端盆水直接往花盆里倒。又想,浇过了怎么办?干脆给少点,等它的主人回吧。十二盆花,大者如水缸,小者抱不动。高者需站到椅子上,低的却不能浇到花上。她想把高处的端下来,端不动。她站在椅子上,端着一脸盆的水浇,腿直打战。那么,跟她个子差不多的爱人,每次是怎么浇花的呢?想得头痛,也没答案。外面的电表显示电越来越少,却找不到电卡。物业打电话让去挪车,说她家的车挡了拉垃圾的车。她说,一我不会开车,二我也不知道钥匙在哪,等我爱人回家再说。

一称体重,过去 60 公斤,现在 55 公斤。她给减肥中心交了 2888 元,一会儿在肚子上绑中药袋,一会儿全身拿胶带裹得像只粽子,由着服务员在全身使劲地挤水分。吃白米饭、泡菜叶,才减了 2 公斤,后来一吃带油的,立马反弹,体重成了 61 公斤。

晚上睡觉前,再一次检查煤气、大门,都关了,还是不相信,生怕忽然有人把它们开了。

洗澡时,忽想起有人洗澡,热水器砸在了头上。她家的这个阿里斯顿,比大号旅行箱还大,她每次站在它下面,生怕它掉下来。

坐到沙发上,她又担心身后那一排排书架倒下来。她看过一本书,一个女人双腿残疾,就是书架倒下砸断了腿。她到饮水机接水,也有两怕:一怕壶里没水了,爱人还没回来;二怕壶忽然倒下。她可不是在写小说,有个女演员就是碰倒了饮水机,钢化玻璃碎片割破了喉咙,当即殒命。她已中年,儿子还没娶媳妇,她当然不想过早地离开这个既让人伤心又让人惊喜的人间。门口玄关上的花影映在门上,活像一个刚进门的人,吓她一跳。沙发边的影子,甚至衣架上的衣服,都让她紧张。往日熟悉的家,现在在头顶上半边都不亮的枝叶灯的映照下,仿佛充满了危险。还有大门外的一声狗叫、楼上的一声响,都让她恐惧。

东思西想,实在按捺不住,终于给爱人打电话,问他啥时回来,一个人的日子实在无趣。

想我了?

本想点头,可不能让他得意,便不说话。一切尽在不言中,老夫老妻,他知道她一向嘴硬,不说话,就表示默认了。

你不是有那么多的计划吗?一个人可以给自己做好吃的,在网上学做菜,逛公园,购物,做瑜伽,练芭蕾。

不回来就算了。

半夜了,还是睡不着,一看表两点半,给爱人发了一条视频:一座破屋前,挂着一个离地很低的轮胎秋千,上面坐着一个农村老太太,她戴着棉帽,绑着腿,穿着手工棉袄。旁边有个老头手拿棍子轻轻拨着秋千。音乐响起,秋千荡起来。坐在轮胎上的老太太笑得合不拢嘴。音乐起:我能想到最浪漫的事,就是和你一起慢慢变老。

翌日六点,刘清扬发现脸上长了一个肉瘤。十点半感觉半边脸痛。十一点感觉左耳鸣叫。越想越不安,到医院挂了急诊,回来一看药品说明书,其中一瓶写着治耳鸣、眩晕,最最可怕的是,还治阿尔茨海默症。

再回想,昨夜到书房里两次,都不知道自己要干什么。刚坐下,才想起要到书柜拿本书。还有,中午在沙发上躺了一会儿,睡着了吗?怎么想不起来了?这时,又感觉后背上的黑痣也痛起来了,会不会……越想越害怕,又给爱人打电话。

感觉脸上那个肉瘤又长大了,还疼,有三个人都问了,让我快到医院。我一个人不敢去呀,你得回来陪着我去,万一……

别神经了。爱人打断她的话。

我昨天从客厅到书房去了两次,都忘了拿什么东西,会不会是阿尔茨海默症?对了,爸怎么样了?

你没忘记你写的小说,没忘记你的体重,就证明你好好的。没急事我就挂了,爸情况很不好,昨夜抢救了一夜。

我在网上查了一下,阿尔茨海默症有时还有局部记忆呢。我现在记着我的体重,记着你,记着我的小说,很可能明天就不记得了。你爸腊月二十八还跟你通话呢,腊月二十九脱了裤子满屋跑,说那不是自己的裤子。腊月二十九已不会说话,昏迷了。现在不吃不喝一周了,对不对?

爸八十七了。

咱隔壁那个老太太,大前天还跟我说她给孙子们包包子呢,还看了咱家的电表,今天就没了。听说当时家里还有人,她在厨房洗碗,女儿、儿子一大家在打麻将。儿子说,妈,加壶水。没动静,以为老人没听见,便麻将打得哗啦啦响。半天还是不见老人出来,才发现老人躺在地上,早没气了。

那也六十多了,人老了,就那样。

可昨天又有一个作家走了,才五十二呀。我见过他,身体壮得像牛,听说得的是心肌梗死。你猜我咋知道的?我在微信上给他拜年,是他儿子给我回的,我才知道了这件悲哀的事情。

你心脏不好好的吗?行了,别胡思乱想了。我回宾馆睡一会儿,一宿没睡着,看着昏迷了五六天的爸,心里就很不是滋味。我正在联系省城医院,把他转去,事很多。对了,给我充下话费,充值卡就在我床头柜里。

我不会充呀。这事平常不都是你干的吗?

算了算了,都是我把你惯得不成样了。把充值卡上的横纹刮掉。啥地方?你文盲呀?把那地方刮掉,把密码给我拍成照片发过来。

她还要说话,对方已挂了电话。

正准备躺下,忽听外面有阵奇怪的声音,好像老人在叹息。刘清扬吓得拿被子蒙住了头,再听,又像小狗在嘶哑着叫,一声比一声凄婉。自从老太太去世后,刘清扬很怕出门。老太太家的大门,贴着白对联,每次她一上电梯,就看到那白纸黑字的对联上写着什么驾鹤西去、云游极乐,后背就发颤。此时,屋子静悄悄的,想必老太太的儿女们仍不在家住。一直没见狗,怎么现在叫了?她越想越害怕,在老家时,听妈讲过,人去世后,魂灵要在家漫游好几天呢。刘清扬越想越害怕,把防盗门反锁上,可狗还在叫,这次听是在她家门前。刘清扬打开音响,想让声音盖住狗叫声,可无济于事。她咬咬牙,拿着扫把,打开门,花花浑身脏不说,一条腿血淋淋的,看到她,哀叫了两声,眼角全是泪。她有些犹豫,可一看到对面那白得瘆人的对联,门边一摊摊血迹,便把花花抱进屋,给它的伤腿上了药。狗安静地躺在她铺的小窝里睡着了。

有了狗,她感觉好像一下子也不害怕了。第二天,狗跟着她到超市买菜,她去买狗食,还准备给它安个小窝。超市不让狗进,她让修车的大爷帮忙看下。出来后,却找不到狗了。她写了张寻狗启事,贴在大院门口的海报栏里,下午贴的,晚上再去看时,她的寻狗启事上贴了张粉色纸,是一家公司推销老年保健药品的。不少人围着看。有个老头说,我试了,效果很好。没效果,人家都不要钱。你看我这身体,去年查时,动脉硬化,今年没了,就是吃这药吃的。真的吗?真的吗?围着看海报的人,又拥向了这个老头。

晚上,刘清扬梦到了老太太,手里拿着包子,上面全是血。惊得她浑身是汗。第二天晚上她给对门插了三炷香,第三天一大早她出去一看,地上干干净净的,连一点香灰都没有。她又惊出一身汗,昨夜睡前,她明明把香点着了,还放了一束百合。

7

爱人处理完公公的后事,终于回家了。几天不见,他比刘清扬瘦得还厉害。他倒是想得开,说,人老了,没办法,走了也解脱了。你不知道,他身上都烂了,让人实在不忍看。

刘清扬听得怕怕的,不想让他再说,一会儿给他讲儿子谈了个女朋友,一会儿给他讲新近看的电影。爱人炒菜不是忘了放菜,就是忘记加盐,刘清扬让他休息,他倒在沙发上,一会儿喊胃疼,一会儿又问她吃药了没。

日子回归正常。爱人在客厅看电视,刘清扬踏实地坐在了电脑前,写东西,看电影。爱人说,你怎么回事呀?不是盼着我回来吗?回来却当我不存在,一句话都不说。要是知道你这么忙,我才不回呢!

天地良心,他不在时,她确实盼着他回来。他回来了,她心里自然就踏实了。可这话不能说,有些话说出就是祸。古人不是说了吗?言多必有失。

为了证明自己想好好生活,她给他洗水果、泡茶,还像模像样地从网上学了好几个他都没见过的菜:雷笋烧八爪鱼、干煎秋刀鱼、剁椒莴笋、莴笋叶炒笋尖。尽力朝贤妻方向努力。

终于上班了,停了一周的报纸,又要开始编。此期的发排完,定下周的选题。忙完,副总又说,尽快把全年的工作规划拿出来,下周汇报。她说好的,心里却发慌,下下一期又要准备哪一个名人的访谈?报纸不像杂志,稿件相对集中些,一张报纸,十几个版面,要名人的专访,要新人写的同题文章,还要约人写名人印象记,七八个版呢。太红的名人,人家不一定有时间。不太有名的,选题又通不过。她让两个年轻编辑赶紧想选题,必须在下周齐活。

第二天,开会期间,美国的闺密忽然发来短信,让刘清扬加她,说她不小心把刘清扬给拉到黑名单里了。刘清扬咨询办公室的小姑娘,有没有遇到过有人两次都把好朋友不小心拉黑的事情。那是个爱察言观色的聪明姑娘,她不知道刘清扬的用意,想了想说,我没遇到过,好像不大可能。

既然不可能,那么加这个朋友何用?哪个诗人曾说,什么是时光?我们穿上衣服,却再也脱不下来。想当初此女友去做流产手术,是她守在跟前的。没想到人家成了美国公民,就拒绝了她这个好了二十年的中国朋友。也许自己有错,可杀人也要给理由呀。刘清扬左思右想,还是把闺密放弃了,年纪大了,不想再委屈地为别人活了。

第三天,带着年轻编辑去采访最近很红的一个名人,拟准备下下期的稿子。快下班,忽然接到一个电话,原来是小纳博,说一起吃个饭。需要他时,他偏偏不来;现在忙得要死时,他却来了。刘清扬说,忙着呢,报纸要下厂。他说,明天。她看了一下台历,说,明天要述职,晚上要跟同事一起看电影,就是得了金球奖的《三块广告牌》。

那就后天,后天不见不散。

确实忙,再约。

晚上回到家,做了饭,赶紧准备述职报告,竟然还要做PPT。这对只会在电脑上打字的她来说,简直为难死了。扫照片、扫样稿,直忙得胳臂、腰都酸了,才想起爱人在客厅令牌急宣。她急着忙完述职材料,出去问他怎么了。爱人躺在沙发上,眼睛直望着天花板无语。她坐到他跟前,问了半天,他才开口说他怎么忽然就提不起劲,想让刘清扬陪他出去走走。

她说,改天好不好?明天要述职,后天要答辩,你也知道现在是关键时刻。爱人无语,又望着天花板了。她说,多给你家打些钱吧,你打多少我都没意见。爱人说,已经打了。她又想发火,念他刚失去亲人,便作罢。再看他还在发呆,就想,男人跟女人就是不一样,换成我,立马哭得一塌糊涂了。

元宵节这天下午爱人打电话,请她去莫斯科餐厅吃饭。一想起老莫那华贵高雅、气势恢宏的建筑,还有好吃的烤银鳕鱼、红菜汤,她就盼着下班。打扮一新,下得楼来,小纳博却在楼下,倚在车门上,不停地晃着腿,显然等了不短的时间。

哎呀呀,你们这不是气人吗?你们在我需要的时候,都去了哪里?怎么现在一个个都跑了来,好像专门要跟我作对?对他不约自来的这种霸道做法,她很是不满。此做法在她看来有几种意思:一是不相信她,二是强人所难,三是有点咄咄逼人。便想,不能答应他。况且她当时的确穿着最漂亮的衣服,一副出去约会的架势,的确忙呀。

他说,一起吃个饭。

她说,跟我爱人约好了,他马上就到。不信,你就等着。

他说,我说出理由,你肯定会跟我去的。

她说,那不一定。

咱们学校没了,今天换牌。鸿毛饺子馆今晚也要关门了,你不想去?

请大餐不一定去,可一听鸿毛饺子馆,她就不由得走向了他的车。

8

她赶紧给爱人打电话,说刚接到通知,要跟领导去吃饭。明天,她请他到东来顺吃他最爱的铜火锅,这次陪他吃羊肉。在这之前她可是从来不吃羊肉的。

爱人说别去,他马上到。

她说,我已经走了。一边给小纳博使眼色,让他赶紧发动车。他车开得飞快,她还在说,你快点。正在这时,家里那辆白色的越野宝马开了过来。她说,妈呀,我爱人。小纳博一把把她的脑袋按到车窗下,爱人的车一闪而过。这让她想起大学时跟小纳博到首体去滑旱冰,回到学校,大门锁了,他出主意翻后墙,让她踩到他肩膀上,她刚从墙头冒头,院内一道手电光照到身上,说,干什么的?她腿肚子一软,就塌在了他的身上,疼得他大叫,娘呀,你踩到我的脸上了。

在饭店甫一落座,他就问她这几天怎么过的,爱人啥时回来的,儿子回来没。

她当然不会说伤心事,说跟亲戚们打麻将,跟同事去看电影,跟儿子到饭店吃饭,把自己说得比总统还忙。她有个经验,在初恋面前,千万不能说自己的伤心事。青春是让人怀念的,但重逢一定是要让对方艳羡的。特别是对面的这个男人,是他放弃了她,她当然要让他知道,没有他的日子里,她的生活更精彩。

她从他的眼神中,看到了他对她容貌的满意。多亏今天刚做了头发,皮肤也保养了,穿的衣服也符合一个都市白领的身份:白色羊毛衫、酒红色羊毛长裙、长筒黑色皮靴,脖系一条造型别致的琥珀色古怪图案的项链。那天在商场相遇,她披头散发,幸亏他没顾得细看。

他们聊天,聊大学时光,聊着又喝了些酒。

很高兴,但心没动。说实话,因为有了长久的等待后的失望,前几天渴望看见他的心思没了。她想说的是人都愿意雪中送炭,至于锦上添花的事,多一件少一件又有多大的区别呢?特别是对于一个经历了风霜的中年女人来说。

怀念过去时,他们说了很多细节,说得眼睛都湿湿的。她说,青春本来就是用来怀念的,而不是重过的,对吧?

他说,没想到清扬你不但成了作家,还成了哲学家。

她最喜欢听他表扬,忽想起最近在重读经典,便问道,小纳博,你认为《包法利夫人》最动人的细节是什么?

他笑得简直都合不住嘴,说,清扬,我为什么喜欢你?就因为你脱俗。现在还有谁,在你这般年纪仍如当初上大学时关心一本书呢?我以为《包法利夫人》写得最好的是她的丈夫。你给我讲讲,为什么作者一开头先要讲一大堆她丈夫学生时代的故事,特别是那个滑稽的帽子?包法利夫人才是全书的主人公呀。我以为,因为包法利先生这么窝囊,包法利夫人才出轨了。

他说得不错,但她此刻就是感觉这说法不对劲。她说即便没有后来的鲁道夫、莱昂,包法利夫人也会出轨的。

他挑高了眉,说,何以见得?

子爵的出现,是包法利夫人精神浪漫的第一个动因。你没看到后来她送给鲁道夫的烟盒跟子爵的烟盒一样?还有她跟鲁约会时,穿的是跟子爵一样的紧身男式背心。

他想了想,看着她,说,分析得有道理。

她继续说,还有一个因素,就是读书。它是包法利夫人精神浪漫的又一动因。即便丈夫优秀,她也会出轨的,这与她读到的书,与子爵的出现,有很大关系。

你简直成了评论家。

不,这是毕飞宇先生发现的。

那也说明你现在进步了。他说,你记得吧?有次在食堂吃饭,你拿错了别人的碗,人家就在你面前站着,一直等到你吃完,才告诉你的。

她一听,笑得把嘴里的菜都喷了出来,说,我当时就纳闷我的勺子咋就变大了。可也不能怪我呢,他为啥要跟我买一样的饭盆呢?

他们说了很多事,有好事,当然也有糗事。黄金时代就像花,有花开时,必有花落时。这些往事是爱人不知道的,跟他说,说得再细,也没有跟小纳博在一起说那么让人开心。开心了,就多喝了几杯。

小纳博端着茶水,却不喝,直盯着她看,说,你四十多了,怎么还没白发?

她笑着说,缺心眼儿呗。

的确,还是那么……他还没说完,她马上说,还是那么笨,又笨又懒。

他笑得很开心,说,假如说,我说的是假如,你说假如咱们二十年前结婚了,会是什么样子?

打架,吵架,也可能离婚。

他摇摇头,说,不,我们还像现在一样好。我不见你时,一直想你。看到你的文章时,就老想见你。对了,我有好多故事,老想写,可一提笔,就忘词。你是我黄金时代的黄金搭档,我计划给你讲十个故事。今天只讲一个,你听听,若有兴趣,你就把它写下来,我不要署名权,你只要听我讲下一个故事。故事讲完,你可以写本书,你看我一直都在为你着想,要你写下我们曾经的美丽。这几天我老在想,怎么一下子就老了?

他竟然也有这想法?时间真是惨无人道。刘清扬想着。

写下来,好好写。万一哪天我们不在了,往事还在。

呃,你怎么越来越悲观?过去你可不是这样的,现在,你的事业正如日中天。

他摇摇头,话题一转,我找你要确证许多事,为什么跟大学时的同学聊天,他们记得的事我都记不得了?最最让我不能理解的是,明明是这样的事,他们怎么认为是我记忆有错?咱俩当年最要好,你帮我回忆,且记下来。

刘清扬一听这话,既好笑又想流泪,说,你说,我记性好着呢。

那天我跟咱们的学习委员聊天,他说咱们第一次去跳舞是在民族大学,我怎么明明记得是舞蹈学院?为什么记得那么清?因为那天我第一次亲了你,你打了我一巴掌,说我把你的嘴唇都亲麻了。

刘清扬想了半天,说,民族大学我记得很少去呀。咱去的那舞厅我记得是在饭堂,满饭堂都是猪肉白菜的味道。若是民族大学,显然错了。我记得我们只在民大餐厅吃过饭,那牛肉面真好吃。至于你说的那个嘴麻的事,我一点儿都想不起来了。

他一下子急了,眼睛睁得老大,说,你好好想想呀,你打了我,是真的打。回去时,我一路都没跟你说话。回到宿舍我还写了一首诗,名字就是《亲吻的感觉》。我记得舞厅四周有两排椅子,角落还有卖汽水的,我给你买了一瓶,你喝时,我让你看一对舞伴,他俩没有像众人一样高举着对方的胳膊,而是双手轻轻地搭在胸前,跳得轻松而随意。你好好想想呀。当时,你穿着一身大红色的裙子,气得"暧味"同学带着一个民院的男生跳着直撞咱们。

说实话,刘清扬一点都不记得了,但是她怕对方失望,便说当然记着呢。至于"暧味"同学,她倒记得,因为她们在一间宿舍。她经常说刘清扬跟小纳博关系"暧味",刘清扬先没明白其意思,后来才明白这位白字先生把"暧昧"念成了"暧味"。每每跟小纳博说起这位室友时,她就给室友起名"暧味"。说哎呀呀,笑死我了,"暧味"今天又跟我说,但愿你写出如"缘"巨笔,原来她又念错了"椽"字。

刘清扬刚说完,小纳博脸色忽变,端起酒杯,说,咱们敬她一杯,她上天堂了。你不知道吧?她好端端地在逛商场,被一个泄私愤者给捅了。不说了,说些高兴的。

他抢着说高兴的,她听。有时是她讲,他抢着补充。流泪,鼓掌,纠正故事走向,质问细节。不觉间,一篇小说已在刘清扬脑中发了芽,恨不能电脑现在就在身边,哗哗地写下一些片段,否则说不定回到家就忘记了。

唉,让人恐惧的阿尔茨海默症。

9

回到家,十一点了,平常这时,爱人早睡了。此时,他坐在她的电脑前,看着假期她无聊时写的小说,黑着脸问她去哪了。她说跟领导吃饭,工作上的事。

工作餐,还喝得那么多?工作餐,还描了眉,抹了粉,喝得满脸都红红的?说实话,你撒谎就露馅。车牌号我都看清楚了,老实交代,军队哪个部门有你的领导?

她不知道爱人看见了什么,还是听到了什么,再说她心里没鬼,也坦荡,便跟他说了实话。

你想想,我多大了,四十多了,无非就是跟大学同学吃个饭,喝个酒。如果出事,学生时代就出了,还要等到二十年后?我不会犯错误有以下几条理由:一是现在家庭幸福,没有出轨的理由;二是事业正在关键时刻,不可能这时出错;三是情感宜疏不宜堵,越堵越可能使事态朝不愿去的方向发展;四是我都奔五了,残枝败叶,即便还有贼心贼胆,也没了资本。

她说话时,偷看了一眼爱人,他不知是在听,还是在琢磨话里的意思,反正背对着她,坐在电脑前。

她站到他身后,嘴里的哈气呼到了他的脖子里。她知道他最喜欢她这个动作。一般这时,他再生气,都会说,我去开洗澡水。可现在,他给她的仍是冷冰冰的脊背,证明这次他是真动气了。

她给他削好苹果,把他的手掰开放上去,他咚地扔到一边,仍然在看电脑上的文字。

她想了想,在书房里边走边说,再说咱有自知之明,人家就是想怀念大学生活了,找个熟人来把酒话桑麻。注意,是桑麻,不是谈情说爱。你不要以为女人怕老,你们男人也怕老。最值得回味的年轻岁月当然是大学时代啦,所以叫个女同学,到鸿毛饺子馆吃顿饺子,喝瓶二锅头,花了不到二百块钱。明摆着,人家都舍不得掏钱,我还会跟他风花雪月?你以为你老婆傻,就看不透那人的心思?如果脑子不够用,你能娶她?如果不识人,能在一家大报干得响当当的,手下十几个人能服?

爱人听到后面的话,马上反驳,有人爱吃嫩草,也就有人爱吃老草。大千世界,无奇不有。还有,让你去吃鸿毛饺子,这男人他妈的也太小看我老婆了,好说你也是个有正高职称的高级知识分子,副局级干部呢。不过,你也真是,就为了吃个破饺子,喝瓶二锅头,就不跟老公吃西餐了,真不把自己当人看。爱人说到后面时,又咬牙切齿了,把电脑上的键盘敲得当当响。她生怕他删掉了作品的内容,好在,他敲的地方都是错别字。对了,他是她作品的第一个读者,是专门挑毛病的。

按她平时的脾气,肯定又要针对他的"老草""不当人"跟他前三皇后五帝地理论一番,不过细一琢磨,鉴于今天自己有点精神出轨,对不住他,不,还有过年时的春心荡漾,内心发虚,便转了话题,说,离了你七天,我瘦了十斤。过去以为自己很厉害,其实我就是只纸老虎,只在电脑上编编故事哄哄爱做梦的人罢了,浪得虚名。她说完把体重秤端到他眼前,站到上面,让爱人看。

爱人仍眼盯电脑说,你不但在纸上哄人,在酒桌上也能哄人。上次,咱们跟你们单位的人到疗养院去疗养,饭桌上,你把那几个人捧得让我都坐不住了,那个肉麻呀,哪像个知识分子?左一个科长,右一个处长,不但自己敬酒,还要拉着我一起敬,还说什么咱们是亲人了,以后要多来往呀。

说你聪明,你怎么傻到姥姥家去了?知道那俩人是干吗的?一个管车,一个管钱,我们部门的好多事都得求人家。再说酒桌上说话,人家也不当真。

那个请你吃饭的人叫啥?长得如何?

你说小纳博长相吗?二十二岁时,浓眉大眼,一表人才。

还一表人才!可见你对他还念念不忘,我从来没听你说哪个男人是一表人才。还小纳博,叫得多亲热,有五十多岁的小纳博吗?真会装嫩。

急什么?急什么?你急什么?知道不知道,打断人家话头最没修养!她声音大了些,二十二岁时,小纳博浓眉大眼,一表人才,我都没跟他结婚。现在他秃了脑瓜,肚子圆成了锅盖,眼圈黑得像只熊猫,我还能跟他怎么的?你也太小看你老婆了,咱好说还算个名人不是？即便有人想吃这根老草,还要看我这根老草愿不愿意呢！她摇头晃脑道。

小纳博当然不秃,不胖,也非熊猫,人到中年,就像大学时买的书,色泽虽淡了,但品相还在九五成之上。小纳博同学,原谅我。我这是为了息事宁人,就把你编派一下,别当真。刘清扬在心里嘀咕着。

爱人眼睛里的怒色变淡了,又说,有他的照片没？拿出来给我瞧瞧。

想什么呢？我跟人家二十年后第一次见面,就说我给你拍张照片吧？难道你是想让我整天把他的照片装在手机里,开会时看,坐车时看,清晨起来坐在马桶上也看？

行了,行了！爱人说着,开始吃她给削的苹果了。她心里一喜,乘胜前进,咱们这个家建了二十年,就像这栋房子,在市场上得花一千多万呢,说不要就不要？我又不是大款。再说,房子可以拆,还有个二十二岁的大儿子,跟你还是跟我？

呵,听你这口气,好像你已经仔细思量过了？

胡说什么呢？真是胡搅蛮缠。

她嘴上说得有理有据,其实心里真实想法是这样的:如果在春节我一个人的那几天,我跟小纳博相遇,那时脆弱的我,不敢保证不会干什么事。可现在,一切风轻云淡。不,事实是我看清了自己到底需要什么,哪些是重的,哪些本来看得重,其实特虚的,就像海市蜃楼,都是望海的人自己臆想出来的。

我知道在大学时,你跟他谈过恋爱,咋没成？

他怎么知道的？偷看了我的日记？还是跟踪了我们？她细想一下饭店，他们没进包间，在大厅。大厅有一对老人，有一个年轻小伙边吃饭边打电话，还有一个大学老师在跟一个女学生模样的人约会。难不成他化装进去的？他装成了老教授？年轻人？还是那个老人？

快说，看着我的眼睛。爱人拿着桌上的文玩核桃敲着桌子，面对着她。

她拉了把椅子，刚坐下，他就喊道，站着交代。

刘清扬说，我当不了贤妻良母，他不能跟一个整天跟他谈歌德呀、海明威呀、陀思妥耶夫斯基呀什么的人过日子，这些又当不得饭吃。

那是，你今晚没告诉他你不但懒、笨，还不动脑子，把我上万元的羊绒大衣放到洗衣机搅成了毛毡？你没告诉他你做了二十年的稀饭，十有八九都是泡饭，还有一两次忘记插电，米是米，水是水的典型事例？

她说，好了，骂也骂了，损也损了，你先出去，让我把规划写完。

白天跟人打情骂俏不思归，现在又点灯熬油补裤裆。你就不想想，一切都是空的？

行了，别上纲上线了，领导明天要本部门的全年规划。

别打岔。我不信你的话，看来你在电话里跟我说的孤独呀，想我呀都是假的。能跟一个男人从五点半一直坐到十一点，你们一定说了好多话，而且性质也一定很恶劣。爱人手抚书桌，盯着她，双眼炯炯如火焰，烫得她只好再编。

他说幸亏没找我这个笨老婆,否则娃都丢了不知多少次了。

他说得有道理,要不是我,儿子现在还是不是你的儿子都不知道呢。还记着咱儿子小时说的话吧?说他是我生的,还说要换一个会踢足球的妈妈。爱人笑完,脸又阴了,还有呢?

他还说,你丈夫肯定很能干,否则你家的日子一天都没法过。

他笑着点头说,还有呢?

没有了,真的,你出去吧,我真要赶材料。她起身要把他关在书房外,他却把头伸在门里,用身子硬是挤了进来,我还有事要问你。

审吧。她拿着手机要看,被他抢过去,装进了口袋。

他喝了一口她的茶,说,我看了你的《黄金时代》,有个疑问,感觉我不在时,你中毒了。

中什么毒?

你过去文风纯真、满含情意,现在字字句句充满了油腔滑调,还有些自毁形象。毒在皮肤,还好说。深入骨髓,就不可救药。这说明一个问题,你变化的原因一定是后面有人给你出招,你想用咱们的隐私出名,出大名。

她笑了,王小波知道不?他就有个小说也叫《黄金时代》。幸亏刚才他看的是初稿,如果他看到现在的稿子,怕又要审她了。当然这是以后可能发生的事。小说写完,她会改头换面,作为一个经常受她熏陶的文学爱好者,爱人明白小说是编的,即便小说中是"我",他也知道那是她创造的一个人。以后的事,先不管,继续言归正传。

爱人拿过刘清扬递给他的王小波的《黄金时代》，边翻边摇头，说，看书只是皮毛，那个给你出高招的人，是活人，我会调查清楚的。你为什么不学福克纳呢？为什么不学福楼拜呢？你偏偏要学王小波？其中必有名堂。他笔下哪篇小说能离开男女间的那点破事？所以，重在幕后那个间谍。

秀才遇见兵，有理也说不清。再说她也不想对牛弹琴了，便懒得跟他解释。行了，波洛侦探，你爱怎么查就怎么查，我现在正忙着，请你先出去。

10

一个人了，她盯着电脑屏幕上"全年工作规划"几个字，眼前却浮现出晚上与小纳博吃饭的情景。

起初她以为他们是因为怀念青春而坐在一起的，后来发现很显然不单是，因为他们还有许多话题能谈得来。她一听他说话，就想笑。他呢，也喜欢听她说话。她在爱人面前，向来嘴都笨，思维短路。可在他面前，感觉自己都不像自己了，特机智、风趣。还有，怎么说呢？说到这个词，她有些害羞，就不说了。他说相比较大学时的她，他还是喜欢现在的她。

她嘴上说打住打住，别整那些酸话骗女人，心里还是挺美的。天下的女人，就是这么被男人骗到手的。

他从旁边的公文包里掏出个本子，全是她发表的文章的剪辑稿。每篇都有点评：

《我那风姿绰约的日子》:读此文,让我想起了大学校园的绿草坪,有天晚上,星星可亮了,你枕在我的腿上,给我念的就是你小说里写的这首诗《针》。

《式微式微,胡不归》:我敢说你写的是你的公公,对不对?你写时一定想到了我。我能看出来,我就是你笔下那个头戴小皮帽的丈夫。你对他眼睛的刻画很到位,眼神集中,像炮弹。这不就是我吗?我如果眼神不好,能让你一下挑中了我?全文都很妙,不过,结尾稍弱,如果我是你丈夫,就会让你改。为什么要当了你的丈夫才能改?聪明的你,当然会明白。如果忘记了,记着咱们在大学时对的那个暗号:3311881。

《采荨采菲》:我看哭了。刘清扬我好悔呀,怎么那么世俗地放弃了你?做饭洗衣有那么重要吗?一对夫妻吃饱喝足,却整天无话,这是理想婚姻吗?

《姑姑艳传》:这个小说很陌生,是你写的吗?太让我吃惊了,笔力越来越老辣。不过,有句诗引错了。你丈夫不懂文学,估计看了也指不出问题。但如果你给我看,我会让你的小说达到九十分。现在八十分的稿子,发到省级刊物,我觉得有些可惜了。

……

这个珍爱的本子,现在已经被刘清扬锁进了书柜里,准备明天拿到办公室去,绝对不能让爱人看到。

他还说,你怎么不老呢?

有你这么骂人的吗?

你自己看看,脸上有没有皱纹?

她心暗喜,但嘴上说,都快五十岁的人了,能不老?

有的明星也五十岁了,不是皮肤还紧致,还很有少女感吗?

对了,那天你是不是见到我时,感觉我就像个老大妈?

没有呀,你穿着牛仔裤,就像咱们大学校园里骑着单车充满活力、穿衣无界限的时髦小姐姐。

你是不是经常跟你老婆说这话,练出了嘴功?

他笑道,我只会跟老婆说,我今天累了,睡了。我明天要开会,不回家了。这几天馋了,做些好吃的。

是不是你老婆做饭特好吃?

是不是你还不会做饭?

他们都笑了,谁也不再追问答案了。

她对这次相遇,如此总结:在错误的时间和地点相遇,只能是一场春梦,但也并非了无痕迹。

他们还说了一些快乐的往事,往事使现在的日子一下子亮丽起来。他说时,满脸红光;她答时,笑语晏晏。情话好比柔光镜,使多少中年女人都误以为自己回到了青春年华。

他们说了很多美好的往事,比如樱桃之说。写到这段时,她起身,蹑手蹑脚地走到书房门前,伸头看到爱人在客厅看武打片,便轻轻落上锁。

说樱桃话题时,已经十点了,饺子馆也没多少人了,她说回吧。他说明天母校就不是咱们的学校了,进去告别一下。

这个提议正合她意。他们从饺子馆后面直接走进校园,人还是,物已非。冬天的校园,除了满目萧瑟外,还有陌生的大楼、陌生的林荫道。也许,还有陌生的他们。

好在,草坪还在,他说真想像过去一样坐到草坪上,你躺在我怀里,让我想起了最近读的辛波丝卡的《一见钟情》:每个开始/毕竟都只是续篇/而充满情节的书本/总是从一半开始看起。

她说,我却想起了另一首诗:犹如一朵朵玫瑰,世界在这日子的花园里凋零。你看,光秃秃的草坪还能坐吗?即便坐,也不是咱们的地儿了。回吧,天冷得耳朵都疼了。

走到他们过去的宿舍前,学生还没开学,门关着,他忽然说了一句话,让她停了步。

他说,我想看看樱桃熟了没。注意,他不是问,是要看。

她一声不响。

他又说,我就喜欢它那种嫩嘟嘟的感觉,不知别来无恙否。

她本应扇他一个耳光,可手非但没抬起,竟还脸烧烧地轻佻地反问道,你猜呢?她不知道自己怎么了,越来越不受自己控制。

我猜还是跟过去一样魅力依旧。

校园变了,校名没了,人老了,它岂能不变?又不是仙果。

要知道樱桃的滋味,当然得亲口尝尝。

她沉默着,没有理他。

他也半天没说话。在两人道别时,他目视前方,忽然说,我妻子……我妻子刚割了,两只都没了。我好害怕。就是想提醒你一下,每年的体检一定要做,人到中年,要爱惜自己。

一缕说不出的悲伤弥漫开来,刘清扬怎么也没想到,一个关于樱桃的浪漫回忆竟成了这般模样。

11

外面门打得山响,是爱人。他说,我想了半天,还是不相信你说的想我呀、离不开我之类的鬼话。

可它确实存在呀,我的体重,我头上的伤,我没看完的那个破电影,当然,还有我没有买成的皮衣。一提起皮衣,我才想起那件漂亮的衣服。赶紧给我一万,明天我要去商场。对了,你还得送我去,我可不想打那破车,座位上那么脏,连门也打不开。

你不是说我回来后,咱们珍惜生活,好好过日子吗?怎么整天就往外跑?

刘清扬说,没错呀,可你看看,一上班,多少事。单位的、约稿的、开笔会的,全都挤成堆儿来了。哎,你怎么还不相信革命同志?你以为我跟你说的瘦了,有眼袋了,偏头痛,脸上长了不明之物都是假的?现在你一一确认吧。你看,最主要的是耳鸣,我去看医生,人家说我是精神高度紧张。你看看这盒银杏叶提取物片,说明书上是不是治耳鸣,还有阿尔兹海默症?

耳鸣?

是呀,你听听,快听听呀,左耳,每天都在给我演节目。我听越剧听多了,就听到男声:天上掉下个林妹妹,似一朵轻云刚出岫。还有女声:只道他腹内草莽人轻浮,却原来骨骼清奇非俗流。

又编小说了?

你听听就知道了嘛,现在又成了:贤妹妹我想你神思昏昏寝食废,梁哥哥我想你三餐茶饭无滋味。

爱人扑哧笑了,几天不见你,变得越来越没正形了。

怎么叫我变了?这是事实呀。这几天你老骂我,你听听,是不是在说,我不在,你干啥了?你听呀,来听呀。她把耳朵凑到他耳边。爱人根本没有听她仍轰鸣的耳朵,直接就把她压在了身下。为了平息战火,刘清扬就听话地躺了下来,行动全力配合。结果,爱人突然反身把她的胳膊扭在身后,非常暴力。她全身都感觉到一股撕裂般的痛。她在忍受的同时,竟感到一股前所未有的快感袭来。就在她抱住时,他忽然翻身倒了下去。

两人都静默了一阵,她想起身赶材料,丈夫却抱住她说,陪陪我。刘清扬醒来一摸,爱人那边空了。悄悄走进书房,没有。客厅里也没有。正当她转身往回走时,她发现客房外面好像有亮光,便走进客房。借着昏暗的月光,她看见爱人正站在厨房的阳台上,一口接一口地吸烟。他可是从来没吸过烟呀。

她想去安慰他,又怕伤他自尊心,他不想让她知道的事,她也问不出,思量片刻,便回到卧室,却再也睡不着。天渐亮,竟睡着了。醒来一看表,急叫爱人起来上班。爱人揉着发红的眼睛,说,太奇怪了,我怎么也睡得这么死?她跑到楼下,单位的班车早跑了,爱人说送她。

现在,她坐在爱人旁边,看他双眉紧蹙,便想给他说些高兴的,咱儿子调正连了,你知道不?

嗯。

听说我们又涨工资了,你猜涨了多少?

爱人都只嗯。想着他没睡好,她便住了口。车窗外片片白云一会儿朝东飘,一会儿又向西。路边盖了一冬的花草,也露出了绿油油的头。

小纳博说如果她写作没素材了,找他,他有讲不完的故事。听人讲故事,也是美事。但再看看身旁的这个跟她生活了二十三年的男人,忽然想,她去了,还对得住他吗?他去三亚出差,开完会本想在海边好好玩玩,一听说她骨折,第二天就返回了;儿子住院,他白天黑夜守在病房,只让她去看一下。她说,晚上我陪儿子。他说,算了,你在也不会照顾他。母亲去世,她害怕,不敢守灵,是他主动提出他来守。越想越觉得这个男人是自己后半生的依靠,便说,晚上你想吃啥?我来做。

随便。爱人说着,红灯亮了,他竟然旁若无人地开过十字路口。刘清扬惊叫道,快停!爱人把车刹住,头伏在方向盘上,虚弱地说,我开不了车啦,眼前全是我爸,他双手朝我张开,嘴一直不停地动。可我好没用,既抱不住他,又听不到他想说啥。刘清扬拍拍爱人的手,说,别难过,你不是还有我和儿子吗?她说着,感觉自己肩上沉甸甸的,好像自己真撑住了什么似的。

这时车载收音机里忽然响起一首用陕西方言唱的歌:渭城朝雨浥轻尘,客舍青青柳色新。劝君更尽一杯酒,西出阳关无故人。低吟白雪逢阳春,送君别去无知音。高台孤矗昂首望,穿凄尽兮宙宇敞。车马纵兮雁飞翔,春复秋往世无常。幽清默兮落暗乡,何年

320

何月蹉跎降。莫问莫观你莫惆怅,山石林木无易样……

爱人听着,听着,忽然号啕大哭起来。行人纷纷观看,刘清扬劝不住,也跟着哭起来。